COLLECTION
FOLIO CLASSIQUE

Maurice Leblanc

Arsène Lupin contre Herlock Sholmès

Édition d'Adrien Goetz

Gallimard

PRÉFACE

« Avec Lupin, le monde est renversé »

> Quoiqu'il eût jeté son apparente bonhomie, sa constante complaisance et sa gaieté comme une barrière entre les autres et lui, souvent il laissait percer l'épouvantable profondeur de son caractère. Souvent une boutade digne de Juvénal, et par laquelle il semblait se complaire à bafouer les lois, à fouetter la haute société, à la convaincre d'inconséquence avec elle-même, devait faire supposer qu'il gardait rancune à l'état social, et qu'il y avait au fond de sa vie un mystère soigneusement enfoui.
>
> HONORÉ DE BALZAC, *Le Père Goriot*
> [à propos de Vautrin]

Tout commence avec un « meuble à secrets », véritable machine à escamoter : « Le 8 décembre de l'an dernier, M. Gerbois, professeur de mathématiques au lycée de Versailles, dénicha, dans le fouillis d'un marchand de bric-à-brac, un petit secrétaire en acajou qui lui plut par la multiplicité de ses tiroirs. » La phrase d'attaque annonce le roman, avec ses cachettes, sa complexité, sa beauté précieuse : quel est ce meuble rare, digne d'un musée ou d'une grande collection ?

Tout est dit d'emblée, car dans les aventures d'Arsène Lupin[1] *le coupable est connu avant que le lecteur ouvre le livre : « lui toujours » ! Une préface, pour un tel roman, risque de révéler non pas le nom du criminel mais ses tiroirs dissimulés…*

Leblanc va vite : sans description ni transition, il passe du vol du meuble au bureau du juge d'instruction. Il se met en scène, à la première personne, comme le récitant de cette aventure, l'« historiographe », qui dialogue non seulement avec le lecteur mais aussi avec la presse. Les journaux sont des interlocuteurs constants comme c'était le cas déjà dans Arsène Lupin, gentleman-cambrioleur. *Le romancier annonce ainsi ses chapitres, à la une : « Il n'est pas un geste de notre "voleur national", comme on l'a si joliment appelé, qui n'ait été signalé de la façon la plus retentissante, pas un exploit que l'on n'ait étudié sous toutes ses faces, pas un acte qui n'ait été commenté avec cette abondance de détails que l'on réserve d'ordinaire au récit des actions héroïques. Qui ne connaît, par exemple, cette étrange histoire de "La Dame blonde", avec ses épisodes curieux que les reporters intitulaient en gros caractères :* Le numéro 514-série 23… Le crime de l'avenue Henri-Martin !… Le diamant bleu ! » *(p. 50.)*

Les journaux et le théâtre

Pour le lecteur de l'époque, l'affaire du diamant bleu a bien été évoquée dans la presse, elle est réelle ;

1. Voir, en Folio classique, notre préface à *Arsène Lupin, gentleman-cambrioleur,* « Notre voleur national, comme vous l'appelez… »

Leblanc crée ainsi l'attente en convoquant un souvenir. Si Lupin a résolu le mystère du vol du diamant bleu, c'est donc peut-être que le gentleman-cambrioleur existe. Les membres des diverses sociétés d'études consacrées à Sherlock Holmes postulent bien l'existence factuelle de leur héros[1]*, l'Association des Amis d'Arsène Lupin n'est pas en reste. Un jeu s'établit entre le temps réel de l'actualité récente et le temps romanesque : le mystère va être expliqué, c'est un procédé journalistique au second degré qui sert à l'annoncer, puisque les « gros titres » sont introduits dans la page du roman qui commence. L'action du livre se déroule dans les marges du journal, entre les pages, les faits divers, les petites annonces qui servent de boîtes aux lettres codées pour envoyer des messages. Le feuilleton occupait au* XIXe *siècle ce qui s'appelle « le rez-de-chaussée » de la première page, en ces temps où les périodiques étaient construits et hiérarchisés comme des immeubles – avec les mêmes passages secrets qui font communiquer des appartements différents...* Je sais tout, *où paraissent les chapitres d'*Arsène Lupin contre Herlock Sholmès *est, en France, un des premiers magazines mensuels pour tous, sur papier couché, truffé d'images, avec des plumes souvent connues. Il hérite aussi de ces structures architecturales de la presse quotidienne, comme les personnages héritent des constructions successives du Paris d'alors, immeubles du parc Monceau, âgés déjà d'une trentaine d'années, façades haussmanniennes ou post-haussmanniennes. La presse est un personnage à part entière, elle s'exprime par la voix des « camelots » crieurs de journaux, par l'*Écho de France, *dont Lupin « est, paraît-il, un*

1. Voir Bernard Oudin, *Enquête sur Sherlock Holmes*, Gallimard, coll. « Découvertes », 2009.

des principaux actionnaires », par Le Temps, *qu'il feuillette au restaurant. Dans les rues, les hommes-sandwichs, version modernisée des crieurs de journaux, diffusent les nouvelles de l'arrivée du détective anglais et vont l'accueillir gare du Nord. Les lettres découpées dans l'*Écho de France *donneront l'explication finale.*

À travers la presse, c'est le public qui entre dans le jeu, comme sur un vaste théâtre – Leblanc se désespérait du peu de succès de ses pièces. Il s'occupe des répliques mais aussi de la mise en scène de « ce qu'on pourrait appeler les spectacles d'Arsène Lupin », représentations données pour « la galerie », le mot revient sans cesse. La galerie qu'on épate c'est le chœur antique, les enfants du guignol qui applaudissent aux exploits du voleur étourdissant le gendarme. Le romancier ose des scènes comiques – l'inspecteur dans la cheminée dont on ne voit que les pieds – et des dialogues de vaudeville. Parfois, c'est du Rostand, le grand écrivain de l'époque parce qu'il ose être populaire, et Lupin rappelle Cyrano : « Tout est là, voyez-vous, le danger ! L'impression ininterrompue du danger ! Le respirer comme l'air que l'on respire, le discerner autour de soi qui souffle, qui rugit, qui guette, qui approche… et au milieu de la tempête, rester calme… ne pas broncher !… » Face à ce Cyrano en prose, Sholmès se laisse aller au rythme de l'alexandrin, en lettres capitales : « JE SUIS TELLEMENT SÛR D'AVOIR LE DERNIER MOT ! » Dans des scènes plus intimes, c'est Shakespeare : Clotilde pleure sur ses mains parce qu'elles ont tué, comme lady Macbeth. Suzanne, qu'on veut marier, renvoie à l'héroïne du Mariage de Figaro *: Leblanc, dont la sœur Georgette est une comédienne et cantatrice célèbre, est lié, depuis toujours, au monde de la scène et il n'est pas* *besoin d'avoir senti la référence à Beaumarchais pour comprendre qu'elle sera attirée par le gentilhomme de passage. L'autre Suzanne du livre, qui entre en scène quand le lecteur a oublié la première, est la femme du baron d'Imblevalle. Elle semble jouer un autre rôle, celui de la comtesse dans l'opéra de Mozart, elle aura son air de la lettre... Lupin triomphe, cabotine, salue à la fin : « Il avait vraiment de l'allure, une allure de grand acteur qui joue son rôle d'instinct et de verve, avec impertinence et légèreté. Sholmès le regardait, comme on regarde un beau spectacle dont on sait apprécier toutes les beautés et toutes les nuances » (p. 205). L'Anglais se plaint de jouer dans cette pièce un rôle écrit par l'autre : « J'agis comme un acteur dont tous les pas sont réglés par une mise en scène rigoureuse, qui va là et qui dit cela, parce que le voulut ainsi une volonté supérieure » (p. 254).*

*L'intrigue se joue en deux actes. Il faut transformer le feuilleton en roman, la pièce de théâtre en récit. Dans le second mouvement de la lutte, en apparence totalement indépendant du premier, Leblanc rappelle les faits du début (exactement comme quand, à la fin d'*Arsène Lupin, gentleman-cambrioleur, *il avait fait reparaître la Miss Nelly du premier chapitre) : « Et il se rappelait l'affaire du diamant bleu et l'interrogatoire qu'il avait fait subir à Clotilde Destange. N'était-ce pas la même sérénité que la Dame blonde lui avait opposée, et ne se trouvait-il pas de nouveau en face d'un de ces êtres qui, protégés par Arsène Lupin, sous l'action directe de son influence, gardaient dans l'angoisse même du danger le calme le plus stupéfiant ? » (p. 257).*

Petits faits vrais

*Leblanc se nourrit de ce qu'il voit sur scène, des actualités lues dans les journaux, de ses conversations avec ses amis et de ses lectures. Beaucoup des allusions contenues dans ce livre ne pouvaient échapper au public des années 1900. Quand il cite le yacht l'*Hirondelle, *qu'utilise Lupin pour embarquer Sholmès, le lecteur peut se souvenir que ce fut le nom du bateau du prince Albert Ier de Monaco. Il réapparaîtra plus tard, dans* L'Aiguille creuse. *Le prince, navigateur, océanographe, grand savant, sorte de capitaine Nemo des temps modernes, capable de disparaître du palais des semaines entières ou de dormir à bord de son navire, serait-il le gentleman-cambrioleur ? Leblanc suggère-t-il l'air de rien le secret de l'identité de son héros ? Une génération les sépare, mais pourquoi pas ? Sont-ils amis ? Ils partagent ce goût pour les inventions scientifiques, dont l'équipement de l'*Hirondelle II, *probablement déjà en projet alors, doté d'un télégraphe sans fil, témoignera avec éclat*[1]*. Le prince prête-t-il parfois son yacht au gentleman ? Le lecteur d'avant 1914 a de quoi rester perplexe.*

Plusieurs des histoires qui inspirent la lutte de Lupin et Sholmès ont mis longtemps à s'effacer de la mémoire collective. Des années plus tard, le chroniqueur mondain André de Fouquières s'en souvient

1. *Arsène Lupin, gentleman-cambrioleur* commençait à bord du paquebot la *Provence*, le premier à être équipé de la télégraphie sans fil, qui joue un rôle essentiel dans le roman. Deux yachts baptisés l'*Hirondelle* ont appartenu au prince, le premier avait servi à ses campagnes océanographiques de 1885 à 1888, le chantier de construction du second débuta en 1910. La première *Hirondelle*, récupérée par des négociants de Lorient, avait officiellement disparu dans un cyclone en 1896...

encore : « Personne n'ignorait que le 37 [avenue des Champs-Élysées] abritait un brillant fameux, le diamant bleu, et dont l'heureuse propriétaire était la comtesse.:. de Trobriand. Elle commit l'erreur d'emporter avec elle ce trop brillant joyau dans sa villa de Bretagne, d'où il ne revint pas, car il fut volé et ne fut jamais retrouvé. Mme de Trobriand se choisit plus tard un très jeune mari, le comte de Rodellec, ce qui était peut-être une autre imprudence[1]*. » Fouquières a laissé dans* Cinquante ans de panache *de beaux croquis de l'époque Lupin, qu'il cite de temps à autre sans trop s'attarder – il fréquentait Maeterlinck quand celui-ci partageait la vie de Georgette Leblanc, mais pas, semble-t-il, Maurice, frère de la comédienne. Le mémorialiste-homme du monde raconte aussi l'affaire de l'escroquerie des Humbert, qui dans le roman deviennent Imbert, en expliquant comment, après la condamnation du couple d'escrocs, on vendit un Corot, un Meissonier, un Baudry et un Gustave Moreau, et il ajoute que leur maison devint le siège du Touring-Club : « La maison de la "grande Thérèse" allait devenir le rendez-vous des fidèles de la "petite reine", la bicyclette*[2]*... » Une maison que Leblanc connaissait bien, lui dont le vélo, grande mode élégante de ce temps, était la passion*[3]*.*

*Autre emprunt à l'actualité, très révélateur : le fameux secrétaire à secrets mentionné dès la première phrase. Il existe, à la manière du yacht l'*Hirondelle*. À cet endroit, dans le roman, apparaît une note de bas de page, qui le rapproche d'un autre exemplaire*

1. André de Fouquières, *Mon Paris et ses Parisiens*, t. II, *Le quartier Monceau*, Éditions Pierre Horay, 1954, p. 124.
2. *Ibid.*, p. 272.
3. Sur les détails réels de l'affaire du diamant bleu et de l'affaire Humbert, voir les notes de cette édition.

conservé « au Garde-Meuble » (p. 68). Une note, dans un roman, comme un autre niveau, dissimulé ? Elle cache une intention et permet d'entrer plus avant dans le processus d'invention du créateur de Lupin. Il ne donne pas une précision, il plaide pour une cause, dont les journaux n'allaient pas tarder à parler, le remeublement de Malmaison, la célèbre propriété de campagne de Napoléon et Joséphine, avec des pièces et des objets conservés dans ce qui deviendrait plus tard le Mobilier national. Leblanc invente à partir de données réelles, qui témoignent de son intérêt pour l'époque Empire, passion qu'il partage alors avec Paul Marmottan, qu'il fit entrer à la Société des gens de lettres. Ce grand collectionneur possède une belle villa à Boulogne, non loin du 7 rue de Montmorency où fut logée Marie Walewska, l'égérie polonaise de l'Empereur, en 1811 et 1812 : peut-être est-ce lui qui donne à Leblanc l'idée de la provenance historique et sentimentale du meuble telle que Lupin va la révéler. Deux vrais meubles à secrets conçus par Nicolas Simon Mansion dit Mansion jeune (1773-1854) sont connus, une commode et un secrétaire à abattant. Ils figurent aujourd'hui dans les collections de Malmaison[1]*. Le secrétaire de Mansion constitue une prouesse technique : on y a trouvé (à ce jour) vingt-deux cachettes, et vingt-quatre dans la commode. Dans le roman, M. Gerbois glisse finement qu'il aime son secrétaire « parce qu'il est commode ». Les tiroirs véritables, si on les retire tous, ceux qui sont ornés de chapiteaux corinthiens et ceux, plus*

1. À l'exposition des produits de l'industrie en 1806, Mansion en avait exposé des modèles, qui en effet étaient en acajou et bois d'if, avec des bronzes dorés appliqués représentant des feuilles d'acanthe. Deux meubles de ce type, offerts à l'empereur, furent envoyés au palais des Tuileries puis à Malmaison, demeure de plaisance que Napoléon avait laissée à Joséphine au moment du divorce.

sobres, avec lesquels ils alternent, révèlent une inscription qui court des uns aux autres : « Dédié à Napoléon Ier empereur des Français par son très humble et très obéissant serviteur Mansion An 13[1] ». *Ce qui correspond à peu près à ce qui est dit dans le roman. Or Leblanc, durant cette période, croise Jean Ajalbert qui écrit en même temps que lui au* Gil Blas[2]. *En mai 1907, entre la publication de ce récit dans* Je sais tout *et sa reprise en volume, cet ami a été nommé conservateur de Malmaison, affirmant immédiatement, comme il le raconte dans ses souvenirs, son intention d'y faire revenir des meubles. Il se heurte à l'administration du Garde-Meuble*[3]. *Leblanc intervient donc à mi-voix, au bas de sa page, dans ce débat, et plaide en faveur du dépôt du meuble historique à Malmaison. À cette date il n'a sans doute pas vu de ses yeux le secrétaire, qui est absolument monumental et bien trop somptueux pour une chambre de jeune fille – il est probable qu'il en a entendu parler par Ajalbert, ce qui explique qu'il déforme le nom de l'ébéniste : Mansion dans son texte devient Mancion. L'exécution d'un meuble similaire pour Marie Walewska et l'autre inscription, « au couteau », ajoutent à cette histoire vraie un tiroir supplémentaire, éminemment littéraire – et Hortense, qui porte le prénom de la fille de*

1. Voir le catalogue de l'exposition *Meubles à secrets, secrets de meubles*, Malmaison, 2019, p. 45-47 et p. 76-77.

2. Écrivain anarchiste, ami d'Aristide Briand, Jean Ajalbert (1863-1947) l'avait entraîné, semble-t-il sans le prévenir, dans une pétition en faveur de Dreyfus. Futur membre de l'académie Goncourt, il finira collaborateur et sera incarcéré à Fresnes en 1945. Voir Gilles Manceron *et al.*, « Jean Ajalbert, ou l'oubli des "tristesses et des intérêts privés" », dans *Être dreyfusard hier et aujourd'hui*, Presses universitaires de Rennes, 2009.

3. Institution sur laquelle veillait alors le bien nommé Henri Locquet, remplacé cette année-là par Ernest Dumonthier, favorable aux vues d'Ajalbert.

Joséphine, soucieuse des tâches domestiques, astique le bronze doré comme on fait « les cuivres ».

Autre petit fait vrai qui trahit cette manière de broder et de faire naître des aventures à partir d'histoires qui, dans la réalité, avaient un évident potentiel romanesque : « le duc d'A. », cité à propos du diamant, désigne à l'évidence le duc d'Aumale, fils de Louis-Philippe, mort en 1897, et créateur du musée Condé dans ce domaine de Chantilly qu'il légua à l'Institut – à qui on prêtait de nombreuses liaisons avec des comédiennes et demi-mondaines et notamment avec la célèbre Léonide Leblanc[1]*. Elle avait joué notamment dans* Joseph Balsamo, *pièce adaptée du roman d'Alexandre Dumas père par Dumas fils, multiplié les conquêtes et brillé à toutes les tables de jeu, notamment à Monte-Carlo. Jules Claretie, avec lequel elle aurait eu une aventure, se serait opposé à ce qu'elle monte sur scène à la Comédie-Française, dont il était devenu l'administrateur en 1885. Au moment où elle allait faire son entrée dans le plus illustre des théâtres, des lettres d'elle auraient été retrouvées dans le coffre-fort d'une autre grande courtisane, Marie Regnault, « dite Régine de Montille », victime du triple assassinat et cambriolage de la rue Montaigne (actuelle rue Jean-Mermoz) en 1887. Claretie avait reculé devant le scandale car, comme il le raconte dans ses souvenirs, « plus de vingt députés sont venus me parler avec inquiétude des débuts de Léonide Leblanc ». Claretie,*

1. Léonide Leblanc (1842-1894), actrice qui avait commencé sur la scène du Vaudeville, surnommée « Mademoiselle Maximum », est celle dont le journaliste Aurélien Scholl avait dit, après avoir rompu : « On la placerait sur le mont Blanc qu'elle serait encore accessible. » Dans ses premières nouvelles, Leblanc s'était permis des allusions un peu lestes, ici comme il s'adresse aussi à la jeunesse il ne développe pas…

*ami de Maurice Leblanc, est le préfacier d'*Arsène Lupin, gentleman-cambrioleur, *roman dont le chapitre « Le Collier de la Reine » renvoyait implicitement au volume de Dumas qui est la suite de* Joseph Balsamo. *Si la figure de Joséphine Balsamo, comtesse de Cagliostro dont Lupin tombera un jour amoureux, se prétend fille du célèbre mage du* XVIIIe *siècle, celui qui en fit une héroïne de fiction, Maurice Leblanc, ne revendique aucune parenté avec Léonide. L'homonymie l'a évidemment amusé. Toute cette histoire le renvoie à son milieu, à son univers. Lui a dans son ascendance d'honnêtes négociants rouennais, un tailleur de pierre, un peintre en voitures ; elle avait un grand-père, Antoine Leblanc, enfant abandonné à l'orphelinat à Gien à la fin du* XVIIIe *siècle et qui portait probablement un nom d'emprunt donné par les religieuses de l'assistance. Scandaleuse, liée à la meilleure société comme à la plus interlope, Léonide avait ainsi protégé Ferdinand Walsin Esterhazy, qui n'était pas encore le traître de l'affaire Dreyfus, le présentant au duc d'Aumale, grâce à qui ce triste individu fut nommé au Deuxième bureau, chargé des renseignements militaires… Toute l'époque revit donc à travers deux initiales : Léonide L. et le duc d'A. : en 1906, chacun comprend*[1]*. L'épisode de la vente aux enchères est déplacé chronologiquement : se souvenant de la vente de Léonide Leblanc, Maurice Leblanc la transpose pour imaginer une dispersion organisée par les*

1. Le duc d'Aumale, qui passa sa vie à rassembler les souvenirs de sa famille, n'aurait jamais offert une pierre provenant des collections de la Couronne – mais ses agendas, conservés à Chantilly, montrent la persistance de son attachement pour Léonide Leblanc, qui y apparaît très souvent, désignée par ses initiales (voir Raymond Cazelles, *Le Duc d'Aumale, prince aux dix visages*, Tallandier, 1984, p. 338-341).

héritiers d'Hautrec en 1905 à Drouot[1]*. Il se laisse aller, pour une fois, à décrire, moment d'émerveillement : « Diamant magnifique, énorme, d'une pureté incomparable, et de ce bleu indéfini que l'eau claire prend au ciel qu'il reflète, de ce bleu que l'on devine dans la blancheur du linge » (p. 88). En 1926, la plus célèbre pierre des collections du duc d'Aumale, le diamant rose, disparut lors d'un cambriolage à Chantilly, et fut retrouvée peu après dans des circonstances rocambolesques, non plus dans du dentifrice, comme dans l'affaire Rodellec du Portzic, mais dans une pomme.*

« Crossover »

Sur cette scène, très française, avec pour décors les rues de Paris, les châteaux normands remplis de meubles estampillés, la plaine de Crécy (le fameux champ de bataille de 1346), ce n'est pas l'Anglais qui triomphe. Lupin en rit : « C'est ce qui s'appelle filer à l'anglaise. » Ils tenteront en vain d'avoir des « relations cordiales », en écho aux accords diplomatiques signés en 1904. Ils ne pourront pas s'empêcher de jouer une bataille navale, parodique, en barques. L'Anglais fait toujours craindre à la France quelque Trafalgar. Waterloo, autre événement traumatique, sera revécu par un Lupin acculé dans son dernier carré, son immeuble. Dans les volumes suivants, l'ennemi sera d'abord l'Allemand, le « Boche ». Lupin aura toujours un adversaire digne de croiser le fer avec lui. Ce sera Malreich dans 813*, l'impérissable comtesse de Cagliostro, plus difficiles à berner que Sholmès et son benêt de Wilson. Leblanc a fait exister son héros,*

1. Voir la note 2 de la p. 89 (p. 330).

en le sacrant immédiatement « national » – au fil des romans il deviendra de plus en plus patriote, chauvin, conquérant. Ce ne sont ici que ses débuts.

Un quatuor se met en place, non sans dissonances : Lupin et son « historiographe », face à Herlock Sholmès et son fidèle Wilson. Le seul qui existe bien est le narrateur, le livre qu'on tient en main en est la preuve, il est même possible de supposer qu'il s'appelle Leblanc ; il toise les deux héros britanniques, dissimulés de manière transparente puisque les Français lisent les histoires de Conan Doyle en traduction dans Je sais tout *et en volumes chez Pierre Lafitte, l'éditeur de Leblanc. Celui qui dit « je » s'amuse : « Mon collaborateur, c'est Arsène Lupin », face à un Sholmès qui traite Wilson en faire-valoir – Leblanc s'affirme ainsi comme écrivain, à la première place, devant ce héros qui est en train de dévorer sa célébrité. Dans les aventures de Sherlock Holmes, c'est par Watson, l'évangéliste, que les aventures du « canon » sont transcrites et connues, et – même si cette supposition a pu être formulée – personne ne le confond véritablement avec Conan Doyle. Arsène et Herlock se sont rencontrés dans le premier roman de la série,* Arsène lupin, gentleman-cambrioleur. *Ici, tous les quatre, au restaurant, bavardent sans façons. Wilson ose parler à Lupin, il ne semble pas que Sholmès croise Leblanc autrement que par le regard. Lupin dans le roman ne porte pas de monocle, il a une canne, dont il joue comme d'une arme – Sholmès a sa pipe et son macfarlane. Ils sont tout de suite identifiables.*

Avoir transformé Holmes en Sholmès permet à Leblanc d'écrire : « Quand on entend le récit de ces exploits qui l'ont rendu célèbre dans l'univers entier, on se demande si lui-même, ce Herlock Sholmès, n'est pas un personnage légendaire, un héros sorti vivant du cerveau d'un grand romancier, d'un Conan Doyle, par exemple » (p. 112). Il s'est bien emparé des personnages, il les a faits siens et ose, par bravade, les considérer dignes de l'auteur rival, ajoutant qu'au moins les siens sont réels.

Leblanc a donné dans ce roman le premier exemple éclatant de ce que les critiques de cinéma, de séries, de bandes dessinées ou de jeux vidéo ont appelé le « crossover » des personnages : quand Superman rencontre Batman, par exemple. En littérature, qui avait osé ainsi faire apparaître dans un livre le personnage d'un autre ? Certes Bérénice a vogué de Racine à Corneille, mais le phénomène, en 1670, avait été quasiment simultané – et Bérénice ne les avait pas attendus pour exister. Balzac avait utilisé, comme un hommage, le personnage de M. Prudhomme créé par Henri Monnier, mais il n'en avait pas fait un acteur de ses romans. On trouverait des exemples ici et là, mais seulement sur le mode de la citation[1].

Leblanc, avec aplomb, pille un auteur célèbre, s'empare d'un héros inimitable qui a déjà vécu trente aventures et proclame que le sien en sera le rival. Coup double : il fait exister Lupin et se place, dans la littérature populaire, mais la littérature tout de même, au même rang que Conan Doyle.

Les éditions Pierre Lafitte, avec leur sympathique fondateur, vrai patron de presse de la Belle Époque installé dans son immeuble de l'avenue des Champs-Élysées, avec son adjoint Marcel L'Heureux, homme

1. Dans *Le Roi*, comédie en quatre actes de Gaston Arman de Caillavet et Robert de Flers, le marquis de Chamarande dit au sénateur Bourdier que les alliances entre aristocrates et bourgeois sont malheureuses et cite l'exemple du « gendre de M. Poirier », personnage d'une pièce fameuse de Jules Sandeau et Émile Augier. Tout cela n'allait pas bien loin.

intelligent et habile, ont proclamé que Leblanc était le Conan Doyle français dès les premiers épisodes de Lupin. Y a-t-il eu réellement une protestation de l'écrivain britannique ? Tous les commentateurs et « lupinologues » le racontent à l'envi : il reste qu'on n'en trouve aucune trace dans les dix cartons de documents du fonds Pierre Lafitte, conservés dans le décor lupinien de l'abbaye d'Ardennes en Normandie, à l'Institut mémoires de l'édition contemporaine (IMEC) – où se trouvent aussi les précieuses archives de Francis Lacassin, qui fut le premier à établir une chronologie fine des exploits du gentleman-cambrioleur. Aucune trace non plus parmi les papiers conservés par Florence Boespflug-Leblanc, petite-fille de l'auteur et gardienne de sa mémoire. Seul Jacques Derouard, le pionnier des recherches sur Maurice Leblanc, en a recueilli un vrai témoignage en interrogeant Claude, le fils de l'écrivain, quand il préparait sa biographie, Maurice Leblanc : Arsène Lupin malgré lui[1]. *Sholmès lui-même, sous la plume de Leblanc, est habilement présenté comme le produit d'un croisement entre « le Dupin d'Edgar Poe et le Lecoq de Gaboriau » (p. 112). La seule réponse digne de Conan Doyle aurait été de faire entrer Lupin dans ses histoires. Il s'en est bien gardé. Rien n'interdit de penser, en l'état actuel des recherches, que cette crise de jalousie britannique, plaçant Lupin à égalité avec Holmes, puisse être un coup publicitaire monté par Lafitte, maître en la matière, répété par Leblanc qui aimait enjoliver les anecdotes de sa vie.*

Il reste que deux méthodes s'affrontent, qui font de

1. Jacques Derouard évoque « une lettre indignée de Conan Doyle, qui refuse de voir utiliser le nom de son héros » et ajoute simplement en note comme seule référence : « Nous devons ce renseignement à Claude Leblanc » (*Maurice Leblanc : Arsène Lupin malgré lui*, Séguier, 1989, p. 277).

ce roman une théorie du genre policier mise en actes : face à la déduction, méthode Sholmès, Lupin est l'intuition. Lupin a des idées, il part du problème et trouve une solution ; Sholmès commence par les realia*, les détails observés, « les taches de boue et les cendres de cigarette ». Et Lupin a une supériorité, c'est qu'il a lu les aventures de Sholmès : « Je connais sa façon de se battre et il ne connaît pas la mienne » (p. 109). La méthode Lupin est pourtant expliquée par Sholmès, il a compris qu'« avec ce diable de Lupin, on travaille dans le vide, au hasard, et qu'au lieu d'extraire la vérité de faits précis, on doit la tirer de son propre cerveau, pour vérifier ensuite si elle s'adapte bien aux événements » (p. 136). Le lecteur amateur d'énigmes, et plus attentif que les autres, saisira les quelques faiblesses du récit. L'insistance sur la blondeur de l'héroïne, « excessivement blonde », rend immédiatement suspecte l'apparition d'une autre, signalée, en passant, avec l'air de ne pas insister, comme « brune », en incise, adjectif détaché entre deux virgules – Leblanc dans ses romans ultérieurs veillera à gommer ces facilités trop visibles. Mais n'en trouverait-on pas de semblables dans le canon holmesien ? Lupin s'en moque : « Il riait d'un rire heureux, comme s'il se divertissait à quelque jeu d'enfant et qu'aucun péril ne l'eût menacé. » Sholmès a compris qu'il a en face de lui un personnage littéraire*[1] *: « Il y a du Gavroche dans cet homme » (p. 133).*

Fidèle à la technique mise au point dans le premier volume, Leblanc change sans cesse de point de vue, d'angle d'attaque : présent dans la première nouvelle, il s'efface dans l'affaire du diamant bleu, reprenant

1. Voir, au sujet de ce héros sorti des livres, notre préface à *Arsène Lupin, gentleman-cambrioleur* en Folio classique.

la parole au milieu du récit de la vente aux enchères, pour expliquer. Au chapitre suivant, le voici, sur scène, dans un restaurant près de la gare du Nord, face à Lupin, à la première personne – ce qui permet de glisser que le gentleman est végétarien et vit d'eau fraîche, alors que tout le monde sait que Sherlock Holmes a recours à bien d'autres substances. Au début du chapitre 4, les deux Britanniques sont seuls, et le lecteur croit lire un pastiche de Doyle : on apprend que les deux « vieux camarades », à l'hôtel, partagent la même chambre. Leblanc s'amuse de cette passion discrète entre les deux hommes : « Damnation ! hurla Sholmès, si on me l'a tué, je tue » (p. 237). Car le génial Sholmès semble apprécier au plus haut point la compagnie de la sottise : ne choisit-il pas un fiacre automobile dont le « chauffeur lui plut par sa bonne figure réjouie et peu intelligente » ? Celui qui est moqué ici, c'est Conan Doyle. Lupin, lui, va vers les jolies femmes.

Un autre pastiche, le début du « second épisode », « La lampe juive », est encore plus cruel, pour les personnages et pour leur auteur : « La pipe de Sholmès, une courte bruyère à virole d'argent, s'éteignit. Il en vida les cendres, la bourra de nouveau, l'alluma, ramena sur ses genoux les pans de sa robe de chambre, et sortit de sa pipe de longues bouffées qu'il s'ingéniait à lancer au plafond en petits anneaux de fumée. Wilson le regardait. Il le regardait comme le chien couché en cercle sur le tapis du foyer regarde son maître, avec des yeux ronds, sans battements de paupières, des yeux qui n'ont d'autre espoir que de refléter le geste attendu » (p. 219).

Le vieux Ganimard en revanche n'est pas ridicule : il parle fort, avec autorité et logique, met au point des concepts – « la faculté de disparition » – et celui qui est moqué, c'est le chef de la sûreté, Dudouis – ainsi nommé en souvenir d'un camarade de lycée qui avait toujours de meilleures notes que Leblanc. L'imbécile flaubertien, c'est Wilson, toujours entre naïveté et ahurissement, un épagneul énamouré.

Les immeubles truqués

En ville voguent des « fiacres automobiles » conduits par des « mécaniciens » en manteau de fourrure, on passe au « Grand Garage » du côté du « Bois », on croise des fiacres attelés et des autobus, les cyclistes se sentent invincibles et les piétons se font attaquer entre deux réverbères. Paris a ses barrières, sa zone, avec ses cahutes de chiffonniers, celles où on avait identifié le dénommé Désiré Baudru dans Arsène Lupin, gentleman-cambrioleur. *Au bord du boulevard Berthier, face aux terrains vagues, comme devant la mer, les artistes ont leurs ateliers. Le sport est partout : Lupin gagne « la première manche », « le point est acquis », c'est du tennis, du jiu-jitsu, de la course à pied. « Il n'y a qu'une sensation qui vaille celle-là, celle du chauffeur en course d'automobile ! » écrit Leblanc, amateur de sports élégants. Contre Sholmès, Lupin, avec « sa nature primesautière », médite « quelques bottes secrètes », comme dans* Le Bossu *de Paul Féval.*

Paris est depuis longtemps une figure littéraire, depuis les promenades de Louis-Sébastien Mercier ou celles de Restif de la Bretonne, depuis Les Mystères de Paris *d'Eugène Sue, les barricades et les égouts des* Misérables. *Leblanc ose donner du mystère à ce qui en apparence en a le moins : l'immeuble dit « haussmannien » quand bien même il aurait été construit après l'impulsion donnée par le préfet Haussmann sous*

Napoléon III. L'immeuble, avec sa répartition sociale claire, son absence de surprise, sa rationalité, incarne tout ce contre quoi Lupin se bat. Le tour de force est qu'il a transformé ces boîtes sociales, en leur donnant des tiroirs aussi secrets que ceux du secrétaire Empire de M. Gerbois. La ville de Lupin ressemble à celle de Caillebotte, avec ses balcons filants, ses grilles au pied des arbres, ses fenêtres ouvertes ; les intérieurs font penser à ceux qu'a peints Vuillard, meublés d'acajou, dans des couleurs atténuées par la clarté déserte des lampes : c'est ainsi qu'on les devine quand Lupin observe une scène depuis l'envers d'une tapisserie élimée réduite à sa trame, comme une action simplifiée à l'extrême, qui laisse entrevoir la lumière dans un halo d'hallucination.

Ce roman est une carte de Paris. Les adresses précises défilent et ne sont pas toutes imaginaires[1]*. Dans les petits volumes verts du marquis de Rochegude,* Promenades dans toutes les rues de Paris, *publiés chez Hachette en 1910, il n'est pas rare que des cambriolages soient signalés ici ou là. Si le « noble » faubourg Saint-Germain est cité dans le roman, c'est comme une lointaine référence, un peu périmée. Les vieilles familles quand elles sont fortunées habitent les hôtels du parc Monceau – en témoigne ici celui qu'occupent, rue Murillo, le baron d'Imblevalle et les siens. Les nouveaux quartiers à la mode sont ceux où habite Leblanc : les abords de l'avenue du Bois, là où, à deux pas des immeubles les plus modernes, on peut pratiquer tous les sports. Les autres quartiers où l'action se déroule sont les environs de la place de Clichy et des Batignolles, là où l'auteur a également vécu, entre la Nouvelle Athènes des romantiques et les franges des quartiers populaires.*

1. Voir la carte, p. 342-343.

Le lecteur découvre au passage un des appartements de Leblanc lui-même, son cinquième étage de la rue Clapeyron. L'appartement de Me Detinan possède un long couloir qui conduit à une cuisine avec escalier de service – configuration usuelle. Non loin de là, à un quart d'heure à pied, les trois bâtisses de l'avenue Henri-Martin sont imaginaires : la luxueuse résidence du baron d'Hautrec est encadrée par deux maisons, suivant la disposition courante de ces nouveaux « petits hôtels » qui ressemblent à des immeubles. Sans jamais le décrire, Leblanc en montre le fonctionnement, du vestibule aux mansardes des domestiques. Devant la façade, un étroit jardin, des grilles : sous la pluie c'est une parfaite maison du crime. Les sonneries, les réseaux électriques lui donnent un luxe indispensable : « C'est le palais des enchantements », dit Sholmès. Comment ne pas s'extasier devant ces inventions dernier cri, « ces admirables trucs, timbres d'avertissement, réseau de fils électriques et de tuyaux acoustiques, passages invisibles, lames de parquet qui glissent, escaliers dérobés… Une vraie machination pour féerie ! » Rêve enfantin et moderne : les immeubles, qui sont de vrais personnages dans ce roman, poétisent ce Paris de la Belle Époque, lui donnent une épaisseur que la monotonie de certaines architectures ne laisse pas augurer. Les moulures pivotent, les miroirs glissent, les cheminées cachent des escaliers. Le Paris de 1900 évoquerait-il La Petite Maison *de Jean-François de Bastide*[1]*, le cabinet des glaces mouvantes du Petit Trianon ? Ces « machines à habiter » créées avant que Le Corbusier n'impose cette expression sont avant tout des « théâtres à machines ».*

À l'angle de la rue Montchanin et de la place

1. Voir l'édition par Michel Delon en Folio classique, à la suite de *Point de lendemain* de Dominique Vivant Denon.

Malesherbes, une immense pièce en rotonde occupe une des ailes de l'hôtel de l'architecte Destanges, les murs en sont tapissés de livres. Cette maison existe peut-être. Aujourd'hui, à l'angle de ce qui est devenu la rue Jacques-Bingen et l'actuelle place du Général-Catroux – dédiée au souvenir d'Alexandre Dumas père et fils et du général Dumas, celui de la Révolution –, se trouvent deux édifices : un étrange bâtiment néo-Louis XVI dont l'entrée, formant le coin, a été modifiée et, en face, un imposant massif qui était la demeure du compositeur Charles Gounod. Le premier a été célèbre quand y demeurait la famille de Poirson, librettiste à la mode. Quel est celui des deux qui a le plus fait rêver Leblanc ? Le lecteur cherche des indices. La maison du compositeur de Faust *n'a pas de volets, alors que Sholmès les rabat avant de sauter par la fenêtre. Sauf que d'anciennes cartes postales montrent bien des contrevents au rez-de-chaussée. Aux beaux étages ils seraient incompatibles avec le style Renaissance. Leblanc situe le nœud de l'action à cet endroit pour des raisons littéraires. Dans cette rue Montchanin a habité Maupassant, son auteur de prédilection, dans ce qu'André de Fouquières a décrit comme « un appartement calfeutré, surchauffé, parfumé, encombré de plantes vertes, de peaux d'ours, de vieilles faïences […] étouffoir où se succédaient d'avides visiteuses ». Un peu plus loin s'élève l'hôtel de Mme Aubernon, un des modèles de Mme Verdurin, dont le fils, Raoul (prénom lupinien par excellence), jouait la comédie*[1]*. Tous les décors de ce coin de rue semblent appeler Lupin. Gounod a, chez lui, dans une immense pièce digne des halls des châteaux britanniques, qui a fait peut-être naître l'idée*

1. André de Fouquières, *Mon Paris et ses Parisiens*, t. II, *op. cit.*, p. 131-135.

de la bibliothèque en rotonde, un orgue qui, par la fenêtre ouverte, dialoguait avec l'orgue de l'immeuble d'en face, les maisons communiquant ainsi par le son. André de Fouquières rapporte ce voisinage musical : sa parente Mme Poirson se promenait « sous les marronniers de la place Malesherbes, en toilette surannée, robe à falbalas, chapeau cabriolet ». Leblanc choisit de donner une adresse précise pour en appeler aux souvenirs de ceux qui connaissent ce carrefour de la vie littéraire, artistique et mondaine. Il n'a guère besoin de décrire.

Pour comprendre comment l'idée peut lui être venue d'un même architecte dont toutes les constructions cachent des secrets, il suffit de se rendre sur place. « Je n'ai plus qu'à découvrir pourquoi les trois aventures se sont dénouées au 25 de la rue Clapeyron, au 134 de l'avenue Henri-Martin et entre les murs du château de Crozon », dit Sholmès (p. 117). En bordure de l'actuelle avenue Foch, la rue Crevaux, refuge de Lupin, a été habitée par Maurice Leblanc, à côté de ce bel hôtel qui est devenu le musée d'Ennery[1] *– Lupin sera Jean d'Enneris dans « Le cabochon d'émeraude » et* La Demeure mystérieuse, *autre mystère architectural. Il lui suffisait de sortir pour aller rendre visite à sa sœur – qui habite symétriquement, sur l'autre rive de l'avenue, dans la villa Dupont qui donne sur cette rue Pergolèse où loge l'inspecteur Ganimard – pour tomber sur une dizaine d'immeubles qui portent une même signature, bien lisible « E. Compand. Architecte 1882*[2] *». Cette inscription se retrouve sur des façades*

1. Ce musée dépend aujourd'hui de Guimet.

2. Compand n'a pas marqué l'histoire de l'architecture post-haussmannienne, on lui doit des immeubles en série, comme ceux de ce quartier qui ont été lotis ensemble et lui ont été confiés ou sa propre demeure, une sobre façade sans génie 175 rue de

de la rue Picot, qui est parallèle, et sur des maisons de l'avenue Bugeaud, qui les coupe. Aujourd'hui la maison de Leblanc rue Crevaux abrite l'ambassade du Honduras ; il n'est pas interdit de croire qu'elle communique avec l'ambassade du Turkménistan, rue Picot. Les Parisiens de cette époque connaissaient ces voies secrètes qui permettaient de passer d'une cour arrière à une cour intérieure, et d'aller pourquoi pas d'une adresse à une autre en passant par les étages. Fouquières, toujours lui, signale que la duchesse d'Uzès fait acquérir des hôtels avenue Van-Dyck, rue de Courcelles, rue Murillo et « dès lors entre ces demeures s'établirent des communications » et dit comment « le fief Greffulhe de la rue d'Astorg » est relié à d'autres « demeures communicantes » appartenant au duc de Guiche et au prince d'Arenberg[1]…

Leblanc module des variations sur ce thème, un des plus anciens du genre policier : la chambre close, celle où Lupin et la Dame blonde disparaissent chez Me Detinan, celle où le baron d'Hautrec a été poignardé. Chaque fois, les issues sont fermées, personne n'a pu sortir, et pourtant… Lupin et sa compagne sont comme « incorporés aux pierres de la maison ». Dans le détail, ces édifices ont été trafiqués avec art, de manière invisible ; ils résistent aux enquêteurs : « On s'assurait que le marbre de la cheminée ne basculait pas, que telle moulure de la glace ne cachait pas un ressort destiné à la faire pivoter. On imaginait des trous béants, des orifices de tunnel, des communications avec les égouts, avec les catacombes… » (p. 88). Lupin sait faire jouer les ornements qui déclenchent des

Courcelles. La banalité de ses architectures qui n'attirent pas l'œil semble en faire des cachettes idéales.

1. André de Fouquières, *Mon Paris et ses Parisiens*, t. II, *op. cit.*, p. 188.

mécanismes, comme au château de Thibermesnil dans Arsène Lupin, gentleman-cambrioleur. « *Jusqu'où va le progrès ? Notre siècle fourmille de petites inventions qui rendent vraiment la vie charmante et pittoresque. Et si amusante !... surtout quand on sait jouer à la vie comme moi !* » *dit Arsène (p. 191). Ganimard refuse de croire qu'un bouton d'appel avertit un ballon aérostatique, il ne faut pas exagérer, mais ne songe pas à l'ascenseur.*

Dans ses romans, Ponson du Terrail avait usé de ces stratagèmes : dans La Vengeance de Vasilika, *le tome III de* La Résurrection de Rocambole *(paru en cinq volumes chez Dentu en 1866), il était question de passages entre immeubles, de planchers qui se soulèvent et de trappes. Gaston Leroux, qui sort* Le Fantôme de l'opéra *en feuilleton dans* Le Gaulois *à partir de septembre 1909, usera lui aussi des passages secrets, de boutons qui actionnent des dispositifs et font pivoter les miroirs. Au fond de la villa Dupont, chez Georgette Leblanc, un hôtel qu'habita Henri Rochefort ouvrait sur la rue Marbeau...*

Une chimère

La moulure s'est bloquée. Le pan de mur n'a pas tourné. Ce sont des choses qui arrivent. Lupin, cerné, rue Crevaux, se voit comme un personnage qui passera quoi qu'il arrive à la postérité, qui rédige lui-même la plaque où le souvenir de son séjour sera inscrit, pour être « en règle avec les historiens des générations futures » (p. 193). Il agira de même, en passe-muraille, avant de quitter l'aiguille d'Étretat.

Chaque chapitre de ce livre est une nouvelle, mais tous sont liés, comme les tiroirs d'un même meuble sur lequel court une unique inscription. Ce sont des immeubles séparés entre lesquels le lecteur peut circuler par des escaliers dérobés : Ganimard comprend que Lupin, qu'il a laissé échapper dans l'affaire du billet de loterie, est la clef du meurtre d'Hautrec ; il évoque Holmes – avant l'entrée en scène de Sholmès, établissant un lien avec la fin du chapitre où le détective britannique se verra adresser une invitation au « 219 Parker Street ».

Le cerveau d'Herlock Sholmès fonctionne comme un appartement avec ses passages secrets, comme autant de topiques freudiennes. Les murs qui ont « des yeux et des oreilles » sont une métaphore de cette tête qui contient des cloisons et des chambres. L'édifice le plus complexe c'est lui, et il en souffre : « Sholmès se courba vivement et couvrit son visage de ses deux mains afin de masquer sa rougeur. Quelque chose comme une lumière trop brusque l'avait heurté, et il restait ébloui, mal à l'aise. Tout se dévoilait à lui ainsi qu'un paysage obscur d'où la nuit s'écartait soudain. »

Sholmès et Lupin se sont battus pour « une chimère », un bijou précieux, « rehaussé de rubis et d'émeraudes ». Quelle meilleure image garder de leur affrontement ? Le nom du vainqueur est connu, puisque nous lisons un roman de Maurice Leblanc. Sholmès ne saurait l'emporter, mais comme l'auteur est un gentleman, tout le « suspens » (élégant anglicisme) réside dans la manière dont le Français lui permettra de ne pas perdre la face.

Autour d'eux, le brouhaha des figurants, les comparses de la bande, Jeanniot le concierge, la garde rapprochée de Lupin, les gendarmes avec le brigadier Folenfant et son camarade Dieuzy, les « gens du monde », lady Cliveden, la duchesse de Cleath, lady Strongborough… Le roman est traversé par une enfant attentive, « la petite Henriette », qui joue avec des pages de journaux où des lettres ont été découpées. Henriette, n'était-ce pas le prénom de la mère d'Arsène Lupin[1] *? Sa réincarnation est aussi incongrue dans ce décor, où elle provoque un éclair inattendu, que le visage de l'enfant qui traverse* La Ronde de nuit *de Rembrandt – la rue Rembrandt ne croise-t-elle pas la rue Murillo, où se joue le drame de « La lampe juive » ?*

Une autre silhouette fine se détache, « la Dame blonde ». Elle se résume à un éclat ; comme le diamant bleu, elle est de « cette couleur violente ». Elle est celle qui a peut-être tué d'Hautrec, sans lui soustraire la pierre précieuse – alors que Lupin vole mais ne tue pas. Mais le diamant est-il le bon ? N'est-il pas le résultat, lui aussi, d'une prouesse scientifique ? Cette violence, à l'époque des bandes d'apaches, des anarchistes, des truands organisés et des cambriolages en série est bien réelle : elle fait de Lupin bien plus qu'une figure de comédie. « Mon existence est violente et fiévreuse », avoue-t-il à Clotilde. Ce sera la clef de la suite de ses exploits.

Lupin est attiré par ses prochaines aventures, il s'y précipite, il n'est plus question qu'il s'arrête désormais, comme Leblanc l'aurait peut-être voulu au moment des premiers échos favorables, quand la vague commençait à enfler après « L'arrestation d'Arsène Lupin » et « Arsène Lupin en prison ». Tout va s'accélérer : « L'horizon venait à leur rencontre, comme attiré par une force mystérieuse, et il disparaissait à l'instant comme absorbé par un abîme vers lequel d'autres choses aussitôt, arbres, maisons, plaines et forêts, se

1. Voir, dans *Arsène Lupin, gentleman-cambrioleur,* le chapitre « Le Collier de la Reine ».

précipitaient avec la hâte tumultueuse d'un torrent qui sent l'approche du gouffre » (p. 183).

Dans L'Aiguille creuse *– il faudra attendre quelques années pour connaître la suite ! – Maurice Leblanc reviendra sur ce qui le différencie de Conan Doyle, quand Lupin se verra concurrencer par le jeune Isidore Beautrelet, qui l'admire et l'imite dans le but de dépasser son maître. Puis il se passera de « l'Anglais », devenu simple comparse, échafaudage désormais inutile qui lui a servi à construire la statue de son personnage. On ne reverra plus le lycéen – qu'il rendra à un autre auteur, « crossover » toujours, Gaston Leroux, poursuivant de son côté le récit des exploits de Rouletabille. Aux blanches façades succéderont les falaises, il suivra la Seine qui le conduira de Paris à son embouchure, son pays. Le cambrioleur, escaladeur, escamoteur sera l'héritier des rois, le prince des collectionneurs, l'amoureux désespéré. Pour que son créateur devienne l'écrivain accompli qu'il rêvait d'être depuis toujours, Arsène Lupin devra tenir les promesses de l'ombre.*

ADRIEN GOETZ

Note sur l'édition

Pas plus que pour *Arsène Lupin, gentleman-cambrioleur* (voir notre édition en Folio classique) n'ont été conservés de manuscrits ou de tapuscrits pour cette deuxième aventure du héros de Maurice Leblanc, du moins en l'état actuel des recherches. La présente édition se fonde sur la première publication en volume sortie chez Pierre Lafitte le 10 février 1908. En comparaison des publications pré-originales dans le magazine *Je sais tout*, Leblanc a largement étoffé son texte pour en faire un vrai roman (selon une méthode qu'il avait mise au point pour le recueil précédent), notamment en ajoutant des descriptions et des paragraphes entiers et en développant les dialogues. La modification du nom de Sherlock Holmes en Herlock Sholmès avait déjà eu lieu lors de la sortie en volume d'*Arsène Lupin, gentleman-cambrioleur*. Lafitte fait de nouveau appel à l'illustrateur Léo Fontan pour la couverture, où une main mystérieuse menace le personnage principal coiffé de son haut-de-forme et arborant un monocle (dont Leblanc ne parle pourtant nulle part).

C'est cette édition de 1908 que nous reprenons ici, tout en tenant compte des quelques corrections que Leblanc avait effectuées dans la réédition de 1914, toujours chez Pierre Lafitte (correction de noms propres et de ponctuation, suppression de quelques phrases courtes). On note que Lupin tutoie les policiers (Ganimard, Folenfant et les simples agents), alors qu'il les vouvoyait dans la version de 1908. Nous avons également corrigé quelques coquilles et modernisé la ponctuation là où cela s'imposait.

Ce roman se compose de deux parties désignées comme des « épisodes ». « La Dame blonde » constitue un récit indépendant, qui possède sa propre fin et peut se lire séparément. Leblanc n'a donc pas vraiment cherché à donner une unité au livre, ce qu'il aurait facilement pu faire en adoptant une division en chapitres analogue à celle d'*Arsène Lupin, gentleman-cambrioleur*.

*

Les succès de Maurice Leblanc ne tardèrent pas à lui susciter des émules. Maurice Renard (1875-1939), dans son roman *Le Péril bleu* paru en 1911, qui commence comme une intrigue policière cherchant à imiter l'esprit d'*Arsène Lupin contre Herlock Sholmès* et se poursuit sur le ton d'un roman fantastique, évoque un enquêteur qui déclare (Éditions Louis-Michaud, p. 69-70) :

> « Je dis que je suis *sherlockiste* », répéta-t-il. – Mais alors il devint si rouge que ses lèvres disparurent dans l'embrasement de tout son visage… « *Sherlockiste* ou *holmesien*, si vous préférez ; comme on dit *carliste* ou *garibaldien*. » […] Tiburce reprit :
>
> — Enfin, monsieur, vous avez bien entendu parler de Sherlock Holmes ?

Ce détective éprouve, à cette date, le besoin de justifier son existence littéraire, et de dire qu'il a lu à la fois Conan Doyle et Maurice Leblanc. Il explique :

> « Voyez-vous, monsieur, ma vocation s'est décidée à l'époque où je faisais ma philosophie, […] un soir que je lisais le conte de Voltaire appelé *Zadig ou la Destinée*. On y trouve, monsieur, certain morceau qui est comme le prototype de toutes les intrigues policières, où Zadig,

quoique n'ayant jamais vu la chienne de la reine, n'en fait pas moins la description frappante au Premier Eunuque, grâce aux vestiges qu'elle a laissés de son passage dans un petit bois. Cette lecture m'ouvrit les yeux, et je résolus de cultiver en moi les dispositions à la perspicacité [...]. À quelque temps de là, les contes d'Edgar Poe me tombèrent sous la main ; je fus émerveillé par l'esprit sagace du policier Dupin. Enfin, ces dernières années, toute une littérature s'est mise à fleurir à la suite du *Crime de la rue Morgue*, de *La Lettre volée*, du *Mystère de Marie Roget*, et ma vocation se dessina de plus en plus. À vrai dire, Sherlock Holmes domine cette production comme Napoléon domine l'histoire de son temps ; mais chacun de ces ouvrages a pourtant son importance, et forme un bréviaire du chasseur d'inconnu. Leur ensemble, renforcé de plusieurs traités de logique, compose la bibliothèque du détective amateur ; et cette bibliothèque, monsieur, ne me quitte pas. » Tiburce, disant ces paroles, ouvrit une valise qu'il avait dissimulée sous la cloche de son macfarlane, et tira de ses profondeurs une kyrielle de volumes solidement reliés. Il les posa un par un sur le bureau, glissant côte à côte Aristote et Maurice Leblanc, Mark Twain et Stuart Mill, Hegel et Gaston Leroux, Conan Doyle et Condillac – faisant voisiner *Le Parfum de la dame en noir* avec les trois premiers tomes du *Spectateur* et *Les Aventures d'Arsène Lupin* avec la *Logique inductive et déductive*.

« Voici mes maîtres », dit-il avec un geste pompeux.

En 1920, le magazine *Je sais tout* lancera un « concours de romans scientifiques et d'aventures » : Maurice Renard siège dans le jury aux côtés de Maurice Leblanc, Paul Bourget, Rosny aîné, Pierre Benoit, Gaston Leroux, Pierre Lafitte...

En 1910 avait été représentée au théâtre du Châtelet une pièce intitulée *Arsène Lupin contre Herlock Sholmès* (texte de Victor Darlay et Henry de Gorsse) sans participation directe de Leblanc. La même année, un film de Viggo Larsen avait été la première adaptation du livre au cinéma.

A. G.

ARSÈNE LUPIN
CONTRE
HERLOCK SHOLMÈS

À Marcel L'HEUREUX[1]
En témoignage d'affection.

M. L.

La Dame blonde

Premier épisode

I

LE NUMÉRO 514-SÉRIE 23

Le 8 décembre de l'an dernier, M. Gerbois, professeur de mathématiques au lycée de Versailles[1], dénicha, dans le fouillis d'un marchand de bric-à-brac, un petit secrétaire en acajou qui lui plut par la multiplicité de ses tiroirs.

— Voilà bien ce qu'il me faut pour l'anniversaire de Suzanne, pensa-t-il.

Et comme il s'ingéniait, dans la mesure de ses modestes ressources, à faire plaisir à sa fille, il débattit le prix et versa la somme de soixante-cinq francs.

Au moment où il donnait son adresse, un jeune homme, de tournure élégante, et qui furetait déjà de droite et de gauche, aperçut le meuble et demanda :

— Combien ?

— Il est vendu, répliqua le marchand.

— Ah !... à monsieur, peut-être ?

M. Gerbois salua et, d'autant plus heureux d'avoir ce meuble qu'un de ses semblables le convoitait, il se retira.

Mais il n'avait pas fait dix pas dans la rue qu'il fut rejoint par le jeune homme, qui, le chapeau à la main et d'un ton de parfaite courtoisie, lui dit :

— Je vous demande infiniment pardon, monsieur... je vais vous poser une question indiscrète... Cherchiez-vous ce secrétaire plus spécialement qu'autre chose[1] ?

— Non. Je cherchais une balance d'occasion pour certaines expériences de physique.

— Par conséquent, vous n'y tenez pas beaucoup ?

— J'y tiens, voilà tout.

— Parce qu'il est ancien, peut-être ?

— Parce qu'il est commode.

— En ce cas vous consentiriez à l'échanger contre un secrétaire aussi commode, mais en meilleur état ?

— Celui-ci est en bon état, et l'échange me paraît inutile.

— Cependant...

M. Gerbois est un homme facilement irritable et de caractère ombrageux. Il répondit sèchement :

— Je vous en prie, monsieur, n'insistez pas.

L'inconnu se planta devant lui.

— J'ignore le prix que vous l'avez payé, monsieur... je vous en offre le double.

— Non.

— Le triple ?

— Oh ! restons-en là, s'écria le professeur, impatienté, ce qui m'appartient n'est pas à vendre.

Le jeune homme le regarda fixement, d'un air que M. Gerbois ne devait pas oublier, puis, sans mot dire, tourna sur ses talons et s'éloigna.

Une heure après on apportait le meuble dans la maisonnette que le professeur occupait sur la route de Viroflay. Il appela sa fille.

— Voici pour toi, Suzanne, si toutefois il te convient.

Suzanne était une jolie créature, expansive et heureuse. Elle se jeta au cou de son père et l'embrassa avec autant de joie que s'il lui avait offert un cadeau royal.

Le soir même, l'ayant placé dans sa chambre avec l'aide d'Hortense, la bonne, elle nettoya les tiroirs et rangea soigneusement ses papiers, ses boîtes à lettres, sa correspondance, ses collections de cartes postales, et quelques souvenirs furtifs qu'elle conservait en l'honneur de son cousin Philippe.

Le lendemain, à sept heures et demie, M. Gerbois se rendit au lycée. À dix heures, Suzanne, suivant une habitude quotidienne, l'attendait à la sortie, et c'était un grand plaisir pour lui que d'aviser, sur le trottoir opposé à la grille, sa silhouette gracieuse et son sourire d'enfant.

Ils s'en revinrent ensemble.

— Et ton secrétaire ?

— Une pure merveille ! Hortense et moi, nous avons fait les cuivres. On dirait de l'or.

— Ainsi, tu es contente ?

— Si je suis contente ! c'est-à-dire que je ne sais pas comment j'ai pu m'en passer jusqu'ici.

Ils traversèrent le jardin qui précède la maison. M. Gerbois proposa :

— Nous pourrions aller le voir avant le déjeuner ?

— Oh ! oui, c'est une bonne idée.

Elle monta la première, mais, arrivée au seuil de sa chambre, elle poussa un cri d'effarement.

— Qu'y a-t-il donc ? balbutia M. Gerbois.

À son tour il entra dans la chambre. *Le secrétaire n'y était plus.*

*

... Ce qui étonna le juge d'instruction, c'est l'admirable simplicité des moyens employés. En l'absence de Suzanne, et tandis que la bonne faisait son marché, un commissionnaire muni de sa plaque – des voisins la virent – avait arrêté sa charrette devant le jardin qui précède la maison et sonné par deux fois. Les voisins, ignorant que la bonne était dehors, n'eurent aucun soupçon, de sorte que l'individu effectua sa besogne dans la plus absolue quiétude.

À remarquer ceci : aucune armoire ne fut fracturée, aucune pendule dérangée. Bien plus, le porte-monnaie de Suzanne, qu'elle avait laissé sur le marbre du secrétaire, se retrouva sur la table voisine avec les pièces d'or qu'il contenait. Le mobile du vol était donc nettement déterminé, ce qui rendait le vol d'autant plus inexplicable, car, enfin, pourquoi courir tant de risques pour un butin si minime ?

Le seul indice que put fournir le professeur fut l'incident de la veille.

— Tout de suite ce jeune homme a marqué, de mon refus, une vive contrariété, et j'ai eu l'impression très nette qu'il me quittait sur une menace.

C'était bien vague. On interrogea le marchand. Il ne connaissait ni l'un ni l'autre de ces deux messieurs. Quant à l'objet acheté quarante francs, à Chevreuse, dans une vente après décès, il croyait bien l'avoir revendu à sa valeur. L'enquête poursuivie n'apprit rien de plus.

Mais M. Gerbois resta persuadé qu'il avait subi un dommage énorme. Une fortune devait être dissimulée dans le double-fond d'un tiroir, et c'était la raison pour laquelle le jeune homme, connaissant la cachette, avait agi avec une telle décision.

— Mon pauvre père, qu'aurions-nous fait de cette fortune ? répétait Suzanne.

— Comment ! mais avec une pareille dot, tu pouvais prétendre aux plus hauts partis.

Suzanne, qui bornait ses prétentions à son cousin Philippe, lequel était un parti pitoyable, soupirait amèrement. Et dans la petite maison de Versailles, la vie continua, moins gaie, moins insouciante, assombrie de regrets et de déceptions.

Deux mois se passèrent. Et soudain, coup sur coup, les événements les plus graves, une suite imprévue d'heureuses chances et de catastrophes !...

Le premier février, à cinq heures et demie, M. Gerbois, qui venait de rentrer, un journal du soir à la main, s'assit, mit ses lunettes et commença de lire. La politique ne l'intéressant pas, il tourna la page. Aussitôt un article attira son attention, intitulé :

Troisième tirage de la loterie des Associations de la Presse.

Le numéro 514-série 23 gagne un million...

Le journal lui glissa des doigts. Les murs vacillèrent devant ses yeux, et son cœur cessa de battre. Le numéro 514-série 23, c'était son numéro ! Il l'avait acheté par hasard, pour rendre service à l'un de ses amis, car il ne croyait guère aux faveurs du destin, et voilà qu'il gagnait !

Vite, il tira son calepin. Le numéro 514-série 23 était bien inscrit, pour mémoire, sur la page du calepin. Mais le billet ?

Il bondit vers son cabinet de travail pour y chercher la boîte d'enveloppes parmi lesquelles il avait glissé le précieux billet, et dès l'entrée il s'arrêta net, chancelant de nouveau et le cœur contracté :

la boîte d'enveloppes ne se trouvait pas là, et, chose terrifiante, il se rendait subitement compte qu'il y avait des semaines qu'elle n'était pas là ! Depuis des semaines, il ne l'apercevait plus devant lui aux heures où il corrigeait les devoirs de ses élèves !

Un bruit de pas sur le gravier du jardin... Il appela :

— Suzanne ! Suzanne !

Elle arrivait de course. Elle monta précipitamment. Il bégaya d'une voix étranglée :

— Suzanne... la boîte... la boîte d'enveloppes ?...

— Laquelle ?

— Celle du Louvre[1]... que j'avais rapportée un jeudi... et qui était au bout de cette table.

— Mais rappelle-toi, père... c'est ensemble que nous l'avons rangée...

— Quand ?

— Le soir... tu sais... la veille du jour...

— Mais où ?... réponds... tu me fais mourir...

— Où ?... dans le secrétaire.

— Dans le secrétaire qui a été volé ?

— Oui.

— Dans le secrétaire qui a été volé ?

Il répéta ces mots tout bas, avec une sorte d'épouvante. Puis il lui saisit la main, et d'un ton plus bas encore :

— Elle contenait un million, ma fille...

— Ah ! père, pourquoi ne me l'as-tu pas dit ? murmura-t-elle naïvement.

— Un million ! reprit-il, c'était le numéro gagnant des bons de la Presse[2].

L'énormité du désastre les écrasait, et longtemps ils gardèrent un silence qu'ils n'avaient pas le courage de rompre.

Enfin Suzanne prononça :

— Mais, père, on te le paiera tout de même.

— Pourquoi ? sur quelles preuves ?

— Il faut donc des preuves ?

— Parbleu !

— Et tu n'en as pas ?

— Si, j'en ai une.

— Alors ?

— Elle était dans la boîte.

— Dans la boîte qui a disparu ?

— Oui. Et c'est l'autre qui touchera.

— Mais ce serait abominable ! Voyons, père, tu pourras t'y opposer ?

— Est-ce qu'on sait ! est-ce qu'on sait ! cet homme doit être fort ! il dispose de telles ressources !... Souviens-toi... l'affaire de ce meuble...

Il se releva dans un sursaut d'énergie, et frappant du pied :

— Eh bien ! non, non, il ne l'aura pas, ce million, il ne l'aura pas ! Pourquoi l'aurait-il ? Après tout, si habile qu'il soit, lui non plus ne peut rien faire. S'il se présente pour toucher, on le coffre ! Ah ! nous verrons bien, mon bonhomme !

— Tu as donc une idée, père ?

— Celle de défendre nos droits, jusqu'au bout, quoi qu'il arrive ! Et nous réussirons !... Le million est à moi : je l'aurai !

Quelques minutes plus tard, il expédiait cette dépêche :

Gouverneur Crédit Foncier[1], rue Capucines, Paris
Suis possesseur du numéro 514-série 23,
mets opposition par toutes voies légales
à toute réclamation étrangère.

GERBOIS.

Presque en même temps parvenait au Crédit Foncier cet autre télégramme :

Le numéro 514-série 23 est en ma possession.

ARSÈNE LUPIN.

*

Chaque fois que j'entreprends de raconter quelqu'une des innombrables aventures dont se compose la vie d'Arsène Lupin, j'éprouve une véritable confusion, tellement il me semble que la plus banale de ces aventures est connue de tous ceux qui vont me lire. De fait, il n'est pas un geste de notre « voleur national », comme on l'a si joliment appelé, qui n'ait été signalé de la façon la plus retentissante, pas un exploit que l'on n'ait étudié sous toutes ses faces, pas un acte qui n'ait été commenté avec cette abondance de détails que l'on réserve d'ordinaire au récit des actions héroïques.

Qui ne connaît, par exemple, cette étrange histoire de « La Dame blonde », avec ses épisodes curieux que les reporters intitulaient en gros caractères : *Le numéro 514, série 23 !… Le crime de l'avenue Henri-Martin !… Le diamant bleu*[1] *!* Quel bruit autour de l'intervention du fameux détective anglais Herlock Sholmès ! Quelle effervescence après chacune des péripéties qui marquèrent la lutte de ces deux grands artistes ! Et quel vacarme sur les boulevards, le jour où les camelots vociféraient : « L'arrestation d'Arsène Lupin ! »

Mon excuse, c'est que j'apporte du nouveau ; j'apporte le mot de l'énigme. Il reste toujours de l'ombre autour de ces aventures : je la dissipe. Je reproduis des articles lus et relus, je recopie d'anciennes interviews[1] : mais tout cela je le coordonne, je le classe, et je le soumets à l'exacte vérité. Mon collaborateur, c'est Arsène Lupin dont la complaisance à mon égard est inépuisable. Et c'est aussi, en l'occurrence, l'ineffable Wilson, l'ami et le confident de Sholmès.

On se rappelle le formidable éclat de rire qui accueillit la publication de la double dépêche. Le nom seul d'Arsène Lupin était un gage d'imprévu, une promesse de divertissement pour la galerie. Et la galerie, c'était le monde entier.

Des recherches opérées aussitôt par le Crédit Foncier, il résulta que le numéro 514-série 23 avait été délivré par l'intermédiaire du Crédit Lyonnais, succursale de Versailles, au commandant d'artillerie Bessy. Or, le commandant était mort d'une chute de cheval. On sut par des camarades auxquels il s'était confié que, quelque temps avant sa mort, il avait dû céder son billet à un ami.

— Cet ami, c'est moi, affirma M. Gerbois.

— Prouvez-le, objecta le gouverneur du Crédit Foncier.

— Que je le prouve ? Facilement. Vingt personnes vous diront que j'avais avec le commandant des relations suivies et que nous nous rencontrions au café de la Place-d'Armes[2]. C'est là qu'un jour, pour l'obliger dans un moment de gêne, je lui ai repris son billet contre la somme de vingt francs.

— Vous avez des témoins de cet échange ?

— Non.

— En ce cas, sur quoi fondez-vous votre réclamation ?

— Sur la lettre qu'il m'a écrite à ce sujet.

— Quelle lettre ?

— Une lettre qui était épinglée avec le billet.

— Montrez-la.

— Mais elle se trouvait dans le secrétaire volé.

— Retrouvez-la.

Arsène Lupin la communiqua, lui. Une note insérée par l'*Écho de France* – lequel a l'honneur d'être son journal officiel, et dont il est, paraît-il, un des principaux actionnaires – une note annonça qu'il remettait entre les mains de Me Detinan, son avocat-conseil, la lettre que le commandant Bessy lui avait écrite, à lui personnellement.

Ce fut une explosion de joie : Arsène Lupin prenait un avocat ! Arsène Lupin, respectueux des règles établies, désignait pour le représenter un membre du barreau !

Toute la presse se rua chez Me Detinan, député radical[1] influent, homme de haute probité en même temps que d'esprit fin, un peu sceptique, volontiers paradoxal.

Detinan n'avait jamais eu le plaisir de rencontrer Arsène Lupin – et il le regrettait vivement – mais il venait, en effet, de recevoir ses instructions, et, très touché d'un choix dont il sentait tout l'honneur, il comptait défendre vigoureusement le droit de son client. Il ouvrit donc le dossier nouvellement constitué, et, sans détours, exhiba la lettre du commandant. Elle prouvait bien la cession du billet, mais ne mentionnait pas le nom de l'acquéreur. « Mon cher ami »… disait-elle simplement.

— Mon cher ami, c'est moi, ajoutait Arsène Lupin dans une note jointe à la lettre du commandant. Et la meilleure preuve c'est que j'ai la lettre.

La nuée des reporters s'abattit immédiatement chez M. Gerbois qui ne put que répéter :

— « Mon cher ami » n'est autre que moi. Arsène

Lupin a volé la lettre du commandant avec le billet de loterie.

— Qu'il le prouve ! riposta Lupin aux journalistes.

— Mais puisque c'est lui qui a volé le secrétaire ! s'exclama M. Gerbois devant les mêmes journalistes.

Et Lupin riposta :

— Qu'il le prouve !

Et ce fut un spectacle d'une fantaisie charmante que ce duel public entre les deux possesseurs du numéro 514-série 23, que ces allées et venues des reporters, que le sang-froid d'Arsène Lupin en face de l'affolement de ce pauvre M. Gerbois.

Le malheureux, la presse était remplie de ses lamentations ! Il confiait son infortune avec une ingénuité touchante.

— Comprenez-le, messieurs, c'est la dot de Suzanne que ce gredin me dérobe ! Pour moi, personnellement, je m'en moque, mais pour Suzanne ! Pensez donc, un million ! dix fois cent mille francs ! Ah ! je savais bien que le secrétaire contenait un trésor !

On avait beau lui objecter que son adversaire, en emportant le meuble, ignorait la présence d'un billet de loterie, et que nul en tout cas ne pouvait prévoir que ce billet gagnerait le gros lot, il gémissait :

— Allons donc, il le savait !... sinon pourquoi se serait-il donné la peine de prendre ce misérable meuble ?

— Pour des raisons inconnues, mais certes point pour s'emparer d'un chiffon de papier qui valait alors la modeste somme de vingt francs.

— La somme d'un million ! Il le savait... Il sait tout !... Ah ! vous ne le connaissez pas, le bandit !... Il ne vous a pas frustré d'un million, vous !

Le dialogue aurait pu durer longtemps. Mais le douzième jour, M. Gerbois reçut d'Arsène Lupin une missive qui portait la mention « confidentielle ». Il lut, avec une inquiétude croissante :

Monsieur, la galerie s'amuse à nos dépens. N'estimez-vous pas le moment venu d'être sérieux ? J'y suis, pour ma part, fermement résolu.

La situation est nette : je possède un billet que je n'ai pas, moi, le droit de toucher, et vous avez, vous, le droit de toucher un billet que vous ne possédez pas. Donc nous ne pouvons rien l'un sans l'autre.

Or, ni vous ne consentiriez à me céder VOTRE *droit, ni moi à vous céder* MON *billet.*

Que faire ?

Je ne vois qu'un moyen, séparons. Un demi-million pour vous, un demi-million pour moi. N'est-ce pas équitable ? Et ce jugement de Salomon ne satisfait-il pas à ce besoin de justice qui est en chacun de nous ?

*Solution juste, mais solution immédiate. Ce n'est pas une offre que vous avez le loisir de discuter, mais une nécessité à laquelle les circonstances vous contraignent à vous plier. Je vous donne trois jours pour réfléchir. Vendredi matin, j'aime à croire que je lirai, dans les petites annonces de l'*Écho de France, *une note discrète adressée à* M. Ars. Lup. *et contenant, en termes voilés, votre adhésion pure et simple au pacte que je vous propose. Moyennant quoi, vous rentrez en possession immédiate du billet et touchez le million – quitte à me remettre cinq cent mille francs par la voie que je vous indiquerai ultérieurement.*

En cas de refus, j'ai pris mes dispositions pour que le résultat soit identique. Mais, outre les ennuis très graves que vous causerait une telle obstination, vous auriez à subir une retenue de vingt-cinq mille francs pour frais supplémentaires.

Veuillez agréer, monsieur, l'expression de mes sentiments les plus respectueux.

ARSÈNE LUPIN.

Exaspéré, M. Gerbois commit la faute énorme de montrer cette lettre et d'en laisser prendre copie. Son indignation le poussait à toutes les sottises.

— Rien ! il n'aura rien ! s'écria-t-il devant l'assemblée des reporters. Partager ce qui m'appartient ? Jamais. Qu'il déchire son billet, s'il le veut !

— Cependant cinq cent mille francs valent mieux que rien.

— Il ne s'agit pas de cela, mais de mon droit, et ce droit je l'établirai devant les tribunaux.

— Attaquer Arsène Lupin ? ce serait drôle.

— Non, mais le Crédit Foncier. Il doit me délivrer le million.

— Contre le dépôt du billet, ou du moins contre la preuve que vous l'avez acheté.

— La preuve existe, puisque Arsène Lupin avoue qu'il a volé le secrétaire.

— La parole d'Arsène Lupin suffira-t-elle aux tribunaux ?

— N'importe, je poursuis.

La galerie trépignait. Des paris furent engagés, les uns tenant que Lupin réduirait M. Gerbois, les autres qu'il en serait pour ses menaces. Et l'on éprouvait une sorte d'appréhension, tellement les forces étaient inégales entre les deux adversaires, l'un si rude dans son assaut, l'autre effaré comme une bête qu'on traque.

Le vendredi, on s'arracha l'*Écho de France*, et on scruta fiévreusement la cinquième page à l'endroit des petites annonces. Pas une ligne n'était adressée à *M. Ars. Lup*. Aux injonctions d'Arsène Lupin, M. Gerbois répondait par le silence. C'était la déclaration de guerre.

Le soir, on apprenait par les journaux l'enlèvement de Mlle Gerbois.

*

Ce qui nous réjouit dans ce qu'on pourrait appeler les spectacles d'Arsène Lupin, c'est le rôle éminemment comique de la police. Tout se passe en dehors d'elle. Il parle, lui, il écrit, prévient, commande, menace, exécute, comme s'il n'existait ni chef de la Sûreté, ni agents, ni commissaires, personne enfin qui pût l'entraver dans ses desseins. Tout cela est considéré comme nul et non avenu. L'obstacle ne compte pas.

Et pourtant elle se démène, la police ! Dès qu'il s'agit d'Arsène Lupin, du haut en bas de l'échelle, tout le monde prend feu, bouillonne, écume de rage. C'est l'ennemi, et l'ennemi qui vous nargue, vous provoque, vous méprise, ou, qui pis est, vous ignore.

Et que faire contre un pareil ennemi ? À dix heures moins vingt, selon le témoignage de la bonne, Suzanne partait de chez elle. À dix heures cinq minutes, en sortant du lycée, son père ne l'apercevait pas sur le trottoir où elle avait coutume de l'attendre. Donc tout s'était passé au cours de la petite promenade de vingt minutes qui avait conduit Suzanne de chez elle jusqu'au lycée, ou du moins jusqu'aux abords du lycée.

Deux voisins affirmèrent l'avoir croisée à trois cents pas de la maison. Une dame avait vu marcher le long de l'avenue une jeune fille dont le signalement correspondait au sien. Et après ? Après on ne savait pas.

On perquisitionna de tous côtés, on interrogea les employés des gares et de l'octroi[1]. Ils n'avaient rien remarqué ce jour-là qui pût se rapporter à l'enlèvement d'une jeune fille. Cependant, à Ville-d'Avray, un épicier déclara qu'il avait fourni de l'huile à une automobile fermée qui arrivait de Paris. Sur le siège se tenait un mécanicien, à l'intérieur une dame blonde – excessivement blonde, précisa le témoin. Une heure plus tard l'automobile revenait de Versailles. Un embarras de voitures l'obligea de ralentir, ce qui permit à l'épicier de constater, à côté de la dame blonde, déjà entrevue, la présence d'une autre dame, entourée, celle-ci, de châles et de voiles. Nul doute que ce ne fût Suzanne Gerbois.

Mais alors il fallait supposer que l'enlèvement avait eu lieu en plein jour, sur une route très fréquentée, au centre même de la ville !

Comment ? à quel endroit ? Pas un cri ne fut entendu, pas un mouvement suspect ne fut observé.

L'épicier donna le signalement de l'automobile, une limousine 24 chevaux de la maison Peugeon[2], à carrosserie bleu foncé. À tout hasard, on s'informa auprès de la directrice du Grand-Garage, Mme Bob-Walthour[3], qui s'est fait une spécialité d'enlèvements par automobile. Le vendredi matin, en effet, elle avait loué pour la journée une limousine Peugeon à une dame blonde qu'elle n'avait du reste point revue.

— Mais le mécanicien ?

— C'était un nommé Ernest, engagé la veille sur la foi d'excellents certificats.

— Il est ici ?

— Non, il a ramené la voiture, et il n'est plus revenu.

— Ne pouvons-nous retrouver sa trace ?

— Certes, auprès des personnes dont il s'est recommandé. Voici leurs noms.

On se rendit chez ces personnes. Aucune d'elles ne connaissait le nommé Ernest.

Ainsi donc, quelque piste que l'on suivît pour sortir des ténèbres, on aboutissait à d'autres ténèbres, à d'autres énigmes.

M. Gerbois n'était pas de force à soutenir une bataille qui commençait pour lui de façon si désastreuse. Inconsolable depuis la disparition de sa fille, bourrelé de remords, il capitula.

Une petite annonce parue à l'*Écho de France*, et que tout le monde commenta, affirma sa soumission pure et simple, sans arrière-pensée.

C'était la victoire, la guerre terminée en quatre fois vingt-quatre heures.

Deux jours après, M. Gerbois traversait la cour du Crédit Foncier. Introduit auprès du gouverneur, il tendit le numéro 514-série 23. Le gouverneur sursauta.

— Ah ! vous l'avez, il vous a été rendu ?

— Il était égaré, le voici, répondit M. Gerbois.

— Cependant vous prétendiez... il a été question...

— Tout cela n'est que racontars et mensonges.

— Mais il nous faudrait tout de même quelque document à l'appui.

— La lettre du commandant suffit-elle ?

— Certes.

— La voici.

— Parfait. Veuillez laisser ces pièces en dépôt. Il nous est donné quinze jours pour vérification. Je vous préviendrai dès que vous pourrez vous présenter à notre caisse. D'ici là, monsieur, je crois que vous avez tout intérêt à ne rien dire et à terminer cette affaire dans le silence le plus absolu.

— C'est mon intention.

M. Gerbois ne parla point, le gouverneur non plus. Mais il est des secrets qui se dévoilent sans qu'aucune indiscrétion soit commise, et l'on apprit soudain qu'Arsène Lupin avait eu l'audace de renvoyer à M. Gerbois le numéro 514-série 23 ! La nouvelle fut accueillie avec une admiration stupéfaite. Décidément c'était un beau joueur que celui qui jetait sur la table un atout de cette importance, le précieux billet ! Certes, il ne s'en était dessaisi qu'à bon escient et pour une carte qui rétablissait l'équilibre. Mais si la jeune fille s'échappait ? Si l'on réussissait à reprendre l'otage qu'il détenait ?

La police sentit le point faible de l'ennemi et redoubla d'efforts. Arsène Lupin désarmé, dépouillé par lui-même, pris dans l'engrenage de ses combinaisons, ne touchant pas un traître sou du million convoité... du coup les rieurs passaient dans l'autre camp.

Mais il fallait retrouver Suzanne. Et on ne la retrouvait pas, et pas davantage, elle ne s'échappait !

Soit, disait-on, le point est acquis, Arsène gagne la première manche. Mais le plus difficile est à faire ! Mlle Gerbois est entre ses mains, nous l'accordons, et il ne la remettra que contre cinq cent mille francs. Mais où et comment s'opérera l'échange ? Pour que cet échange s'opère, il faut qu'il y ait rendez-vous, et alors qui empêche M. Gerbois d'avertir la police et, par là, de reprendre sa fille tout en gardant l'argent ?

On interviewa le professeur. Très abattu, désireux du silence, il demeura impénétrable.

— Je n'ai rien à dire, j'attends.

— Et Mlle Gerbois ?

— Les recherches continuent.

— Mais Arsène Lupin vous a écrit ?

— Non.

— Vous l'affirmez.

— Non.

— Donc c'est oui. Quelles sont ses instructions ?

— Je n'ai rien à dire.

On assiégea Me Detinan. Même discrétion.

— M. Lupin est mon client, répondait-il avec une affectation de gravité, vous comprendrez que je sois tenu à la réserve la plus absolue.

Tous ces mystères irritaient la galerie. Évidemment des plans se tramaient dans l'ombre. Arsène Lupin disposait et resserrait les mailles de ses filets, pendant que la police organisait autour de M. Gerbois une surveillance de jour et de nuit. Et l'on examinait les trois seuls dénouements possibles : l'arrestation, le triomphe ou l'avortement ridicule et piteux.

Mais il arriva que la curiosité du public ne devait être satisfaite que de façon partielle, et c'est ici, dans ces pages, que, pour la première fois, l'exacte vérité se trouve révélée.

Le mardi 12 mars, M. Gerbois reçut, sous une enveloppe d'apparence ordinaire, un avis du Crédit Foncier.

Le jeudi, à une heure, il prenait le train pour Paris. À deux heures, les mille billets de mille francs lui furent délivrés.

Tandis qu'il les feuilletait, un à un, en tremblant, – cet argent, n'était-ce pas la rançon de Suzanne ? – deux hommes s'entretenaient dans une voiture arrêtée à quelque distance du grand portail. L'un de ces hommes avait des cheveux grisonnants et une figure énergique qui contrastait avec son habillement et ses allures de petit employé. C'était l'inspecteur principal Ganimard, le vieux Ganimard, l'ennemi implacable de Lupin. Et Ganimard disait au brigadier Folenfant :

— Ça ne va pas tarder... avant cinq minutes, nous allons revoir notre bonhomme. Tout est prêt ?

— Absolument.

— Combien sommes-nous ?

— Huit, dont deux à bicyclette.

— Et moi qui compte pour trois. C'est assez, mais ce n'est pas trop. À aucun prix il ne faut que le Gerbois nous échappe... sinon bonsoir : il rejoint Lupin au rendez-vous qu'ils ont dû fixer, il troque la demoiselle contre le demi-million, et le tour est joué.

— Mais pourquoi donc le bonhomme ne marche-t-il pas avec nous ? Ce serait si simple ! En nous mettant dans son jeu il garderait le million entier.

— Oui, mais il a peur. S'il essaye de mettre l'autre dedans, il n'aura pas sa fille.

— Quel autre ?

— *Lui*.

Ganimard prononça ce mot d'un ton grave, un peu craintif, comme s'il parlait d'un être surnaturel dont il aurait déjà senti les griffes.

— Il est assez drôle, observa judicieusement le brigadier Folenfant, que nous soyons réduits à protéger ce monsieur contre lui-même.

— Avec Lupin, le monde est renversé, soupira Ganimard.

Une minute s'écoula.

— Attention, fit-il.

M. Gerbois sortait. À l'extrémité de la rue des Capucines, il prit les boulevards, du côté gauche. Il s'éloignait lentement, le long des magasins, et regardait les étalages.

— Trop tranquille, le client, disait Ganimard. Un individu qui vous a dans la poche un million n'a pas cette tranquillité.

— Que peut-il faire ?

— Oh ! rien, évidemment… N'importe, je me méfie. Lupin, c'est Lupin.

À ce moment, M. Gerbois se dirigea vers un kiosque, choisit des journaux, se fit rendre de la monnaie, déplia l'une des feuilles, et, les bras étendus, tout en s'avançant à petits pas, se mit à lire. Et soudain, d'un bond, il se jeta dans une automobile qui stationnait au bord du trottoir. Le moteur était en marche, car elle partit rapidement, doubla la Madeleine et disparut.

— Nom de nom ! s'écria Ganimard, encore un coup de *sa* façon !

Il s'était élancé et d'autres hommes couraient, en même temps que lui, autour de la Madeleine.

Mais il éclata de rire. À l'entrée du boulevard Malesherbes, l'automobile était arrêtée, en panne, et M. Gerbois en descendait.

— Vite, Folenfant… le mécanicien… c'est peut-être le nommé Ernest.

Folenfant s'occupa du mécanicien. C'était un nommé Gaston, employé à la Société des fiacres automobiles[1] ; dix minutes auparavant, un monsieur l'avait retenu et lui avait dit d'attendre « sous pression », près du kiosque, jusqu'à l'arrivée d'un autre monsieur.

— Et le second client, demanda Folenfant, quelle adresse a-t-il donnée ?

— Aucune adresse… « Boulevard Malesherbes… avenue de Messine… double pourboire »… Voilà tout.

Mais, pendant ce temps, sans perdre une minute, M. Gerbois avait sauté dans la première voiture qui passait.

— Cocher, au métro de la Concorde.

Le professeur sortit du métro place du Palais-Royal, courut vers une autre voiture et se fit conduire place de la Bourse. Deuxième voyage en métro, puis, avenue de Villiers, troisième voiture.

— Cocher, 25, rue Clapeyron[1].

Le 25 de la rue Clapeyron est séparé du boulevard des Batignolles par la maison qui fait l'angle. Il monta au premier étage et sonna. Un monsieur lui ouvrit.

— C'est bien ici que demeure Me Detinan ?

— C'est moi-même, Monsieur Gerbois, sans doute ?

— Parfaitement.

— Je vous attendais, monsieur.

Quand M. Gerbois pénétra dans le bureau de l'avocat, la pendule marquait trois heures, et tout de suite il dit :

— C'est l'heure qu'il m'a fixée. Il n'est pas là ?

— Pas encore.

M. Gerbois s'assit, s'épongea le front, regarda sa montre comme s'il ne connaissait pas l'heure, et reprit anxieusement :

— Viendra-t-il ?

L'avocat répondit :

— Vous m'interrogez, monsieur, sur la chose du monde que je suis le plus curieux de savoir. Jamais je n'ai ressenti pareille impatience. En tout cas, s'il vient, il risque gros, cette maison est très surveillée depuis quinze jours… On se défie de moi.

— Et de moi encore davantage. Aussi je n'affirme pas que les agents, attachés à ma personne, aient perdu ma trace.

— Mais alors...

— Ce ne serait point de ma faute, s'écria vivement le professeur, et l'on n'a rien à me reprocher. Qu'ai-je promis ? D'obéir à *ses* ordres. Eh bien ! j'ai obéi aveuglément à *ses* ordres, j'ai touché l'argent à l'heure fixée par *lui*, et je me suis rendu chez vous de la façon qu'il m'a prescrite. Responsable du malheur de ma fille, j'ai tenu mes engagements en toute loyauté. À lui de tenir les siens.

Et il ajouta, de la même voix anxieuse :

— Il ramènera ma fille, n'est-ce pas ?

— Je l'espère.

— Cependant... vous l'avez vu ?

— Moi ? mais non ! Il m'a simplement demandé par lettre de vous recevoir tous deux, de congédier mes domestiques avant trois heures, et de n'admettre personne dans mon appartement entre votre arrivée et son départ. Si je ne consentais pas à cette proposition, il me priait de l'en prévenir par deux lignes à l'*Écho de France*. Mais je suis trop heureux de rendre service à Arsène Lupin et je consens à tout.

M. Gerbois gémit :

— Hélas ! comment tout cela finira-t-il ?

Il tira de sa poche les billets de banque, les étala sur la table et en fit deux paquets de même nombre. Puis ils se turent. De temps à autre M. Gerbois prêtait l'oreille... N'avait-on pas sonné ?

Avec les minutes son angoisse augmentait, et Me Detinan aussi éprouvait une impression presque douloureuse.

Un moment même l'avocat perdit tout sang-froid. Il se leva brusquement :

— Nous ne le verrons pas... Comment voulez-vous ?... Ce serait de la folie de sa part ! Qu'il ait confiance en nous, soit, nous sommes d'honnêtes gens, incapables de le trahir. Mais le danger n'est pas seulement ici.

Et M. Gerbois, écrasé, les deux mains sur les billets, balbutiait :

— Qu'il vienne, mon Dieu, qu'il vienne ! Je donnerais tout cela pour retrouver Suzanne.

La porte s'ouvrit.

— La moitié suffira, monsieur Gerbois.

*

Quelqu'un se tenait sur le seuil, un homme jeune, élégamment vêtu, en qui M. Gerbois reconnut aussitôt l'individu qui l'avait abordé près de la boutique de bric-à-brac, à Versailles. Il bondit vers lui.

— Et Suzanne ? Où est ma fille ?

Arsène Lupin ferma la porte soigneusement et, tout en défaisant ses gants du geste le plus paisible, il dit à l'avocat :

— Mon cher maître, je ne saurais trop vous remercier de la bonne grâce avec laquelle vous avez consenti à défendre mes droits. Je ne l'oublierai pas.

Me Detinan murmura :

— Mais vous n'avez pas sonné… je n'ai pas entendu la porte…

— Les sonnettes et les portes sont des choses qui doivent fonctionner sans qu'on les entende jamais. Me voilà tout de même, c'est l'essentiel.

— Ma fille ! Suzanne ! qu'en avez-vous fait ? répéta le professeur.

— Mon Dieu, monsieur, dit Lupin, que vous êtes pressé ! Allons, rassurez-vous, encore un instant et mademoiselle votre fille sera dans vos bras.

Il se promena, puis du ton d'un grand seigneur qui distribue des éloges :

— Monsieur Gerbois, je vous félicite de l'habileté avec laquelle vous avez agi tout à l'heure. Si l'automobile n'avait pas eu cette panne absurde, on se retrouvait tout simplement à l'Étoile, et l'on épargnait à Me Detinan l'ennui de cette visite... Enfin ! c'était écrit.

Il aperçut les deux liasses de *banknotes* et s'écria :

— Ah ! parfait ! le million est là... Nous ne perdrons pas de temps. Vous permettez ?

— Mais, objecta Me Detinan, en se plaçant devant la table, Mlle Gerbois n'est pas encore arrivée.

— Eh bien ?

— Eh bien ! sa présence n'est-elle pas indispensable ?

— Je comprends ! je comprends ! Arsène Lupin n'inspire qu'une confiance relative. Il empoche le demi-million et ne rend pas l'otage. Ah ! mon cher maître, je suis un grand méconnu ! Parce que le destin m'a conduit à des actes de nature un peu... spéciale, on suspecte ma bonne foi... à moi ! moi qui suis l'homme du scrupule et de la délicatesse ! D'ailleurs, mon cher maître, si vous avez peur, ouvrez votre fenêtre et appelez. Il y a bien une douzaine d'agents dans la rue.

— Vous croyez ?

Arsène Lupin souleva le rideau.

— Je crois M. Gerbois incapable de dépister Ganimard... Que vous disais-je ? Le voici, ce brave ami !

— Est-ce possible ! s'écria le professeur. Je vous jure cependant...

— Que vous ne m'avez point trahi ?... Je n'en doute pas, mais les gaillards sont habiles. Tenez, Folenfant que j'aperçois !... Et Gréaume !... Et Dieuzy !... tous mes bons camarades, quoi !

Me Detinan le regardait avec surprise. Quelle tranquillité ! Il riait d'un rire heureux, comme s'il se divertissait à quelque jeu d'enfant et qu'aucun péril ne l'eût menacé.

Plus encore que la vue des agents, cette insouciance rassura l'avocat. Il s'éloigna de la table où se trouvaient les billets de banque.

Arsène Lupin saisit l'une après l'autre les deux liasses, allégea chacune d'elles de vingt-cinq billets, et tendant à Me Detinan les cinquante billets ainsi obtenus :

— La part d'honoraires de M. Gerbois, mon cher maître, et celle d'Arsène Lupin. Nous vous devons bien cela.

— Vous ne me devez rien, répliqua Me Detinan.

— Comment ? et tout le mal que nous vous causons !

— Et tout le plaisir que je prends à me donner ce mal !

— C'est-à-dire, mon cher maître, que vous ne voulez rien accepter d'Arsène Lupin. Voilà ce que c'est, soupira-t-il, d'avoir une mauvaise réputation.

Il tendit les cinquante mille francs au professeur.

— Monsieur, en souvenir de notre bonne rencontre, permettez-moi de vous remettre ceci : ce sera mon cadeau de noces à Mlle Gerbois.

M. Gerbois prit vivement les billets mais protesta :

— Ma fille ne se marie pas.

— Elle ne se marie pas si vous lui refusez votre consentement. Mais elle brûle de se marier.

— Qu'en savez-vous ?

— Je sais que les jeunes filles font souvent des rêves sans l'autorisation de leurs papas. Heureusement qu'il y a de bons génies qui s'appellent Arsène Lupin, et qui dans le fond des secrétaires découvrent le secret de ces âmes charmantes.

— Vous n'y avez pas découvert autre chose ? demanda Me Detinan. J'avoue que je serais fort curieux de savoir pourquoi ce meuble fut l'objet de vos soins.

— Raison historique, mon cher maître. Bien que, contrairement à l'avis de M. Gerbois, il ne contînt aucun autre trésor que le billet de loterie – et cela je l'ignorais – j'y tenais et je le recherchais depuis longtemps. Ce secrétaire[1], en bois d'if et d'acajou, décoré de chapiteaux à feuilles d'acanthe, fut retrouvé dans la petite maison discrète qu'habitait à Boulogne Marie Walewska, et il porte sur l'un des tiroirs l'inscription : *Dédié à Napoléon Ier, Empereur des Français, par son très fidèle serviteur, Mancion*. Et, en dessus, ces mots, gravés à la pointe d'un couteau : « À toi, Marie. » Par la suite, Napoléon le fit recopier pour l'impératrice Joséphine – de sorte que le secrétaire qu'on admirait à la Malmaison* n'était qu'une copie imparfaite de celui qui désormais fait partie de mes collections.

Le professeur gémit :

— Hélas ! si j'avais su, chez le marchand, avec quelle hâte je vous l'aurais cédé !

Arsène Lupin dit en riant :

— Et vous auriez eu, en outre, cet avantage appréciable de conserver, pour vous seul, le numéro 514-série 23.

— Ce qui ne vous aurait pas conduit à enlever ma fille que tout cela a dû bouleverser.

— Tout cela ?

— Cet enlèvement…

— Mais, mon cher monsieur, vous faites erreur. Mlle Gerbois n'a pas été enlevée.

* Ce secrétaire est actuellement au Garde-Meuble. *[Note de l'auteur.]*

— Ma fille n'a pas été enlevée !

— Nullement. Qui dit enlèvement, dit violence. Or c'est de son plein gré qu'elle a servi d'otage.

— De son plein gré ! répéta M. Gerbois confondu.

— Et presque sur sa demande ! Comment ! une jeune fille intelligente comme Mlle Gerbois, et, qui plus est, cultive au fond de son âme une passion inavouée, aurait refusé de conquérir sa dot ! Ah ! je vous jure qu'il a été facile de lui faire comprendre qu'il n'y avait pas d'autre moyen de vaincre votre obstination.

Me Detinan s'amusait beaucoup. Il objecta :

— Le plus difficile était de vous entendre avec elle. Il est inadmissible que Mlle Gerbois se soit laissé aborder.

— Oh ! par moi, non. Je n'ai pas même l'honneur de la connaître. C'est une personne de mes amies qui a bien voulu entamer les négociations.

— La dame blonde de l'automobile, sans doute, interrompit Me Detinan.

— Justement. Dès la première entrevue auprès du lycée, tout était réglé. Depuis, Mlle Gerbois et sa nouvelle amie ont voyagé, visitant la Belgique et la Hollande, de la manière la plus agréable et la plus instructive pour une jeune fille. Du reste elle-même va vous expliquer…

On sonnait à la porte du vestibule, trois coups rapides, puis un coup, puis un coup isolé.

— C'est elle, dit Lupin. Mon cher maître, si vous voulez bien…

L'avocat se précipita.

Deux jeunes femmes entrèrent. L'une se jeta dans les bras de M. Gerbois. L'autre s'approcha de Lupin. Elle était de taille élevée, le buste harmonieux, la figure très pâle, et ses cheveux blonds, d'un blond étincelant, se divisaient en deux bandeaux ondulés et très lâches. Vêtue de noir, sans autre ornement qu'un collier de jais à quintuple tour, elle paraissait cependant d'une élégance raffinée.

Arsène Lupin lui dit quelques mots, puis, saluant Mlle Gerbois :

— Je vous demande pardon, mademoiselle, de toutes ces tribulations, mais j'espère cependant que vous n'avez pas été trop malheureuse…

— Malheureuse ! J'aurais même été très heureuse, s'il n'y avait pas eu mon pauvre père.

— Alors tout est pour le mieux. Embrassez-le de nouveau, et profitez de l'occasion – elle est excellente – pour lui parler de votre cousin.

— Mon cousin… que signifie ?… Je ne comprends pas…

— Mais si, vous comprenez… Votre cousin Philippe… ce jeune homme dont vous gardez précieusement les lettres…

Suzanne rougit, perdit contenance, et enfin, comme le conseillait Lupin, se jeta de nouveau dans les bras de son père.

Lupin les considéra tous deux d'un œil attendri.

— Comme on est récompensé de faire le bien ! Touchant spectacle ! Heureux père ! Heureuse fille ! Et dire que ce bonheur est ton œuvre, Lupin ! Ces êtres te béniront plus tard… Ton nom sera pieusement transmis à leurs petits-enfants… Oh ! la famille !… la famille !…

Il se dirigea vers la fenêtre.

— Ce bon Ganimard est toujours là ?… Il aimerait tant assister à ces charmantes effusions !… Mais non, il n'est plus là… Plus personne… ni lui, ni les autres… Diable ! la situation devient grave… Il n'y aurait rien d'étonnant à ce qu'ils fussent déjà sous la porte cochère… chez le concierge peut-être… ou même dans l'escalier !

M. Gerbois laissa échapper un mouvement. Maintenant que sa fille lui était rendue, le sentiment de la réalité lui revenait. L'arrestation de son adversaire, c'était pour lui un demi-million. Instinctivement il fit un pas… Comme par hasard, Lupin se trouva sur son chemin.

— Où allez-vous, monsieur Gerbois ? Me défendre contre eux ? Mille fois aimable ! Ne vous dérangez pas. D'ailleurs, je vous jure qu'ils sont plus embarrassés que moi.

Et il continua en réfléchissant :

— Au fond, que savent-ils ? Que vous êtes ici, et peut-être que Mlle Gerbois y est également, car ils ont dû la voir arriver avec une dame inconnue. Mais moi ? ils ne s'en doutent pas. Comment me serais-je introduit dans une maison qu'ils ont fouillée ce matin de la cave au grenier ? Non, selon toutes probabilités, ils m'attendent pour me saisir au vol… Pauvres chéris !… À moins qu'ils ne devinent que la dame inconnue est envoyée par moi et qu'ils ne la supposent chargée de procéder à l'échange… Auquel cas ils s'apprêtent à l'arrêter à son départ…

Un coup de timbre retentit.

D'un geste brusque, Lupin immobilisa M. Gerbois, et la voix sèche, impérieuse :

— Halte-là, monsieur, pensez à votre fille et soyez raisonnable, sinon… Quant à vous, maître Detinan, j'ai votre parole.

M. Gerbois fut cloué sur place. L'avocat ne bougea point.

Sans la moindre hâte, Lupin prit son chapeau. Un

peu de poussière le maculait : il le brossa du revers de sa manche.

— Mon cher maître, si jamais vous avez besoin de moi... Mes meilleurs vœux, mademoiselle Suzanne, et toutes mes amitiés à M. Philippe.

Il tira de sa poche une lourde montre à double boîtier d'or.

— Monsieur Gerbois, il est trois heures quarante-deux minutes ; à trois heures quarante-six, je vous autorise à sortir de ce salon... Pas une minute plus tôt que trois heures quarante-six, n'est-ce pas ?

— Mais ils vont entrer de force, ne put s'empêcher de dire Me Detinan.

— Et la loi que vous oubliez, mon cher maître ! Jamais Ganimard n'oserait violer la demeure d'un citoyen français. Nous aurions le temps de faire un excellent bridge. Mais pardonnez-moi, vous semblez un peu émus, tous les trois, et je ne voudrais pas abuser...

Il déposa sa montre sur la table, ouvrit la porte du salon, et, s'adressant à la dame blonde :

— Vous êtes prête, chère amie ?

Il s'effaça devant elle, adressa un dernier salut, très respectueux, à Mlle Gerbois, sortit et referma la porte sur lui.

Et on l'entendit qui disait, dans le vestibule, à haute voix :

— Bonjour, Ganimard, comment ça va, mon vieux ? Rappelle-moi au bon souvenir de Mme Ganimard... Un de ces jours, j'irai lui demander à déjeuner... Adieu, Ganimard.

Un coup de timbre encore, brusque, violent, puis des coups répétés, et des bruits de voix sur le palier.

— Trois heures quarante-cinq, balbutia M. Gerbois.

Après quelques secondes, résolument, il passa dans le vestibule. Lupin et la dame blonde n'y étaient plus.

— Père !... il ne faut pas !... attends !... s'écria Suzanne.

— Attendre ? tu es folle !... Des ménagements avec ce gredin... Et le demi-million ?...

Il ouvrit.

Ganimard se rua.

— Cette dame... où est-elle ? Et Lupin ?

— Il était là... Il est là.

Ganimard poussa un cri de triomphe :

— Nous le tenons... la maison est cernée.

Me Detinan objecta :

— Mais l'escalier de service ?

— L'escalier de service aboutit à la cour, et il n'y a qu'une issue, la grand-porte : dix hommes la gardent.

— Mais il n'est pas entré par la grand-porte... Il ne s'en ira pas par là...

— Et par où donc ? riposta Ganimard... À travers les airs ?

Il écarta un rideau. Un long couloir s'offrit qui conduisait à la cuisine. Ganimard le suivit en courant et constata que la porte de l'escalier de service était fermée à double tour.

De la fenêtre, il appela l'un des agents :

— Personne ?

— Personne.

— Alors, s'écria-t-il, ils sont dans l'appartement !... ils sont cachés dans l'une des chambres !... Il est matériellement impossible qu'ils se soient échappés... Ah ! mon petit Lupin, tu t'es fichu de moi, mais, cette fois, c'est la revanche.

*

À sept heures du soir, M. Dudouis, chef de la Sûreté, étonné de n'avoir point de nouvelles, se présenta rue Clapeyron. Il interrogea les agents qui gardaient l'immeuble, puis monta chez Me Detinan qui le mena dans sa chambre. Là, il aperçut un homme, ou plutôt deux jambes qui s'agitaient sur le tapis, tandis que le torse auquel elles appartenaient était engagé dans les profondeurs de la cheminée.

— Ohé !... ohé !... glapissait une voix étouffée.

Et une voix plus lointaine, qui venait de tout en haut, répondait :

— Ohé !... ohé !...

M. Dudouis s'écria en riant :

— Eh bien, Ganimard, qu'avez-vous donc à faire le fumiste[1] ?

L'inspecteur s'exhuma des entrailles de la cheminée. Le visage noirci, les vêtements couverts de suie, les yeux brillants de fièvre, il était méconnaissable.

— Je *le* cherche, grogna-t-il.

— Qui ?

— Arsène Lupin... Arsène Lupin et son amie.

— Ah ça ! mais, vous imaginez-vous qu'ils se cachent dans les tuyaux de la cheminée ?

Ganimard se releva, appliqua sur la manche de son supérieur cinq doigts couleur de charbon, et sourdement, rageusement :

— Où voulez-vous qu'ils soient, chef ? Il faut bien qu'ils soient quelque part. Ce sont des êtres comme vous et moi, en chair et en os. Ces êtres-là ne s'en vont pas en fumée.

— Non, mais ils s'en vont tout de même.

— Par où ? par où ? la maison est entourée ! il y a des agents sur le toit.

— La maison voisine ?

— Pas de communication avec elle.

— Les appartements des autres étages ?

— Je connais tous les locataires ; ils n'ont vu personne... ils n'ont entendu personne.

— Êtes-vous sûr de les connaître tous ?

— Tous. Le concierge répond d'eux. D'ailleurs, pour plus de précaution, j'ai posté un homme dans chacun des appartements.

— Il faut pourtant bien qu'on mette la main dessus.

— C'est ce que je dis, chef, c'est ce que je dis. Il le faut, et ça sera, parce qu'ils sont ici tous deux... ils ne peuvent pas ne pas y être. Soyez tranquille, chef, si ce n'est pas ce soir, je les aurai demain... J'y coucherai ! J'y coucherai !...

De fait, il y coucha, et, le lendemain, aussi, et le surlendemain également. Et, lorsque trois jours entiers et trois nuits se furent écoulés, non seulement il n'avait pas découvert l'insaisissable Lupin et sa non moins insaisissable compagne, mais il n'avait même pas relevé le plus petit indice qui lui permît d'établir la plus petite hypothèse.

Et c'est pourquoi son opinion de la première heure ne variait pas.

— Du moment qu'il n'y a aucune trace de leur fuite, c'est qu'ils sont là !

Peut-être, au fond de sa conscience, était-il moins convaincu. Mais il ne voulait pas se l'avouer. Non, mille fois non, un homme et une femme ne s'évanouissent pas ainsi que les mauvais génies des contes d'enfants. Et sans perdre courage, il continuait ses fouilles et ses investigations comme s'il avait espéré les découvrir, dissimulés en quelque retraite impénétrable, incorporés aux pierres de la maison.

II

LE DIAMANT BLEU[1]

Le soir du 27 mars, au 134 de l'avenue Henri-Martin[2], dans le petit hôtel que lui avait légué son père six mois auparavant, le vieux général baron d'Hautrec, ambassadeur à Berlin sous le Second Empire, dormait au fond d'un confortable fauteuil, tandis que sa demoiselle de compagnie lui faisait la lecture, et que la sœur Auguste bassinait son lit et préparait la veilleuse.

— Mademoiselle Antoinette, mon ouvrage est fini, je m'en vais.

— Bien, ma sœur.

— Et surtout n'oubliez pas que la cuisinière a congé et que vous êtes seule dans l'hôtel, avec le domestique.

— Soyez sans crainte pour M. le baron, je couche dans la chambre voisine comme c'est entendu, et je laisse ma porte ouverte.

La religieuse s'en alla. Au bout d'un instant ce fut Charles, le domestique, qui vint prendre les ordres. Le baron s'était réveillé. Il répondit lui-même.

— Toujours les mêmes ordres, Charles : vérifiez si la sonnerie électrique[3] fonctionne bien dans votre chambre, et au premier appel descendre et courir chez le médecin.

— Mon général s'inquiète toujours

— Ça ne va pas… ça ne va pas fort. Allons, mademoiselle Antoinette, où en étions-nous de notre lecture ?

— Monsieur le baron ne se met donc pas au lit ?

— Mais non, mais non, je me couche très tard, et d'ailleurs je n'ai besoin de personne.

Vingt minutes après, le vieillard sommeillait de nouveau, et Antoinette s'éloignait sur la pointe des pieds.

À ce moment, Charles fermait soigneusement, comme à l'ordinaire, tous les volets du rez-de-chaussée.

Dans la cuisine, il poussa le verrou de la porte qui donnait sur le jardin, et dans le vestibule il accrocha, en outre, d'un battant à l'autre, la chaîne de sûreté. Puis il regagna sa mansarde, au troisième étage, se coucha et s'endormit.

Une heure peut-être s'était écoulée quand, soudain, il sauta d'un bond hors de son lit : la sonnerie retentissait. Elle retentit longtemps, sept ou huit secondes peut-être, et de façon posée, ininterrompue.

— Bon ! se dit Charles, recouvrant ses esprits, une nouvelle lubie du baron.

Il enfila ses vêtements, descendit rapidement l'escalier, s'arrêta devant la porte, et, par habitude, frappa. Aucune réponse. Il entra.

— Tiens, murmura-t-il, pas de lumière… Pourquoi diable ont-ils éteint ?

Et, à voix basse, il appela :

— Mademoiselle ?

Aucune réponse.

— Vous êtes là, mademoiselle ?… Qu'y a-t-il donc ? Monsieur le baron est malade ?

Le même silence autour de lui, un silence lourd

qui finit par l'impressionner. Il fit deux pas en avant : son pied heurta une chaise, et, l'ayant touchée, il s'aperçut qu'elle était renversée. Et, tout de suite, sa main rencontra par terre d'autres objets, un guéridon, un paravent. Inquiet, il revint vers la muraille, et, à tâtons, chercha le bouton électrique. Il l'atteignit, le tourna.

Au milieu de la pièce, entre la table et l'armoire à glace, gisait le corps de son maître, le baron d'Hautrec.

— Quoi !... est-ce possible ?... bégaya-t-il.

Il ne savait que faire, et sans bouger, les yeux écarquillés, il contemplait le bouleversement des choses, les chaises tombées, un grand flambeau de cristal cassé en mille morceaux, la pendule qui gisait sur le marbre du foyer, toutes ces traces qui révélaient la lutte affreuse et sauvage. Le manche d'un stylet d'acier étincelait, non loin du cadavre. La lame en dégouttait de sang. Le long du matelas pendait un mouchoir souillé de marques rouges.

Charles hurla de terreur : le corps s'était tendu en un suprême effort, puis s'était recroquevillé sur lui-même... Deux ou trois secousses, et ce fut tout.

Il se pencha. Par une fine blessure au cou, du sang giclait, qui mouchetait le tapis de taches noires. Le visage conservait une expression d'épouvante folle.

— On l'a tué, balbutia-t-il, on l'a tué.

Et il frissonna à l'idée d'un autre crime probable : la demoiselle de compagnie ne couchait-elle pas dans la chambre voisine, et le meurtrier du baron ne l'avait-il pas tuée, elle aussi ?

Il poussa la porte ; la pièce était vide. Il conclut qu'Antoinette avait été enlevée, ou bien qu'elle était partie avant le crime.

Il regagna la chambre du baron, et, ses yeux ayant

rencontré le secrétaire, il remarqua que ce meuble n'avait pas été fracturé.

Bien plus, il vit sur la table, près du trousseau de clefs et du portefeuille que le baron y déposait chaque soir, une poignée de louis d'or. Charles saisit le portefeuille et en déplia les poches. L'une d'elles contenait des billets de banque. Il les compta : il y avait treize billets de cent francs.

Alors, ce fut plus fort que lui : instinctivement, mécaniquement, sans même que sa pensée participât au geste de la main, il prit les treize billets, les cacha dans son veston, dégringola l'escalier, tira le verrou, décrocha la chaîne, referma la porte et s'enfuit par le jardin.

*

Charles était un honnête homme. Il n'avait pas repoussé la grille que, frappé par le grand air, le visage rafraîchi par la pluie, il s'arrêta. L'acte commis lui apparaissait sous son véritable jour, et il en avait une horreur subite.

Un fiacre passait. Il héla le cocher…

— Camarade, file au poste de police et ramène le commissaire… Au galop ! il y a mort d'homme.

Le cocher fouetta son cheval. Mais quand Charles voulut rentrer, il ne le put pas, lui-même avait fermé la grille, et la grille ne s'ouvrait pas du dehors.

D'autre part, il était inutile de sonner puisqu'il n'y avait personne dans l'hôtel.

Il se promena donc le long de ces jardins, qui font à l'avenue, du côté de la Muette, une riante bordure d'arbustes verts et bien taillés. Et ce fut seulement après une heure d'attente qu'il put enfin raconter au commissaire les détails du crime et lui remettre entre les mains les treize billets de banque.

Pendant ce temps, on réquisitionnait un serrurier, lequel, avec beaucoup de peine, réussit à forcer la grille du jardin et la porte du vestibule. Le commissaire monta, et, tout de suite, du premier coup d'œil, il dit au domestique :

— Tiens ! vous m'aviez annoncé que la chambre était dans le plus grand désordre.

Il se retourna. Charles semblait cloué au seuil, hypnotisé : tous les meubles avaient repris leur place habituelle ! Le guéridon se dressait entre les deux fenêtres, les chaises étaient debout, et la pendule au milieu de la cheminée. Les débris du candélabre avaient disparu.

Il articula, béant de stupeur :

— Le cadavre... M. le baron...

— Au fait, s'écria le commissaire, où se trouve la victime ?

Il s'avança vers le lit. Sous un grand drap qu'il écarta, reposait le général baron d'Hautrec, ancien ambassadeur de France à Berlin. Sa houppelande de général le recouvrait, ornée de la croix d'honneur.

Le visage était calme. Les yeux étaient clos.

Le domestique balbutia :

— Quelqu'un est venu.

— Par où ?

— Je ne sais pas, mais quelqu'un est venu pendant mon absence... Tenez, il y avait là, par terre, un poignard très mince, en acier... Et puis, sur la table, un mouchoir avec du sang... Il n'y a plus rien... On a tout enlevé... On a tout rangé...

— Mais qui ?

— L'assassin !

— Nous avons trouvé toutes les portes fermées.

— C'est qu'il était resté dans l'hôtel.

— Il y serait encore, puisque vous n'avez pas quitté le trottoir.

Le domestique réfléchit et prononça lentement :

— En effet… en effet… et je ne me suis pas éloigné de la grille… Cependant…

— Voyons, quelle est la dernière personne que vous ayez vue près du baron ?

— Mlle Antoinette, la demoiselle de compagnie.

— Qu'est-elle devenue ?

— Selon moi, son lit n'étant même pas défait, elle a dû profiter de l'absence de la sœur Auguste pour sortir, elle aussi. Cela ne m'étonne qu'à moitié, elle est jolie… jeune…

— Mais comment serait-elle sortie ?

— Par la porte.

— Vous aviez mis le verrou et accroché la chaîne !

— Bien plus tard ! À ce moment elle avait dû quitter l'hôtel.

— Et le crime aurait eu lieu après son départ ?

— Naturellement !

On chercha du haut en bas de la maison, dans les greniers comme dans les caves ; mais l'assassin avait pris la fuite. Comment ? À quel instant ? Était-ce lui ou un complice qui avait jugé à propos de retourner sur la scène du crime et de faire disparaître tout ce qui eût pu le compromettre ? Telles étaient les questions qui se posaient à la justice.

À sept heures survint le médecin légiste ; à huit heures, le chef de la Sûreté. Puis ce fut le tour du procureur de la République et du juge d'instruction. Et il y avait aussi, encombrant l'hôtel, des agents, des inspecteurs, des journalistes, le neveu du baron d'Hautrec et d'autres membres de la famille.

On fouilla, on étudia la position du cadavre,

d'après les souvenirs de Charles, on interrogea, dès son arrivée, la sœur Auguste. On ne fit aucune découverte. Tout au plus la sœur Auguste s'étonnait-elle de la disparition d'Antoinette Bréhat. Elle avait engagé la jeune fille douze jours auparavant, sur la foi d'excellents certificats, et se refusait à croire qu'elle eût pu abandonner le malade qui lui était confié, pour courir seule, la nuit.

— D'autant plus qu'en ce cas, appuya le juge d'instruction, elle serait déjà rentrée. Nous en revenons donc au même point : qu'est-elle devenue ?

— Pour moi, dit Charles, elle a été enlevée par l'assassin.

L'hypothèse était plausible et concordait avec certaines apparences. Le chef de la Sûreté prononça :

— Enlevée ? ma foi, cela n'est point invraisemblable.

— Non seulement invraisemblable, dit une voix, mais en opposition absolue avec les faits, avec les résultats de l'enquête ; bref, avec l'évidence même.

La voix était rude, l'accent brusque, et personne ne fut surpris quand on eut reconnu Ganimard. À lui seul, d'ailleurs, on pouvait pardonner cette façon un peu cavalière de s'exprimer.

— Tiens, c'est vous, Ganimard ? s'écria M. Dudouis ; je ne vous avais pas vu.

— Je suis là depuis deux heures.

— Vous prenez donc intérêt à ce qui n'est pas le billet 514-série 23, l'affaire de la rue Clapeyron, la Dame blonde et Arsène Lupin ?

— Eh ! eh ! ricana le vieil inspecteur, je n'affirmerais pas que Lupin n'est pour rien dans l'affaire qui nous occupe... Mais laissons de côté, jusqu'à nouvel ordre, l'histoire du billet de loterie[1], et voyons de quoi il s'agit.

*

Ganimard n'est pas un de ces policiers de grande envergure, dont les procédés font école, et dont le nom restera dans les annales judiciaires. Il lui manque ces éclairs de génie qui illuminent les Lupin, les Lecoq et les Sherlock Holmes[1]. Mais il a d'excellentes qualités moyennes, de l'observation, de la sagacité, de la persévérance, et même de l'intuition. Son mérite est de travailler avec l'indépendance la plus absolue. Rien, si ce n'est peut-être l'espèce de fascination qu'Arsène Lupin exerce sur lui, rien ne le trouble ni ne l'influence.

Quoi qu'il en soit, son rôle, en cette matière, ne manqua pas d'éclat et sa collaboration fut de celles qu'un juge peut apprécier :

— Tout d'abord, commença-t-il, je demanderai au sieur Charles de bien préciser ce point : tous les objets qu'il a vus, la première fois, renversés ou dérangés, étaient-ils, à son second passage, exactement à leur place habituelle ?

— Exactement.

— Il est donc évident qu'ils n'ont pu être remis à leur place que par une personne pour qui la place de chacun de ces objets était familière.

La remarque frappa les assistants. Ganimard reprit :

— Une autre question, monsieur Charles... Vous avez été réveillé par une sonnerie... Selon vous, qui vous appelait ?

— M. le baron, parbleu.

— Soit, mais à quel moment aurait-il sonné ?

— Après la lutte... au moment de mourir.

— Impossible, puisque vous l'avez trouvé gisant,

inanimé, à un endroit distant de plus de quatre mètres du bouton d'appel.

— Alors, il a sonné pendant la lutte.

— Impossible, puisque la sonnerie, avez-vous dit, fut régulière. Croyez-vous que son agresseur lui eût donné le loisir de sonner ainsi ?

— Alors, c'était avant, au moment d'être attaqué.

— Impossible, vous nous avez dit qu'entre le signal de la sonnerie et l'instant où vous avez pénétré dans la chambre, il s'est écoulé tout au plus trois minutes. Si donc le baron avait sonné avant, il aurait fallu que la lutte, l'assassinat, l'agonie et la fuite se soient déroulés en ce court espace de trois minutes. Je le répète, c'est impossible.

— Pourtant, dit le juge d'instruction, quelqu'un a sonné. Si ce n'est pas le baron, qui est-ce ?

— Le meurtrier.

— Dans quel but ?

— J'ignore son but. Mais tout au moins le fait qu'il a sonné nous prouve-t-il qu'il devait savoir que la sonnerie communiquait avec la chambre d'un domestique. Or, qui pouvait connaître ce détail, sinon une personne de la maison même ?

Le cercle des suppositions se restreignait. En quelques phrases rapides, nettes, logiques, Ganimard plaçait la question sur son véritable terrain, et la pensée du vieil inspecteur apparaissant clairement, il sembla tout naturel que le juge d'instruction conclût :

— Bref, en deux mots, vous soupçonnez Antoinette Bréhat.

— Je ne la soupçonne pas, je l'accuse.

— Vous l'accusez d'être la complice ?

— Je l'accuse d'avoir tué le général baron d'Hautrec.

— Allons donc ! et quelle preuve ?...

— Cette poignée de cheveux que j'ai découverte dans la main droite de la victime, dans sa chair même où la pointe de ses ongles l'avait enfoncée.

Il les montra, ces cheveux ; ils étaient d'un blond éclatant, lumineux comme des fils d'or, et Charles murmura :

— Ce sont bien les cheveux de Mlle Antoinette. Pas moyen de s'y tromper.

Et il ajouta :

— Et puis... il y a autre chose... Je crois bien que le couteau... celui que je n'ai pas revu la seconde fois... lui appartenait... Elle s'en servait pour couper les pages des livres.

Le silence fut long et pénible, comme si le crime prenait plus d'horreur d'avoir été commis par une femme. Le juge d'instruction discuta.

— Admettons jusqu'à plus ample informé que le baron ait été tué par Antoinette Bréhat. Il faudrait encore expliquer quel chemin elle a pu suivre pour sortir après le crime, pour rentrer après le départ du sieur Charles, et pour sortir de nouveau avant l'arrivée du commissaire. Vous avez une opinion là-dessus, monsieur Ganimard ?

— Aucune.

— Alors ?

Ganimard eut l'air embarrassé. Enfin il prononça, non sans un effort visible :

— Tout ce que je puis dire, c'est que je retrouve ici le même procédé que dans l'affaire du billet 514-23, le même phénomène que l'on pourrait appeler la faculté de disparition. Antoinette Bréhat apparaît et disparaît dans cet hôtel, aussi mystérieusement qu'Arsène Lupin pénétra chez Me Detinan et s'en échappa en compagnie de la Dame blonde.

— Ce qui signifie ?

— Ce qui signifie que je ne peux m'empêcher de penser à ces deux coïncidences, tout au moins bizarres : Antoinette Bréhat fut engagée par la sœur Auguste, il y a douze jours, c'est-à-dire le lendemain du jour où la Dame blonde me filait entre les doigts. En second lieu, les cheveux de la Dame blonde ont précisément cette couleur violente, cet éclat métallique à reflets d'or que nous retrouvons dans ceux-ci.

— De sorte que, suivant vous, Antoinette Bréhat…

— N'est autre que la Dame blonde.

— Et que Lupin, par conséquent, a machiné les deux affaires ?

— Je le crois.

Il y eut un éclat de rire. C'était le chef de la Sûreté qui se divertissait.

— Lupin ! toujours Lupin ! Lupin est dans tout. Lupin est partout[1] !

— Il est où il est, scanda Ganimard, vexé.

— Encore faut-il qu'il ait des raisons pour être quelque part, observa M. Dudouis, et, en l'espèce, les raisons me semblent obscures. Le secrétaire n'a pas été fracturé, ni le portefeuille volé. Il reste même de l'or sur la table.

— Oui, s'écria Ganimard, mais le fameux diamant.

— Quel diamant ?

— Le diamant bleu ! le célèbre diamant qui faisait partie de la couronne royale de France et qui fut donné par le duc d'A… à Léonide L… et, à la mort de Léonide L…, racheté par le baron d'Hautrec en mémoire de la brillante comédienne qu'il avait passionnément aimée[2]. C'est un de ces souvenirs qu'un vieux Parisien comme moi n'oublie point.

— Il est évident, dit le juge d'instruction, que, si

le diamant bleu ne se retrouve pas, tout s'explique... Mais où chercher ?

— Au doigt même de M. le baron, répondit Charles. Le diamant bleu ne quittait pas sa main gauche.

— J'ai vu cette main, affirma Ganimard en s'approchant de la victime, et comme vous pouvez vous en assurer, il n'y a qu'un simple anneau d'or.

— Regardez du côté de la paume, reprit le domestique.

Ganimard déplia les doigts crispés. Le chaton était retourné à l'intérieur, et au cœur de ce chaton resplendissait le diamant bleu.

— Fichtre, murmura Ganimard, absolument interdit, je n'y comprends plus rien.

— Et vous renoncez, je l'espère, à suspecter ce malheureux Lupin ? ricana M. Dudouis.

Ganimard prit un temps, réfléchit, et riposta d'un ton sentencieux :

— C'est justement quand je ne comprends plus que je suspecte Arsène Lupin.

Telles furent les premières constatations effectuées par la justice au lendemain de ce crime étrange. Constatations vagues, incohérentes et auxquelles la suite de l'instruction n'apporta ni cohérence ni certitude. Les allées et venues d'Antoinette Bréhat demeurèrent absolument inexplicables, comme celles de la Dame blonde, et pas davantage on ne sut quelle était cette mystérieuse créature aux cheveux d'or, qui avait tué le baron d'Hautrec et n'avait pas pris à son doigt le fabuleux diamant de la couronne royale de France.

Et, plus que tout, la curiosité qu'elle inspirait donnait au crime un relief de grand forfait dont s'exaspérait l'opinion publique.

*

Les héritiers du baron d'Hautrec ne pouvaient que bénéficier d'une pareille réclame. Ils organisèrent avenue Henri-Martin, dans l'hôtel même, une exposition des meubles et objets qui devaient se vendre à la salle Drouot. Meubles modernes et de goût médiocre, objets sans valeur artistique... mais au centre de la pièce, sur un socle de velours grenat, protégée par un globe de verre, et gardée par deux agents, étincelait la bague au diamant bleu.

Diamant magnifique, énorme, d'une pureté incomparable, et de ce bleu indéfini que l'eau claire prend au ciel qu'il reflète, de ce bleu que l'on devine dans la blancheur du linge. On admirait, on s'extasiait... et l'on regardait avec effroi la chambre de la victime, l'endroit où gisait le cadavre, le parquet démuni de son tapis ensanglanté, et les murs surtout, les murs infranchissables au travers desquels avait passé la criminelle. On s'assurait que le marbre de la cheminée ne basculait pas, que telle moulure de la glace ne cachait pas un ressort destiné à la faire pivoter. On imaginait des trous béants, des orifices de tunnel, des communications avec les égouts, avec les catacombes...

La vente du diamant bleu eut lieu à l'hôtel Drouot. La foule s'étouffait et la fièvre des enchères s'exaspéra jusqu'à la folie.

Il y avait là le Tout-Paris des grandes occasions, tous ceux qui achètent et tous ceux qui veulent faire croire qu'ils peuvent acheter, des boursiers, des artistes, des dames de tous les mondes, deux ministres, un ténor italien, un roi en exil[1], qui, pour consolider son crédit, se donna le luxe de pousser, avec beaucoup d'aplomb, et une voix vibrante, jusqu'à cent mille francs. Cent mille francs ! il pouvait les offrir sans se compromettre. Le ténor italien en risqua cent cinquante, une sociétaire des Français[1] cent soixante-quinze.

À deux cent mille francs néanmoins, les amateurs se découragèrent. À deux cent cinquante mille, il n'en resta plus que deux, Herschmann, le célèbre financier, le roi des mines d'or, et la comtesse de Crozon[2], la richissime Américaine dont la collection de diamants et de pierres précieuses est réputée.

— Deux cent soixante mille… deux cent soixante-dix mille… soixante-quinze… quatre-vingt… proférait le commissaire, interrogeant successivement du regard les deux compétiteurs… Deux cent quatre-vingt mille pour madame… Personne ne dit mot ?…

— Trois cent mille, murmura Herschmann.

Un silence. On observait la comtesse de Crozon. Debout, souriante, mais d'une pâleur qui dénonçait son trouble, elle s'appuyait au dossier de la chaise placée devant elle. En réalité, elle le savait et tous les assistants le savaient aussi, l'issue du duel n'était pas douteuse : logiquement, fatalement, il devait se terminer à l'avantage du financier, dont les caprices étaient servis par une fortune de plus d'un demi-milliard. Pourtant elle prononça :

— Trois cent cinq mille.

Un silence encore. On se retourna vers le roi des mines, dans l'attente de l'inévitable surenchère. Il était certain qu'elle allait se produire, forte, brutale, définitive.

Elle ne se produisit point. Herschmann restait impassible, les yeux fixés sur une feuille de papier que tenait sa main droite, tandis que l'autre gardait les morceaux d'une enveloppe déchirée.

— Trois cent cinq mille, répétait le commissaire... Une fois ?... deux fois ? il est encore temps... personne ne dit mot ? je répète : une fois ?... deux fois ?...

Herschmann ne broncha pas. Un dernier silence. Le marteau tomba.

— Quatre cent mille, clama Herschmann, sursautant, comme si le bruit du marteau l'arrachait de sa torpeur.

Trop tard. L'adjudication était irrévocable.

On s'empressa autour de lui. Que s'était-il passé ? Pourquoi n'avait-il pas parlé plus tôt ?

Il se mit à rire.

— Que s'est-il passé ? Ma foi, je n'en sais rien. J'ai eu une minute de distraction.

— Est-ce possible ?

— Mais oui, une lettre qu'on m'a remise.

— Et cette lettre a suffi...

— Pour me troubler, oui, sur le moment.

Ganimard était là. Il avait assisté à la vente de la bague. Il s'approcha d'un des garçons de service.

— C'est vous, sans doute, qui avez remis une lettre à M. Herschmann ?

— Oui.

— De la part de qui ?

— De la part d'une dame.

— Où est-elle ?

— Où est-elle ?... Tenez, monsieur, là-bas... cette dame qui a une voilette épaisse.

— Et qui s'en va ?

— Oui.

Ganimard se précipita vers la porte et aperçut la dame qui descendait l'escalier. Il courut. Un flot de monde l'arrêta près de l'entrée. Dehors, il ne la retrouva pas...

Il revint dans la salle, aborda Herschmann, se fit

connaître et l'interrogea sur la lettre. Herschmann la lui donna. Elle contenait, écrits au crayon, à la hâte, et d'une écriture que le financier ignorait, ces simples mots :

Le diamant bleu porte malheur[1]. *Souvenez-vous du baron d'Hautrec.*

*

Les tribulations du diamant bleu n'étaient pas achevées, et, déjà connu par l'assassinat du baron d'Hautrec et par les incidents de l'hôtel Drouot, il devait, six mois plus tard, atteindre à la grande célébrité. L'été suivant, en effet, on volait à la comtesse de Crozon le précieux joyau qu'elle avait eu tant de peine à conquérir.

Résumons cette curieuse affaire dont les émouvantes et dramatiques péripéties nous ont tous passionnés et sur laquelle il m'est enfin permis de jeter quelque lumière.

Le soir du 10 août, les hôtes de M. et Mme de Crozon étaient réunis dans le salon du magnifique château qui domine la baie de Somme. On fit de la musique. La comtesse se mit au piano et posa sur un petit meuble, près de l'instrument, ses bijoux, parmi lesquels se trouvait la bague du baron d'Hautrec.

Au bout d'une heure le comte se retira, ainsi que ses deux cousins, les d'Andelle, et Mme de Réal, une amie intime de la comtesse de Crozon. Celle-ci resta seule avec M. Bleichen, consul autrichien, et sa femme.

Ils causèrent, puis la comtesse éteignit une grande lampe située sur la table du salon. Au même moment, M. Bleichen éteignait les deux lampes du piano. Il y eut un instant d'obscurité, un peu d'effarement, puis le consul alluma une bougie, et tous trois regagnèrent leurs appartements. Mais, à peine chez elle, la comtesse se souvint de ses bijoux et enjoignit à sa femme de chambre d'aller les chercher. Celle-ci revint et les déposa sur la cheminée sans que sa maîtresse les examinât. Le lendemain, Mme de Crozon constatait qu'il manquait une bague, la bague au diamant bleu.

Elle avertit son mari. Leur conclusion fut immédiate : la femme de chambre étant au-dessus de tout soupçon, le coupable ne pouvait être que M. Bleichen.

Le comte prévint le commissaire central d'Amiens, qui ouvrit une enquête, et, discrètement, organisa la surveillance la plus active pour que le consul autrichien ne pût ni vendre ni expédier la bague.

Jour et nuit des agents entourèrent le château.

Deux semaines s'écoulent sans le moindre incident. M. Bleichen annonce son départ. Ce jour-là une plainte est déposée contre lui. Le commissaire intervient officiellement et ordonne la visite des bagages. Dans un petit sac dont la clef ne quitte jamais le consul, on trouve un flacon de poudre de savon ; dans ce flacon, la bague !

Mme Bleichen s'évanouit. Son mari est mis en état d'arrestation.

On se rappelle le système de défense adopté par l'inculpé. Il ne peut s'expliquer, disait-il, la présence de la bague que par une vengeance de M. de Crozon. « Le comte est brutal et rend sa femme malheureuse. J'ai eu un long entretien avec celle-ci et l'ai vivement engagée au divorce. Mis au courant, le comte s'est vengé en prenant la bague, et, lors de mon départ, en la glissant dans le nécessaire de toilette. » Le comte et la comtesse maintinrent énergiquement leur plainte. Entre l'explication qu'ils donnaient et celle du consul, toutes deux également possibles, également probables, le public n'avait qu'à choisir. Aucun fait nouveau ne fit pencher l'un des plateaux de la balance. Un mois de bavardages, de conjectures et d'investigations n'amena pas un seul élément de certitude.

Ennuyés par tout ce bruit, impuissants à produire la preuve évidente de la culpabilité qui eût justifié leur accusation, M. et Mme de Crozon demandèrent qu'on leur envoyât de Paris un agent de la Sûreté capable de débrouiller les fils de l'écheveau. On envoya Ganimard.

Durant quatre jours le vieil inspecteur principal fureta, potina, se promena dans le parc, eut de longues conférences avec la bonne, avec le chauffeur, les jardiniers, les employés des bureaux de poste voisins, visita les appartements qu'occupaient le ménage Bleichen, les cousins d'Andelle et Mme de Réal. Puis, un matin, il disparut sans prendre congé de ses hôtes.

Mais une semaine plus tard, ils recevaient ce télégramme :

Vous prie venir demain vendredi, cinq heures soir, au Thé japonais, rue Boissy-d'Anglas[1]*. Ganimard.*

*

À cinq heures exactement, le vendredi, leur automobile s'arrêtait devant le numéro 9 de la rue Boissy-d'Anglas. Sans un mot d'explication, le vieil inspecteur qui les attendait sur le trottoir les conduisit au premier étage du Thé japonais.

Ils trouvèrent dans l'une des salles deux personnes que Ganimard leur présenta :

— M. Gerbois, professeur au lycée de Versailles, à qui, vous vous en souvenez, Arsène Lupin vola un demi-million – M. Léonce d'Hautrec, neveu et légataire universel du baron d'Hautrec.

Les quatre personnes s'assirent. Quelques minutes après il en vint une cinquième. C'était le chef de la Sûreté.

M. Dudouis paraissait d'assez méchante humeur. Il salua et dit :

— Qu'y a-t-il donc, Ganimard ? On m'a remis, à la Préfecture, votre avis téléphonique. Est-ce sérieux ?

— Très sérieux, chef. Avant une heure, les dernières aventures auxquelles j'ai donné mon concours auront leur dénouement ici. Il m'a semblé que votre présence était indispensable.

— Et la présence également de Dieuzy et de Folenfant, que j'ai aperçus en bas, aux environs de la porte ?

— Oui, chef.

— Et en quoi ? S'agit-il d'une arrestation ? Quelle mise en scène ! Allons, Ganimard, on vous écoute.

Ganimard hésita quelques instants, puis prononça avec l'intention visible de frapper ses auditeurs :

— Tout d'abord j'affirme que M. Bleichen n'est pour rien dans le vol de la bague.

— Oh ! oh ! fit M. Dudouis, c'est une simple affirmation... et fort grave.

Et le comte demanda :

— Est-ce à cette... découverte que se bornent vos efforts ?

— Non, monsieur. Le surlendemain du vol, les hasards d'une excursion en automobile ont mené trois de vos invités jusqu'au bourg de Crécy[1]. Tandis que deux de ces personnes allaient visiter le fameux champ de bataille, la troisième se rendait en hâte au bureau de poste et expédiait une petite boîte ficelée, cachetée suivant les règlements, et déclarée pour une valeur de cent francs.

M. de Crozon objecta :

— Il n'y a rien là que de naturel.

— Peut-être vous semblera-t-il moins naturel que cette personne, au lieu de donner son nom véritable, ait fait l'expédition sous le nom de Rousseau, et que le destinataire, un monsieur Beloux, demeurant à Paris, ait déménagé le soir même du jour où il recevait la boîte, c'est-à-dire la bague.

— Il s'agit peut-être, interrogea le comte, d'un de mes cousins d'Andelle ?

— Il ne s'agit pas de ces messieurs.

— Donc, de Mme de Réal ?

— Oui.

La comtesse s'écria, stupéfaite :

— Vous accusez mon amie, Mme de Réal ?

— Une simple question, madame, répondit Ganimard. Mme de Réal assistait-elle à la vente du diamant bleu ?

— Oui, mais de son côté. Nous n'étions pas ensemble.

— Vous avait-elle engagée à acheter la bague ?

La comtesse rassembla ses souvenirs.

— Oui... en effet... je crois même que c'est elle qui m'en a parlé la première...

— Je note votre réponse, madame. Il est bien établi que c'est Mme de Réal qui vous a parlé la première de cette bague, et qui vous a engagée à l'acheter.

— Cependant... mon amie est incapable...

— Pardon, pardon, Mme de Réal n'est que votre

amie occasionnelle, et non votre amie intime, comme les journaux l'ont imprimé, ce qui a écarté d'elle les soupçons. Vous ne la connaissez que depuis cet hiver. Or, je me fais fort de vous démontrer que tout ce qu'elle vous a raconté sur elle, sur son passé, sur ses relations, est absolument faux, que Mme Blanche de Réal n'existait pas avant de vous avoir rencontrée, et qu'elle n'existe plus à l'heure actuelle.

— Et après ?

— Après ? fit Ganimard.

— Oui, toute cette histoire est très curieuse, mais en quoi s'applique-t-elle à notre cas ? Si tant est que Mme de Réal ait pris la bague, ce qui n'est nullement prouvé, pourquoi l'a-t-elle cachée dans la poudre dentifrice de M. Bleichen ? Que diable ! quand on se donne la peine de dérober le diamant bleu, on le garde. Qu'avez-vous à répondre à cela ?

— Moi, rien, mais Mme de Réal y répondra.

— Elle existe donc ?

— Elle existe… sans exister. En quelques mots, voici. Il y a trois jours, en lisant le journal que je lis chaque jour, j'ai vu en tête de la liste des étrangers, à Trouville « Hôtel Beaurivage : Mme de Réal, etc. ». Vous comprenez que le soir même j'étais à Trouville, et que j'interrogeais le directeur de Beaurivage. D'après le signalement et d'après certains indices que je recueillis, cette Mme de Réal était bien la personne que je cherchais, mais elle avait quitté l'hôtel, laissant son adresse à Paris, 3, rue du Colisée[1]. Avant-hier je me suis présenté à cette adresse, et j'appris qu'il n'y avait point de Mme de Réal, mais tout simplement une dame Réal, qui habitait le deuxième étage, qui exerçait le métier de courtière en diamants, et qui s'absentait souvent. Hier j'ai sonné à sa porte, et j'ai offert à Mme Réal, sous un faux nom, mes services comme intermédiaire auprès de personnes en situation d'acheter des pierres de valeur. Aujourd'hui nous avons rendez-vous ici pour une première affaire.

— Comment ! vous l'attendez ?

— À cinq heures et demie.

— Et vous êtes sûr ?...

— Que c'est la Mme de Réal du château de Crozon ? J'ai des preuves irréfutables. Mais... écoutez... le signal de Folenfant...

Un coup de sifflet avait retenti, Ganimard se leva vivement.

— Il n'y a pas de temps à perdre. Monsieur et madame de Crozon, veuillez passer dans la pièce voisine. Vous aussi, monsieur d'Hautrec... et vous aussi, monsieur Gerbois... La porte restera ouverte et, au premier signal, je vous demanderai d'intervenir. Restez, chef, je vous en prie.

— Et s'il arrive d'autres personnes ? observa M. Dudouis.

— Non. Cet établissement est nouveau, et le patron qui est un de mes amis ne laissera monter âme qui vive... sauf la Dame blonde.

— La Dame blonde ! que dites-vous ?

— La Dame blonde elle-même, chef, la complice et l'amie d'Arsène Lupin, la mystérieuse Dame blonde, contre qui j'ai des preuves certaines, mais contre qui je veux en outre, et devant vous, réunir les témoignages de tous ceux qu'elle a dépouillés.

Il se pencha par la fenêtre.

— Elle approche... Elle entre... Plus moyen qu'elle s'échappe : Folenfant et Dieuzy gardent la porte... La Dame blonde est à nous, chef !

*

Presque aussitôt, une femme s'arrêtait sur le seuil, grande, mince, le visage très pâle et les cheveux d'un or violent.

Une telle émotion suffoqua Ganimard qu'il demeura muet, incapable d'articuler le moindre mot. Elle était là, en face de lui, à sa disposition ! Quelle victoire sur Arsène Lupin ! et quelle revanche ! et en même temps cette victoire lui semblait remportée avec une telle aisance qu'il se demandait si la Dame blonde n'allait pas lui glisser entre les mains, grâce à quelqu'un de ces miracles dont Lupin était coutumier.

Elle attendait cependant, surprise de ce silence, et regardait autour d'elle sans dissimuler son inquiétude.

— Elle va partir ! elle va disparaître ! pensa Ganimard effaré.

Brusquement, il s'interposa entre elle et la porte. Elle se retourna et voulut sortir.

— Non, non, fit-il, pourquoi vous éloigner ?

— Mais enfin, monsieur, je ne comprends rien à ces manières. Laissez-moi…

— Il n'y a aucune raison pour que vous vous en alliez, madame, et beaucoup au contraire pour que vous restiez.

— Cependant…

— Inutile. Vous ne sortirez pas.

Toute pâle elle s'affaissa sur une chaise et balbutia :

— Que voulez-vous ?

Ganimard était vainqueur. Il tenait la Dame blonde. Maître de lui, il articula :

— Je vous présente cet ami, dont je vous ai parlé, et qui serait désireux d'acheter des bijoux… et surtout des diamants. Vous êtes-vous procuré celui que vous m'aviez promis ?

— Non... non... je ne sais pas... je ne me rappelle pas.

— Mais si... Cherchez bien... Une personne de votre connaissance devait vous remettre un diamant teinté... « quelque chose comme le diamant bleu », ai-je dit en riant, et vous m'avez répondu : « Précisément, j'aurai peut-être votre affaire. » Vous souvenez-vous ?

Elle se taisait. Un petit réticule qu'elle tenait à la main tomba. Elle le ramassa vivement et le serra contre elle. Ses doigts tremblaient un peu.

— Allons, dit Ganimard, je vois que vous n'avez pas confiance en nous, madame de Réal, je vais vous donner le bon exemple, et vous montrer ce que je possède, moi.

Il tira de son portefeuille un papier qu'il déplia, et tendit une mèche de cheveux.

— Voici d'abord quelques cheveux d'Antoinette Bréhat, arrachés par le baron et recueillis dans la main du mort. J'ai vu Mlle Gerbois, qui a reconnu positivement la couleur des cheveux de la Dame blonde... la même couleur que les vôtres d'ailleurs... exactement la même couleur.

Mme Réal l'observait d'un air stupide, et comme si vraiment elle ne saisissait pas le sens de ses paroles. Il continua :

— Et maintenant voici deux flacons d'odeur, sans étiquette, il est vrai, et vides, mais encore assez imprégnés de leur odeur, pour que Mlle Gerbois ait pu, ce matin même, y distinguer le parfum de cette Dame blonde[1], qui fut sa compagne de voyage durant deux semaines. Or l'un des flacons provient de la chambre que Mme de Réal occupait au château de

Crozon, et l'autre de la chambre que vous occupiez à l'hôtel Beaurivage.

— Que dites-vous !... La Dame blonde... le château de Crozon...

Sans répondre l'inspecteur aligna sur la table quatre feuilles.

— Enfin, dit-il, voici, sur ces quatre feuilles, un spécimen de l'écriture d'Antoinette Bréhat, un autre de la dame qui écrivit au baron Herschmann lors de la vente du diamant bleu, un autre de Mme de Réal, lors de son séjour à Crozon, et le quatrième... de vous-même, madame... c'est votre nom et votre adresse, donnés par vous au portier de l'hôtel Beaurivage à Trouville. Or, comparez les quatre écritures. Elles sont identiques.

— Mais vous êtes fou, monsieur ! vous êtes fou ! que signifie tout cela ?

— Cela signifie, madame, s'écria Ganimard dans un grand mouvement, que la Dame blonde, l'amie et la complice d'Arsène Lupin, n'est autre que vous.

Il poussa la porte du salon voisin, se rua sur M. Gerbois, le bouscula par les épaules, et l'attirant devant Mme Réal :

— Monsieur Gerbois, reconnaissez-vous la personne qui enleva votre fille, et que vous avez vue chez Me Detinan ?

— Non.

Il y eut comme une commotion dont chacun reçut le choc. Ganimard chancela.

— Non ?... est-ce possible ?... voyons, réfléchissez...

— C'est tout réfléchi... madame est blonde comme la Dame blonde... pâle comme elle... mais elle ne lui ressemble pas du tout.

— Je ne puis croire... une pareille erreur est

inadmissible… Monsieur d'Hautrec, vous reconnaissez bien Antoinette Bréhat ?

— J'ai vu Antoinette Bréhat chez mon oncle… ce n'est pas elle.

— Et madame n'est pas non plus Mme de Réal, affirma le comte de Crozon.

C'était le coup de grâce. Ganimard en fut étourdi et ne broncha plus, la tête basse, les yeux fuyants. De toutes ses combinaisons il ne restait rien. L'édifice s'écroulait.

M. Dudouis se leva.

— Vous nous excuserez, madame, il y a là une confusion regrettable que je vous prie d'oublier. Mais ce que je ne saisis pas bien c'est votre trouble… votre attitude bizarre depuis que vous êtes ici.

— Mon Dieu, monsieur, j'avais peur… il y a plus de cent mille francs de bijoux dans mon sac, et les manières de votre ami n'étaient guère rassurantes.

— Mais vos absences continuelles ?…

— N'est-ce pas mon métier qui l'exige ?

M. Dudouis n'avait rien à répondre. Il se tourna vers son subordonné.

— Vous avez pris vos informations avec une légèreté déplorable, Ganimard, et tout à l'heure vous vous êtes conduit envers madame de la façon la plus maladroite. Vous viendrez vous en expliquer dans mon cabinet.

L'entrevue était terminée, et le chef de la Sûreté se disposait à partir, quand il se passa un fait vraiment déconcertant. Mme Réal s'approcha de l'inspecteur et lui dit :

— J'entends que vous vous appelez monsieur Ganimard… Je ne me trompe pas ?

— Non.

— En ce cas, cette lettre doit être pour vous, je l'ai reçue ce matin, avec l'adresse que vous pouvez lire :

« M. Justin Ganimard, aux bons soins de Mme Réal. » J'ai pensé que c'était une plaisanterie, puisque je ne vous connaissais pas sous ce nom, mais sans doute ce correspondant inconnu savait-il notre rendez-vous.

Par une intuition singulière, Justin Ganimard fut près de saisir la lettre et de l'anéantir. Il n'osa, devant son supérieur, et déchira l'enveloppe. La lettre contenait ces mots qu'il articula d'une voix à peine intelligible :

Il y avait une fois une Dame blonde, un Lupin et un Ganimard. Or le mauvais Ganimard voulait faire du mal à la jolie Dame blonde, et le bon Lupin ne le voulait pas. Aussi le bon Lupin, désireux que la Dame blonde entrât dans l'intimité de la comtesse de Crozon, lui fit-il prendre le nom de Mme de Réal qui est celui – ou à peu près – d'une honnête commerçante dont les cheveux sont dorés et la figure pâle. Et le bon Lupin se disait : « Si jamais le mauvais Ganimard est sur la piste de la Dame blonde, combien il pourra m'être utile de le faire dévier sur la piste de l'honnête commerçante ! » Sage précaution et qui porte ses fruits. Une petite note envoyée au journal du mauvais Ganimard, un flacon d'odeur oublié volontairement par la vraie Dame blonde à l'hôtel Beaurivage, le nom et l'adresse de Mme Réal écrits par cette vraie Dame blonde sur les registres de l'hôtel, et le tour est joué. Qu'en dites-vous, Ganimard ? J'ai voulu vous conter l'aventure par le menu, sachant qu'avec votre esprit vous seriez le premier à en rire. De fait elle est piquante, et j'avoue que, pour ma part, je m'en suis follement diverti.

À vous donc merci, cher ami, et mes bons souvenirs à cet excellent M. Dudouis.

ARSÈNE LUPIN.

— Mais il sait tout ! gémit Ganimard, qui ne songeait nullement à rire, il sait des choses que je n'ai dites à personne. Comment pouvait-il savoir que je vous demanderais de venir, chef ? Comment pouvait-il savoir ma découverte du premier flacon ?… Comment pouvait-il savoir ?…

Il trépignait, s'arrachait les cheveux, en proie au plus tragique désespoir.

M. Dudouis eut pitié de lui.

— Allons, Ganimard, consolez-vous, on tâchera de faire mieux une autre fois.

Et le chef de la Sûreté s'éloigna, accompagné de Mme Réal.

*

Dix minutes s'écoulèrent, Ganimard lisait et relisait la lettre de Lupin. Dans un coin, M. et Mme de Crozon, M. d'Hautrec et M. Gerbois s'entretenaient avec animation. Enfin le comte s'avança vers l'inspecteur et lui dit :

— De tout cela il résulte, cher monsieur, que nous ne sommes pas plus avancés qu'avant.

— Pardon. Mon enquête a établi que la Dame blonde est l'héroïne indiscutable de ces aventures et que Lupin la dirige. C'est un pas énorme.

— Et qui ne sert à rien. Le problème est peut-être même plus obscur. La Dame blonde tue pour voler le diamant bleu et elle ne le vole pas. – Elle vole, et c'est pour s'en débarrasser au profit d'un autre.

— Je n'y peux rien.

— Certes, mais quelqu'un pourrait peut-être…

— Que voulez-vous dire ?

Le comte hésitait, mais la comtesse prit la parole et nettement :

— Il est un homme, un seul après vous, selon moi, qui serait capable de combattre Lupin et de le réduire à merci. Monsieur Ganimard, vous serait-il désagréable que nous sollicitions l'aide d'Herlock Sholmès ?

Il fut décontenancé.

— Mais non... seulement... je ne comprends pas bien...

— Voilà. Tous ces mystères m'agacent. Je veux voir clair. M. Gerbois et M. d'Hautrec ont la même volonté, et nous nous sommes mis d'accord pour nous adresser au célèbre détective anglais.

— Vous avez raison, madame, prononça l'inspecteur avec une loyauté qui n'était pas sans quelque mérite, vous avez raison, le vieux Ganimard n'est pas de force à lutter contre Arsène Lupin. Herlock Sholmès y réussira-t-il ? Je le souhaite, car j'ai pour lui la plus grande admiration... Cependant... il est peu probable...

— Il est peu probable qu'il aboutisse ?

— C'est mon avis. Je considère qu'un duel entre Herlock Sholmès et Arsène Lupin est une chose réglée d'avance. L'Anglais sera battu.

— En tout cas, peut-il compter sur vous ?

— Entièrement, madame. Mon concours lui est assuré sans réserves.

— Vous connaissez son adresse ?

— Oui, Parker street, 219[1].

Le soir même, M. et Mme de Crozon se désistaient de leur plainte contre le consul Bleichen, et une lettre collective était adressée à Herlock Sholmès.

III

HERLOCK SHOLMÈS OUVRE LES HOSTILITÉS

Que désirent ces messieurs ?

— Ce que vous voulez, répondit Arsène Lupin, en homme que ces détails de nourriture intéressaient peu... Ce que vous voulez, mais ni viande ni alcool.

Le garçon s'éloigna, dédaigneux.

Je m'écriai :

— Comment, encore végétarien ?

— De plus en plus, affirma Lupin.

— Par goût ? par croyance ? par habitude ?

— Par hygiène.

— Et jamais d'infraction ?

— Oh ! si... quand je vais dans le monde... pour ne pas me singulariser.

Nous dînions tous deux près de la gare du Nord, au fond d'un petit restaurant où Arsène Lupin m'avait convoqué. Il se plaît ainsi, de temps à autre, à me fixer le matin, par télégramme, un rendez-vous en quelque coin de Paris. Il s'y montre toujours d'une verve intarissable, heureux de vivre, simple et bon enfant, et toujours c'est une anecdote imprévue, un souvenir, le récit d'une aventure que j'ignorais.

Ce soir-là, il me parut plus exubérant encore qu'à l'ordinaire. Il riait et bavardait avec un entrain singulier, et cette ironie fine qui lui est spéciale, ironie sans amertume, légère et spontanée. C'était plaisir que de le voir ainsi, et je ne pus m'interdire de lui exprimer mon contentement.

— Eh ! oui, s'écria-t-il, j'ai de ces jours où tout me semble délicieux, où la vie est en moi comme un trésor infini que je n'arriverai jamais à épuiser. Et Dieu sait pourtant que je vis sans compter !

— Trop peut-être.

— Le trésor est infini, vous dis-je ! je puis me dépenser et me gaspiller, je puis jeter mes forces et ma jeunesse aux quatre vents, c'est de la place que je fais à des forces plus vives et plus jeunes… Et puis vraiment, ma vie est si belle !… Je n'aurais qu'à vouloir, n'est-ce pas, pour devenir du jour au lendemain, que sais-je !… orateur, chef d'usine, homme politique… Eh bien ! je vous jure, jamais l'idée ne m'en viendrait ! Arsène Lupin je suis, Arsène Lupin je reste. Et je cherche vainement dans l'histoire une destinée comparable à la mienne, mieux remplie, plus intense… Napoléon ? Oui, peut-être… Mais alors Napoléon à la fin de sa carrière impériale, pendant la campagne de France, quand l'Europe l'écrasait, et qu'il se demandait à chaque bataille si ce n'était pas la dernière qu'il livrait.

Était-il sérieux ? plaisantait-il ? Le ton de sa voix s'était échauffé, et il continua.

— Tout est là, voyez-vous, le danger ! l'impression ininterrompue du danger ! Le respirer comme l'air que l'on respire, le discerner autour de soi qui souffle, qui rugit, qui guette, qui approche… Et au milieu de la tempête, rester calme… ne pas broncher[1] !… Sinon, vous êtes perdu… Il n'y a qu'une sensation qui vaille celle-là, celle du chauffeur en course d'automobile ! Mais la course dure une matinée, et ma course à moi dure toute la vie !

— Quel lyrisme ! m'écriai-je... Et vous allez me faire accroire que vous n'avez pas un motif particulier d'excitation !

Il sourit.

— Allons, dit-il, vous êtes un fin psychologue. Il y a en effet autre chose.

Il se versa un grand verre d'eau fraîche, l'avala et me dit :

— Vous avez lu *Le Temps* d'aujourd'hui ?

— Ma foi non.

— Herlock Sholmès a dû traverser la Manche cet après-midi et arriver vers six heures.

— Diable ! Et pourquoi ?

— Un petit voyage que lui offrent les Crozon, le neveu d'Hautrec et le Gerbois. Ils se sont retrouvés à la gare du Nord, et de là ils ont rejoint Ganimard. En ce moment ils confèrent tous les six.

Jamais, malgré la formidable curiosité qu'il m'inspire, je ne me permets d'interroger Arsène Lupin sur les actes de sa vie privée, avant que lui-même ne m'en ait parlé. Il y a là, de ma part, une question de réserve sur laquelle je ne transige point. À ce moment d'ailleurs, son nom n'avait pas encore été prononcé, du moins officiellement, au sujet du diamant bleu. Je patientai donc. Il reprit :

— *Le Temps* publie également une interview de cet excellent Ganimard, d'après laquelle une certaine Dame blonde qui serait mon amie aurait assassiné le baron d'Hautrec et tenté de soustraire à Mme de Crozon sa fameuse bague. Et, bien entendu, il m'accuse d'être l'instigateur de ces forfaits.

Un léger frisson m'agita. Était-ce vrai ? Devais-je croire que l'habitude du vol, son genre d'existence, la logique même des événements, avaient entraîné cet homme jusqu'au crime ? Je l'observai.

Il semblait si calme, ses yeux vous regardaient si franchement !

J'examinai ses mains ! elles avaient une délicatesse de modelé infinie, des mains inoffensives vraiment, des mains d'artiste...

— Ganimard est un halluciné, murmurai-je.

Il protesta :

— Mais non, mais non, Ganimard a de la finesse... parfois même de l'esprit.

— De l'esprit !

— Si, si. Par exemple cette interview est un coup de maître. Premièrement il annonce l'arrivée de son rival anglais pour me mettre en garde et lui rendre la tâche plus difficile. Deuxièmement, il précise le point exact où il a mené l'affaire pour que Herlock Sholmès n'ait que le bénéfice de ses propres découvertes. C'est de bonne guerre.

— Quoi qu'il en soit, vous voici deux adversaires sur les bras, et quels adversaires !

— Oh ! l'un ne compte pas.

— Et l'autre ?

— Sholmès ? Oh ! j'avoue que celui-ci est de taille. Mais justement c'est ce qui me passionne et ce pour quoi vous me voyez de si joyeuse humeur. D'abord, question d'amour-propre : on juge que ce n'est pas de trop du célèbre Anglais pour avoir raison de moi. Ensuite pensez au plaisir que doit éprouver un lutteur de ma sorte à l'idée d'un duel avec Herlock Sholmès. Enfin ! je vais être obligé de m'employer à fond ! car, je le connais, le bonhomme, il ne reculera pas d'une semelle.

— Il est fort.

— Très fort. Comme policier, je ne crois pas qu'il ait jamais existé ou qu'il existe jamais son pareil. Seulement j'ai un avantage sur lui, c'est qu'il attaque et que, moi, je me défends. Mon rôle est plus facile. En outre...

Il sourit imperceptiblement et, achevant sa phrase :

— En outre je connais sa façon de se battre et il ne connaît pas la mienne. Et je lui réserve quelques bottes secrètes qui le feront réfléchir...

Il tapotait la table à petits coups de doigt, et lâchait de menues phrases d'un air ravi.

— Arsène Lupin contre Herlock Sholmès... La France contre l'Angleterre... Enfin Trafalgar sera vengé !... Ah ! le malheureux... il ne se doute pas que je suis préparé... et un Lupin averti...

Il s'interrompit subitement, secoué par une quinte de toux, et il se cacha la figure dans sa serviette, comme quelqu'un qui a avalé de travers.

— Une miette de pain ? lui demandai-je... buvez donc un peu d'eau.

— Non, ce n'est pas ça, dit-il d'une voix étouffée.

— Alors... quoi ?

— Le besoin d'air.

— Voulez-vous qu'on ouvre la fenêtre ?

— Non, je sors... vite, donnez-moi mon pardessus et mon chapeau, je file...

— Ah ! ça mais, que signifie ?...

— Ces deux messieurs qui viennent d'entrer... vous voyez le plus grand... eh bien, en sortant, marchez à ma gauche de manière à ce qu'il ne puisse m'apercevoir.

— Celui qui s'assoit derrière vous ?...

— Celui-là... Pour des raisons personnelles, je préfère... Dehors, je vous expliquerai !...

— Mais qui est-ce donc ?

— Herlock Sholmès.

Il fit un violent effort sur lui-même, comme s'il avait honte de son agitation, reposa sa serviette, avala un verre d'eau, et me dit en souriant, tout à fait remis :

— C'est drôle, hein ? je ne m'émeus pourtant pas facilement, mais cette vision imprévue...

— Qu'est-ce que vous craignez, puisque personne ne peut vous reconnaître, au travers de toutes vos transformations ? Moi-même, chaque fois que je vous retrouve, il me semble que je suis en face d'un individu nouveau.

— *Lui* me reconnaîtra, dit Arsène Lupin. *Lui*, ne m'a vu qu'une fois*, mais j'ai senti qu'il me voyait pour la vie, et qu'il voyait, non pas mon apparence toujours modifiable, mais l'être même que je suis... Et puis... et puis... je ne m'y attendais pas, quoi !... Quelle singulière rencontre !... ce petit restaurant...

— Eh bien ! lui dis-je, nous sortons ?

— Non... non...

— Qu'allez-vous faire ?

— Le mieux serait d'agir franchement... de m'en remettre à lui...

— Vous n'y pensez pas ?

— Mais si, j'y pense... Outre que j'aurais avantage à l'interroger, à savoir ce qu'il sait... Ah ! tenez, j'ai l'impression que ses yeux se posent sur ma nuque, sur mes épaules... et qu'il cherche... qu'il se rappelle...

Il réfléchit. J'avisai un sourire de malice au coin de ses lèvres, puis, obéissant, je crois, à une fantaisie de sa nature primesautière plus encore qu'aux nécessités de la situation, il se leva brusquement, fit volte-face, et s'inclinant tout joyeux :

— Par quel hasard ? C'est vraiment trop de

* *Arsène Lupin, gentleman-cambrioleur* (chapitre IX, « Herlock Sholmès arrive trop tard »). *[Note de l'auteur.]*

chance… Permettez-moi de vous présenter un de mes amis…

Une seconde ou deux, l'Anglais fut décontenancé, puis il eut un mouvement instinctif, tout prêt à se jeter sur Arsène Lupin. Celui-ci hocha la tête :

— Vous auriez tort… sans compter que le geste ne serait pas beau… et tellement inutile !…

L'Anglais se retourna de droite et de gauche, comme s'il cherchait du secours.

— Cela non plus, dit Lupin… D'ailleurs êtes-vous bien sûr d'avoir qualité pour mettre la main sur moi ? Allons, montrez-vous beau joueur.

Se montrer beau joueur, en l'occasion, ce n'était guère tentant. Néanmoins il est probable que ce fut ce parti qui sembla le meilleur à l'Anglais, car, il se leva à demi, et froidement présenta :

— Monsieur Wilson, mon ami et collaborateur. – Monsieur Arsène Lupin.

La stupeur de Wilson provoqua l'hilarité. Ses yeux écarquillés et sa bouche large ouverte barraient de deux traits sa figure épanouie, à la peau luisante et tendue comme une pomme, et autour de laquelle des cheveux en brosse et une barbe courte étaient plantés comme des brins d'herbe, drus et vigoureux.

— Wilson, vous ne cachez pas assez votre ahurissement devant les événements les plus naturels de ce monde, ricana Herlock Sholmès avec une nuance de raillerie.

Wilson balbutia :

— Pourquoi ne l'arrêtez-vous pas ?

— Vous n'avez point remarqué, Wilson, que ce gentleman est placé entre la porte et moi, et à deux pas de la porte. Je n'aurais pas le temps de bouger le petit doigt qu'il serait déjà dehors.

— Qu'à cela ne tienne, dit Lupin.

Il fit le tour de la table et s'assit de manière à ce que l'Anglais fût entre la porte et lui. C'était se mettre à sa discrétion. Wilson regarda Sholmès pour savoir s'il avait le droit d'admirer ce coup d'audace. L'Anglais demeura impénétrable. Mais, au bout d'un instant, il appela :

— Garçon !

Le garçon accourut. Sholmès commanda :

— Des sodas, de la bière et du whisky.

La paix était signée... jusqu'à nouvel ordre. Bientôt après, tous quatre assis à la même table, nous causions tranquillement.

*

Herlock Sholmès est un homme... comme on en rencontre tous les jours. Âgé d'une cinquantaine d'années, il ressemble à un brave bourgeois qui aurait passé sa vie, devant un bureau, à tenir des livres de comptabilité. Rien ne le distingue d'un honnête citoyen de Londres, ni ses favoris roussâtres, ni son menton rasé, ni son aspect un peu lourd – rien, si ce n'est ses yeux terriblement aigus, vifs et pénétrants.

Et puis, c'est Herlock Sholmès, c'est-à-dire une sorte de phénomène d'intuition, d'observation, de clairvoyance et d'ingéniosité. On croirait que la nature s'est amusée à prendre les deux types de policier les plus extraordinaires que l'imagination ait produits, le Dupin d'Edgar Poe, et le Lecoq de Gaboriau[1], pour en construire un à sa manière, plus extraordinaire encore et plus irréel. Et l'on se demande vraiment, quand on entend le récit de ces exploits qui l'ont rendu célèbre dans l'univers entier, on se demande si lui-même, ce Herlock Sholmès, n'est pas un personnage légendaire, un héros sorti vivant du cerveau d'un grand romancier, d'un Conan Doyle, par exemple.

Tout de suite, comme Arsène Lupin l'interrogeait sur la durée de son séjour, il mit la conversation sur son terrain véritable.

— Mon séjour dépend de vous, monsieur Lupin.

— Oh ! s'écria l'autre en riant, si cela dépendait de moi, je vous prierais de reprendre votre paquebot dès ce soir.

— Ce soir est un peu tôt, mais j'espère que dans huit ou dix jours…

— Vous êtes donc si pressé ?

— J'ai tant de choses en train, le vol de la Banque anglo-chinoise, l'enlèvement de lady Eccleston… Voyons, monsieur Lupin, croyez-vous qu'une semaine suffira ?

— Largement, si vous vous en tenez à la double affaire du diamant bleu. C'est, du reste, le laps de temps qu'il me faut pour prendre mes précautions, au cas où la solution de cette double affaire vous donnerait sur moi certains avantages dangereux pour ma sécurité.

— Eh mais, dit l'Anglais, c'est que je compte bien prendre ces avantages en l'espace de huit à dix jours.

— Et me faire arrêter le onzième, peut-être ?

— Le dixième, dernière limite.

Lupin réfléchit et, hochant la tête :

— Difficile… difficile…

— Difficile, oui, mais possible, donc certain…

— Absolument certain, dit Wilson, comme si lui-même eût distingué nettement la longue série d'opérations qui conduirait son collaborateur au résultat annoncé.

Herlock Sholmès sourit :

— Wilson, qui s'y connaît, est là pour vous l'attester.

Et il reprit :

— Évidemment, je n'ai pas tous les atouts entre les mains, puisqu'il s'agit d'affaires déjà vieilles de plusieurs mois. Il me manque les éléments, les indices sur lesquels j'ai l'habitude d'appuyer mes enquêtes.

— Comme les taches de boue et les cendres de cigarette, articula Wilson avec importance.

— Mais outre les remarquables conclusions de M. Ganimard, j'ai à mon service tous les articles écrits à ce sujet, toutes les observations recueillies, et, conséquence de tout cela, quelques idées personnelles sur l'affaire.

— Quelques vues qui nous ont été suggérées soit par analyse, soit par hypothèse, ajouta Wilson sentencieusement.

— Est-il indiscret, fit Arsène Lupin, de ce ton déférent qu'il employait pour parler à Sholmès, est-il indiscret de vous demander l'opinion générale que vous avez su vous former ?

Vraiment c'était la chose la plus passionnante que de voir ces deux hommes en présence l'un de l'autre, les coudes sur la table, discutant gravement et posément comme s'ils avaient à résoudre un problème ardu ou à se mettre d'accord sur un point de controverse. Et c'était aussi d'une ironie supérieure, dont ils jouissaient tous deux profondément, en dilettantes et en artistes. Wilson, lui, se pâmait d'aise.

Herlock bourra lentement sa pipe, l'alluma et s'exprima de la sorte :

— J'estime que cette affaire est infiniment moins complexe qu'elle ne le paraît au premier abord.

— Beaucoup moins, en effet, fit Wilson, écho fidèle.

— Je dis l'affaire, car, pour moi, il n'y en a qu'une.

La mort du baron d'Hautrec, l'histoire de la bague, et, ne l'oublions pas, le mystère du numéro 514-série 23, ne sont que les faces diverses de ce qu'on pourrait appeler l'énigme de la Dame blonde. Or, à mon sens, il s'agit tout simplement de découvrir le lien qui réunit ces trois épisodes de la même histoire, le fait qui prouve l'unité des trois méthodes. Ganimard, dont le jugement est un peu superficiel, voit cette unité dans la faculté de disparaître, dans le pouvoir d'aller et de venir tout en restant invisible. Cette intervention du miracle ne me satisfait pas.

— Et alors ?

— Alors, selon moi, énonça nettement Sholmès, la caractéristique de ces trois aventures, c'est votre dessein manifeste, évident, quoique inaperçu jusqu'ici, d'amener l'affaire sur le terrain préalablement choisi par vous. Il y a là de votre part, plus qu'un plan, une nécessité, une condition *sine qua non* de réussite.

— Pourriez-vous entrer dans quelques détails ?

— Facilement. Ainsi, dès le début de votre conflit avec M. Gerbois, n'est-il pas *évident* que l'appartement de Me Detinan est le lieu choisi par vous, le lieu inévitable où il faut qu'on se réunisse. Il n'en est pas un qui vous paraisse plus sûr, à tel point que vous y donnez rendez-vous, publiquement pourrait-on dire, à la Dame blonde et à Mlle Gerbois.

— La fille du professeur, précisa Wilson.

— Maintenant, parlons du diamant bleu. Aviez-vous essayé de vous l'approprier depuis que le baron d'Hautrec le possédait ? Non. Mais le baron prend l'hôtel de son frère : six mois après, intervention d'Antoinette Bréhat et première tentative. – Le diamant vous échappe, et la vente s'organise à grand fracas à l'hôtel Drouot. Sera-t-elle libre, cette vente ? Le plus riche amateur est-il sûr d'acquérir le bijou ?

Nullement. Au moment où le banquier Herschmann va l'emporter, une dame lui fait passer une lettre de menaces, et c'est la comtesse de Crozon, préparée, influencée par cette même dame, qui achète le diamant. – Va-t-il disparaître aussitôt ? Non : les moyens vous manquent. Donc, intermède. Mais la comtesse s'installe dans son château. C'est ce que vous attendiez. La bague disparaît.

— Pour reparaître dans la poudre dentifrice du consul Bleichen, anomalie bizarre, objecta Lupin.

— Allons donc, s'écria Herlock, en frappant la table du poing, ce n'est pas à moi qu'il faut conter de telles sornettes. Que les imbéciles s'y laissent prendre, soit, mais pas le vieux renard que je suis.

— Ce qui veut dire ?

— Ce qui veut dire…

Sholmès prit un temps, comme s'il voulait ménager son effet. Enfin il formula :

— Le diamant bleu qu'on a découvert dans la poudre dentifrice est un diamant faux. Le vrai, vous l'avez gardé.

Arsène Lupin demeura un instant silencieux, puis, très simplement, les yeux fixés sur l'Anglais :

— Vous êtes un rude homme, monsieur.

— Un rude homme, n'est-ce pas, souligna Wilson, béant d'admiration.

— Oui, affirma Lupin, tout s'éclaire, tout prend son véritable sens. Pas un seul des juges d'instruction, pas un seul des journalistes spéciaux qui se sont acharnés sur ces affaires n'ont été aussi loin dans la direction de la vérité. C'est miraculeux d'intuition et de logique.

— Peuh ! fit l'Anglais flatté de l'hommage d'un tel connaisseur, il suffisait de réfléchir.

— Il suffisait de *savoir* réfléchir, et si peu le

savent ! Mais maintenant que le champ des suppositions est plus étroit et que le terrain est déblayé...

— Eh bien ! maintenant, je n'ai plus qu'à découvrir pourquoi les trois aventures se sont dénouées au 25 de la rue Clapeyron, au 134 de l'avenue Henri-Martin et entre les murs du château de Crozon. Toute l'affaire est là. Le reste n'est que balivernes et charade pour enfant. N'est-ce pas votre avis ?

— C'est mon avis.

— En ce cas, monsieur Lupin, ai-je tort de répéter que dans dix jours ma besogne sera achevée ?

— Dans dix jours, oui, toute la vérité vous sera connue.

— Et vous serez arrêté.

— Non.

— Non ?

— Il faut, pour que je sois arrêté, un concours de circonstances si invraisemblables, une série de mauvais hasards si stupéfiants, que je n'admets pas cette éventualité.

— Ce que ne peuvent ni les circonstances ni les hasards contraires, la volonté et l'obstination d'un homme le pourront, monsieur Lupin.

— Si la volonté et l'obstination d'un autre homme n'opposent à ce dessein un obstacle invincible, monsieur Sholmès.

— Il n'y a pas d'obstacle invincible, monsieur Lupin.

Le regard qu'ils échangèrent fut profond, sans provocation d'une part ni de l'autre, mais calme et hardi. C'était le battement de deux épées qui engagent le fer. Cela sonnait clair et franc.

— À la bonne heure, s'écria Lupin, voici quelqu'un ! Un adversaire, mais c'est l'oiseau rare, et celui-là est Herlock Sholmès ! On va s'amuser.

— Vous n'avez pas peur ? demanda Wilson.

— Presque, monsieur Wilson, et la preuve, dit Lupin en se levant, c'est que je vais hâter mes dispositions de retraite... sans quoi je risquerais d'être pris au gîte. Nous disons donc dix jours, monsieur Sholmès ?

— Dix jours. Nous sommes aujourd'hui dimanche. De mercredi en huit, tout sera fini.

— Et je serai sous les verrous ?

— Sans le moindre doute.

— Bigre ! moi qui me réjouissais de ma vie paisible. Pas d'ennuis, un bon petit courant d'affaires, la police au diable, et l'impression réconfortante de l'universelle sympathie qui m'entoure... Il va falloir changer tout cela ! Enfin c'est l'envers de la médaille... Après le beau temps, la pluie... Il ne s'agit plus de rire. Adieu !

— Dépêchez-vous, fit Wilson, plein de sollicitude pour un individu auquel Sholmès inspirait une considération visible, ne perdez pas une minute.

— Pas une minute, monsieur Wilson, le temps seulement de vous dire combien je suis heureux de cette rencontre, et combien j'envie le maître d'avoir un collaborateur aussi précieux que vous.

On se salua courtoisement, comme sur le terrain, deux adversaires que ne divise aucune haine, mais que la destinée oblige à se battre sans merci. Et Lupin me saisissant le bras, m'entraîna dehors.

— Qu'en dites-vous, mon cher ? Voilà un repas dont les incidents feront bon effet dans les mémoires que vous préparez sur moi.

Il referma la porte du restaurant et s'arrêtant quelques pas plus loin :

— Vous fumez ?

— Non, mais vous non plus, il me semble.

— Moi non plus.

Il alluma une cigarette à l'aide d'une allumette-bougie[1] qu'il agita plusieurs fois pour l'éteindre. Mais aussitôt il jeta la cigarette, franchit en courant la chaussée et rejoignit deux hommes qui venaient de surgir de l'ombre, comme appelés par un signal. Il s'entretint quelques minutes avec eux sur le trottoir opposé, puis revint à moi.

— Je vous demande pardon, ce satané Sholmès va me donner du fil à retordre. Mais, je vous jure, qu'il n'en a pas fini avec Lupin... Ah ! le bougre, il verra de quel bois je me chauffe... Au revoir... L'ineffable Wilson a raison, je n'ai pas une minute à perdre.

Il s'éloigna rapidement.

Ainsi finit cette étrange soirée, ou du moins la partie de cette soirée à laquelle je fus mêlé. Car il s'écoula pendant les heures qui suivirent bien d'autres événements, que les confidences des autres convives de ce dîner m'ont permis heureusement de reconstituer en détail.

*

À l'instant même où Lupin me quittait, Herlock Sholmès tirait sa montre et se levait à son tour.

— Neuf heures moins vingt. À neuf heures je dois retrouver le comte et la comtesse à la gare.

— En route ! s'exclama Wilson avalant coup sur coup deux verres de whisky.

Ils sortirent.

— Wilson, ne tournez pas la tête... Peut-être sommes-nous suivis ; en ce cas, agissons comme s'il ne nous importait point de l'être... Dites donc, Wilson, donnez-moi votre avis : pourquoi Lupin était-il dans ce restaurant ?

Wilson n'hésita pas.

— Pour manger.

— Wilson, plus nous travaillons ensemble, et plus je m'aperçois de la continuité de vos progrès. Ma parole, vous devenez étonnant.

Dans l'ombre, Wilson rougit de plaisir, et Sholmès reprit :

— Pour manger, soit, et ensuite, tout probablement, pour s'assurer si je vais bien à Crozon comme l'annonce Ganimard dans son interview. Je pars donc afin de ne pas le contrarier. Mais comme il s'agit de gagner du temps sur lui, je ne pars pas. Vous, mon ami, filez par cette rue, prenez une voiture, deux, trois voitures. Revenez plus tard chercher les valises que nous avons laissées à la consigne, et, au galop, jusqu'à l'Élysée-Palace[1].

— Et à l'Élysée-Palace ?

— Vous demanderez une chambre où vous vous coucherez, où vous dormirez à poings fermés, et attendrez mes instructions.

Wilson, tout fier du rôle important qui lui était assigné, s'en alla. Herlock Sholmès prit son billet et se rendit à l'express d'Amiens où le comte et la comtesse de Crozon étaient déjà installés. Il se contenta de les saluer, alluma une seconde pipe, et fuma paisiblement, debout dans le couloir. Le train s'ébranla. Au bout de dix minutes, il vint s'asseoir auprès de la comtesse et lui dit :

— Vous avez là votre bague, madame ?

— Oui.

— Ayez l'obligeance de me la prêter.

Il la prit et l'examina.

— C'est bien ce que je pensais, c'est du diamant reconstitué.

— Du diamant reconstitué ?

— Un nouveau procédé[1] qui consiste à soumettre de la poussière de diamant à une température énorme de façon à la réduire en fusion… et à n'avoir plus qu'à la reconstituer en une seule pierre.

— Comment ! Mais mon diamant est vrai.

— Le vôtre, oui, mais celui-là n'est pas le vôtre.

— Où donc est le mien ?

— Entre les mains d'Arsène Lupin.

— Et alors celui-là ?

— Celui-là a été substitué au vôtre et glissé dans le flacon de M. Bleichen où vous l'avez retrouvé.

— Il est donc faux ?

— Absolument faux.

Interdite, bouleversée, la comtesse se taisait, tandis que son mari, incrédule, tournait et retournait le bijou en tous sens. Elle finit par balbutier :

— Est-ce possible ! Mais pourquoi ne l'a-t-on pas volé tout simplement ? Et puis comment l'a-t-on pris ?

— C'est précisément ce que je vais tâcher d'éclaircir.

— Au château de Crozon ?

— Non, je descends à Creil, et je retourne à Paris. C'est là que doit se jouer la partie entre Arsène Lupin et moi. Les coups vaudront pour un endroit comme pour l'autre, mais il est préférable que Lupin me croie en voyage.

— Cependant…

— Que vous importe, madame ? l'essentiel, c'est votre diamant, n'est-ce pas ?

— Oui.

— Eh bien ! soyez tranquille. J'ai pris tout à l'heure un engagement beaucoup plus difficile à tenir. Foi d'Herlock Sholmès, je vous rendrai le véritable diamant.

Le train ralentissait. Il mit le faux diamant dans sa poche et ouvrit la portière. Le comte s'écria :

— Mais vous descendez à contre-voie !

— De cette manière, si Lupin me fait surveiller, on perd ma trace. Adieu.

Un employé protesta vainement. L'Anglais se dirigea vers le bureau du chef de gare. Cinquante minutes après, il sautait dans un train qui le ramenait à Paris un peu avant minuit.

Il traversa la gare en courant, rentra par le buffet, sortit par une autre porte et se précipita dans un fiacre.

— Cocher, rue Clapeyron.

Ayant acquis la certitude qu'il n'était pas suivi, il fit arrêter sa voiture au commencement de la rue, et se livra à un examen minutieux de la maison de Me Detinan et des deux maisons voisines. À l'aide d'enjambées égales il mesurait certaines distances, et inscrivait des notes et des chiffres sur son carnet.

— Cocher, avenue Henri-Martin.

Au coin de l'avenue et de la rue de la Pompe il régla sa voiture, suivit le trottoir jusqu'au 134, et recommença les mêmes opérations devant l'ancien hôtel du baron d'Hautrec et les deux immeubles de rapport qui l'encadrent, mesurant la largeur des façades respectives et calculant la profondeur des petits jardins qui précèdent la ligne de ces façades.

L'avenue était déserte et très obscure sous ses quatre rangées d'arbres entre lesquels, de place en place, un bec de gaz semblait lutter inutilement contre des épaisseurs de ténèbres. L'un d'eux projetait une pâle lumière sur une partie de l'hôtel, et Sholmès vit la pancarte « à louer » suspendue à la grille, les deux allées incultes qui encerclaient la menue pelouse, et les vastes fenêtres vides de la maison inhabitée.

— C'est vrai, se dit-il, depuis la mort du baron, il n'y a pas de locataires... Ah ! si je pouvais entrer et faire une première visite.

Il suffisait que cette idée l'effleurât pour qu'il voulût la mettre à exécution. Mais comment ? La hauteur de la grille rendant impossible toute tentative d'escalade, il tira de sa poche une lanterne électrique et une clef passe-partout qui ne le quittait pas. À son grand étonnement, il s'avisa qu'un des battants était entr'ouvert. Il se glissa donc dans le jardin en ayant soin de ne pas refermer le battant. Mais il n'avait pas fait trois pas qu'il s'arrêta. À l'une des fenêtres du second étage une lueur avait passé.

Et la lueur repassa à une deuxième fenêtre et à une troisième sans qu'il pût voir autre chose qu'une silhouette qui se profilait sur les murs des chambres. Et du second étage, la lueur descendit au premier, et, longtemps, erra de pièce en pièce.

— Qui diable peut se promener à une heure du matin dans la maison où le baron d'Hautrec a été tué ? se demanda Herlock, prodigieusement intéressé.

Il n'y avait qu'un moyen de le savoir, c'était de s'y introduire soi-même. Il n'hésita pas. Mais au moment où il traversait, pour gagner le perron, la bande de clarté que lançait le bec de gaz, l'homme dut l'apercevoir, car la lueur s'éteignit soudain et Herlock Sholmès ne la revit plus.

Doucement il appuya sur la porte qui commandait le perron. Elle était ouverte également. N'entendant aucun bruit, il se risqua dans l'obscurité, rencontra la pomme de la rampe et monta un étage. Et toujours le même silence, les mêmes ténèbres.

Arrivé sur le palier, il pénétra dans une pièce et s'approcha de la fenêtre que blanchissait un peu la lumière de la nuit. Alors il avisa dehors l'homme qui, descendu sans doute par un autre escalier, et sorti par une autre porte, se faufilait à gauche, le long des arbustes qui bordent le mur de séparation entre les deux jardins.

— Fichtre, s'écria Sholmès, il va m'échapper !

Il dégringola l'étage et franchit le perron, afin de lui couper toute retraite. Mais il ne vit plus personne, et il lui fallut quelques secondes pour distinguer dans le fouillis des arbustes une masse plus sombre qui n'était pas tout à fait immobile.

L'Anglais réfléchit. Pourquoi l'individu n'avait-il pas essayé de fuir, alors qu'il l'eût pu si aisément ? Demeurait-il là pour surveiller à son tour l'intrus qui l'avait dérangé dans sa mystérieuse besogne ?

— En tout cas, pensa-t-il, ce n'est pas Lupin, Lupin serait plus adroit. C'est quelqu'un de sa bande.

De longues minutes s'écoulèrent. Herlock ne bougeait pas, l'œil fixé sur l'adversaire qui l'épiait. Mais comme cet adversaire ne bougeait pas davantage, et que l'Anglais n'était pas homme à se morfondre dans l'inaction, il vérifia si le barillet de son revolver fonctionnait, dégagea son poignard de sa gaine, et marcha droit sur l'ennemi, avec cette audace froide et ce mépris du danger qui le rendent si redoutable.

Un bruit sec : l'individu armait son revolver. Herlock se jeta brusquement dans le massif. L'autre n'eut pas le temps de se retourner : l'Anglais était déjà sur lui. Il y eut une lutte violente, désespérée, au cours de laquelle Herlock devinait l'effort de l'homme pour tirer son couteau. Mais Sholmès, qu'exaspérait l'idée de sa victoire prochaine, le désir fou de s'emparer, dès la première heure, de ce complice d'Arsène Lupin, sentait en lui des forces irrésistibles. Il renversa son adversaire, pesa sur lui de tout son poids, et l'immobilisant de ses doigts plantés dans la gorge du malheureux comme les griffes d'une serre, de sa main libre il chercha sa lanterne électrique, en pressa le bouton et projeta la lumière sur le visage de son prisonnier.

— Wilson ! hurla-t-il, terrifié.

— Herlock Sholmès ! balbutia une voix étranglée, caverneuse.

*

Ils demeurèrent longtemps l'un près de l'autre sans échanger une parole, tous deux anéantis, le cerveau vide. La corne d'une automobile déchira l'air. Un peu de vent agita les feuilles. Et Sholmès ne bougeait pas, les cinq doigts toujours agrippés à la gorge de Wilson qui exhalait un râle de plus en plus faible.

Et soudain Herlock, envahi d'une colère, lâcha son ami, mais pour l'empoigner par les épaules et le secouer avec frénésie.

— Que faites-vous là ? Répondez… Quoi ?… Est-ce que je vous ai dit de vous fourrer dans les massifs et de m'espionner ?

— Vous espionner, gémit Wilson, mais je ne savais pas que c'était vous.

— Alors quoi ? Que faites-vous là ? Vous deviez vous coucher.

— Je me suis couché.

— Il fallait dormir !

— J'ai dormi.

— Il ne fallait pas vous réveiller !

— Votre lettre…

— Ma lettre ?…

— Oui, celle qu'un commissionnaire m'a apportée de votre part à l'hôtel…

— De ma part ? Vous êtes fou ?

— Je vous jure.

— Où est cette lettre ?

Son ami lui tendit une feuille de papier. À la clarté de sa lanterne, il lut avec stupeur :

Wilson, hors du lit, et filez avenue Henri-Martin. La maison est vide. Entrez, inspectez, dressez un plan bien exact, et retournez vous coucher. – Herlock Sholmès.

— J'étais en train de mesurer les pièces, dit Wilson, quand j'ai aperçu une ombre dans le jardin. Je n'ai eu qu'une idée...

— C'est de vous emparer de l'ombre... L'idée était excellente... Seulement, voyez-vous, dit Sholmès en aidant son compagnon à se relever et en l'entraînant, une autre fois, Wilson, lorsque vous recevrez une lettre de moi, assurez-vous d'abord que mon écriture n'est pas imitée.

— Mais alors, fit Wilson, commençant à entrevoir la vérité, la lettre n'est donc pas de vous ?

— Hélas ! non.

— De qui ?

— D'Arsène Lupin.

— Mais dans quel but l'a-t-il écrite ?

— Ah ! ça, je n'en sais rien, et c'est justement ce qui m'inquiète. Pourquoi diable s'est-il donné la peine de vous déranger ? S'il s'agissait encore de moi, je comprendrais, mais il ne s'agit que de vous. Et je me demande quel intérêt...

— J'ai hâte de retourner à l'hôtel.

— Moi aussi, Wilson.

Ils arrivaient à la grille, Wilson, qui se trouvait en tête, saisit un barreau et tira.

— Tiens, dit-il, vous avez fermé ?

— Mais nullement, j'ai laissé le battant tout contre.

Herlock tira à son tour, puis, effaré, se précipita sur la serrure. Un juron lui échappa.

— Tonnerre de D... elle est fermée ! fermée à clef !

Il ébranla la porte de toute sa vigueur, puis, comprenant la vanité de ses efforts, laissa tomber ses bras, découragé, et il articula d'une voix saccadée :

— Je m'explique tout maintenant, c'est lui ! Il a prévu que je descendrais à Creil, et il m'a tendu ici une jolie petite souricière pour le cas où je viendrais commencer mon enquête le soir même. En outre il a eu la gentillesse de m'envoyer un compagnon de captivité. Tout cela pour me faire perdre un jour, et aussi, sans doute, pour me prouver que je ferais bien mieux de me mêler de mes affaires...

— C'est-à-dire que nous sommes ses prisonniers.

— Vous avez dit le mot. Herlock Sholmès et Wilson sont les prisonniers d'Arsène Lupin. L'aventure s'engage à merveille... Mais non, mais non, il n'est pas admissible...

Une main s'abattit sur son épaule, la main de Wilson.

— Là-haut... regardez là-haut... une lumière...

En effet, l'une des fenêtres du premier était illuminée.

Ils s'élancèrent tous deux au pas de course, chacun par son escalier, et se retrouvèrent en même temps à l'entrée de la chambre éclairée. Au milieu de la pièce brûlait un bout de bougie. À côté il y avait un panier et de ce panier émergeaient le goulot d'une bouteille, les cuisses d'un poulet et la moitié d'un pain.

Sholmès éclata de rire.

— À merveille, on nous offre à souper. C'est le palais des enchantements. Une vraie féerie ! Allons,

Wilson, ne faites pas cette figure d'enterrement. Tout cela est très drôle.

— Êtes-vous sûr que ce soit très drôle ? gémit Wilson, lugubre.

— Si j'en suis sûr, s'écria Sholmès, avec une gaieté un peu trop bruyante pour être naturelle, c'est-à-dire que je n'ai jamais rien vu de plus drôle. C'est du bon comique… Quel maître ironiste que cet Arsène Lupin !… Il vous roule, mais si gracieusement !… Je ne donnerais pas ma place à ce festin pour tout l'or du monde… Wilson, mon vieil ami, vous me chagrinez. Me serais-je mépris, et n'auriez-vous point cette noblesse de caractère qui aide à supporter l'infortune ! De quoi vous plaignez-vous ? À cette heure, vous pourriez avoir mon poignard dans la gorge… ou moi le vôtre dans la mienne… car c'était bien ce que vous cherchiez, mauvais ami.

Il parvint, à force d'humour et de sarcasmes, à ranimer ce pauvre Wilson, et à lui faire avaler une cuisse de poulet et un verre de vin. Mais quand la bougie eut expiré, qu'ils durent s'étendre, pour dormir, sur le parquet, et accepter le mur comme oreiller, le côté pénible et ridicule de la situation leur apparut. Et leur sommeil fut triste.

Au matin, Wilson s'éveilla, courbaturé et transi de froid. Un léger bruit attira son attention : Herlock Sholmès, à genoux, courbé en deux, observait à la loupe des grains de poussière et relevait des marques de craie blanche, presque effacées, qui formaient des chiffres, lesquels chiffres il inscrivait sur son carnet.

Escorté de Wilson, que ce travail intéressait d'une façon particulière, il étudia chaque pièce, et dans deux autres il constata les mêmes signes à la craie. Et il nota également deux cercles sur les panneaux de chêne, une flèche sur un lambris, et quatre chiffres sur quatre degrés d'escalier.

Au bout d'une heure, Wilson lui dit :

— Les chiffres sont exacts, n'est-ce pas ?

— Exacts, je n'en sais rien, répondit Herlock, à qui de telles découvertes avaient rendu sa bonne humeur, en tout cas ils signifient quelque chose.

— Quelque chose de très clair, dit Wilson, ils représentent le nombre de lames de parquet.

— Ah !

— Oui. Quant aux deux cercles, ils indiquent que les panneaux sonnent faux, comme vous pouvez vous en assurer, et la flèche est dirigée dans le sens de l'ascension du monte-plats.

Herlock Sholmès le regarda, émerveillé.

— Ah ça ! mais, mon bon ami, comment savez-vous tout cela ? Votre clairvoyance me rend presque honteux.

— Oh ! c'est bien simple, dit Wilson, gonflé de joie, c'est moi qui ai tracé ces marques hier soir, suivant vos instructions ou plutôt suivant celles de Lupin, puisque la lettre que vous m'avez adressée est de lui.

Peut-être Wilson courut-il, à cette minute, un danger plus terrible que pendant sa lutte dans le massif avec Sholmès. Celui-ci eut une envie féroce de l'étrangler. Se dominant, il esquissa une grimace qui voulait être un sourire et prononça :

— Parfait, parfait, voilà de l'excellente besogne et qui nous avance beaucoup. Votre admirable esprit d'analyse et d'observation s'est-il exercé sur d'autres points ? Je profiterais des résultats acquis.

— Ma foi non, j'en suis resté là.

— Dommage ! Le début promettait. Mais, puisqu'il en est ainsi, nous n'avons plus qu'à nous en aller.

— Nous en aller ! Et comment ?

— Selon le mode habituel des honnêtes gens qui s'en vont : par la porte.

— Elle est fermée.

— On l'ouvrira.

— Qui ?

— Veuillez appeler ces deux policemen qui déambulent sur l'avenue.

— Mais…

— Mais quoi ?

— C'est fort humiliant… Que dira-t-on quand on saura que vous, Herlock Sholmès, et moi Wilson, nous avons été prisonniers d'Arsène Lupin ?

— Que voulez-vous, mon cher, on rira à se tenir les côtes, répondit Herlock, la voix sèche, le visage contracté. Mais nous ne pouvons pourtant pas élire domicile dans cette maison.

— Et vous ne tentez rien ?

— Rien.

— Cependant l'homme qui nous a rapporté le panier de provisions n'a traversé le jardin ni à son arrivée, ni à son départ. Il existe donc une autre issue. Cherchons-la et nous n'aurons pas besoin de recourir aux agents.

— Puissamment raisonné. Seulement vous oubliez que, cette issue, toute la police de Paris l'a cherchée depuis six mois et que, moi-même, tandis que vous dormiez, j'ai visité l'hôtel de haut en bas. Ah ! mon bon Wilson, Arsène Lupin est un gibier dont nous n'avons pas l'habitude. Il ne laisse rien derrière lui, celui-là…

*

… À onze heures, Herlock Sholmès et Wilson furent délivrés… et conduits au poste de police le plus proche, où le commissaire, après les avoir sévèrement interrogés, les relâcha avec une affectation d'égards tout à fait exaspérante.

— Je suis désolé, messieurs, de ce qui vous arrive. Vous allez avoir une triste opinion de l'hospitalité française. Mon Dieu, quelle nuit vous avez dû passer ! Ah ! ce Lupin manque vraiment d'égards.

Une voiture les mena jusqu'à l'Élysée-Palace. Au bureau, Wilson demanda la clef de sa chambre.

Après quelques recherches, l'employé répondit, très étonné :

— Mais, monsieur, vous avez donné congé de cette chambre.

— Moi ! Et comment ?

— Par votre lettre de ce matin, que votre ami nous a remise.

— Quel ami ?

— Le monsieur qui nous a remis votre lettre... Tenez, votre carte de visite y est encore jointe. Les voici.

Wilson les prit. C'était bien une de ses cartes de visite, et, sur la lettre, c'était bien son écriture.

— Seigneur Dieu, murmura-t-il, voilà encore un vilain tour.

Et il ajouta anxieusement :

— Et les bagages ?

— Mais votre ami les a emportés.

— Ah !... et vous les avez donnés ?

— Certes, puisque votre carte nous y autorisait.

— En effet... en effet...

Ils s'en allèrent tous deux à l'aventure, par les Champs-Élysées, silencieux et lents. Un joli soleil d'automne éclairait l'avenue. L'air était doux et léger.

Au Rond-Point, Herlock alluma sa pipe et se remit en marche. Wilson s'écria :

— Je ne vous comprends pas, Sholmès, vous êtes d'un calme ! On se moque de vous, on joue avec vous comme un chat joue avec une souris... Et vous ne soufflez pas mot !

Sholmès s'arrêta et lui dit :

— Wilson, je pense à votre carte de visite.

— Eh bien ?

— Eh bien ! voilà un homme qui, en prévision d'une lutte possible avec nous, s'est procuré des spécimens de votre écriture et de la mienne, et qui possède, toute prête dans son portefeuille, une de vos cartes. Songez-vous à ce que cela représente de précaution, de volonté perspicace, de méthode et d'organisation ?

— C'est-à-dire ?...

— C'est-à-dire, Wilson, que pour combattre un ennemi si formidablement armé, si merveilleusement préparé – et pour le vaincre – il faut être... il faut être moi. Et encore, comme vous le voyez, Wilson, ajouta-t-il en riant, on ne réussit pas du premier coup.

*

À six heures l'*Écho de France*, dans son édition du soir, publiait cet entrefilet :

Ce matin, M. Thénard[1]*, commissaire de police du XVI*[e] *arrondissement, a libéré MM. Herlock Sholmès et Wilson, enfermés par les soins d'Arsène Lupin dans l'hôtel du défunt baron d'Hautrec, où ils avaient passé une excellente nuit.*

Allégés en outre de leurs valises, ils ont déposé une plainte contre Arsène Lupin.

Arsène Lupin qui, pour cette fois, s'est contenté de

leur infliger une petite leçon, les supplie de ne pas le contraindre à des mesures plus graves.

— Bah ! fit Herlock Sholmès, en froissant le journal, des gamineries ! C'est le seul reproche que j'adresse à Lupin… un peu trop d'enfantillages… La galerie compte trop pour lui… Il y a du gavroche dans cet homme !

— Ainsi donc, Herlock, toujours le même calme ?

— Toujours le même calme, répliqua Sholmès avec un accent où grondait la plus effroyable colère. À quoi bon m'irriter ? JE SUIS TELLEMENT SÛR D'AVOIR LE DERNIER MOT !

IV

QUELQUES LUEURS DANS LES TÉNÈBRES

Si bien trempé que soit le caractère d'un homme – et Sholmès est de ces êtres sur qui la mauvaise fortune n'a guère de prises – il y a cependant des circonstances où le plus intrépide éprouve le besoin de rassembler ses forces avant d'affronter de nouveau les chances d'une bataille.

— Je me donne vacances aujourd'hui, dit-il.

— Et moi ?

— Vous, Wilson, vous achèterez des vêtements et du linge pour remonter notre garde-robe. Pendant ce temps, je me repose.

— Reposez-vous, Sholmès. Je veille.

Wilson prononça ces deux mots avec toute l'importance d'une sentinelle placée aux avant-postes et par conséquent exposée aux pires dangers. Son torse se bomba. Ses muscles se tendirent. D'un œil aigu, il scruta l'espace de la petite chambre d'hôtel où ils avaient élu domicile.

— Veillez, Wilson. J'en profiterai pour préparer un plan de campagne mieux approprié à l'adversaire que nous avons à combattre. Voyez-vous, Wilson, nous nous sommes trompés sur Lupin. Il faut reprendre les choses à leur début.

— Avant même si possible. Mais avons-nous le temps ?

— Neuf jours, vieux camarade ! c'est cinq de trop.

Toute l'après-midi, l'Anglais la passa à fumer et à dormir. Ce n'est que le lendemain qu'il commença ses opérations.

— Wilson, je suis prêt, maintenant nous allons marcher.

— Marchons, s'écria Wilson, plein d'ardeur martiale. J'avoue que pour ma part j'ai des fourmis dans les jambes.

Sholmès eut trois longues entrevues – avec Me Detinan d'abord, il étudia l'appartement dans ses moindres détails ; avec Suzanne Gerbois à laquelle il avait télégraphié de venir et qu'il interrogea sur la Dame blonde ; avec la sœur Auguste enfin, retirée au couvent des Visitandines[1] depuis l'assassinat du baron d'Hautrec.

À chaque visite, Wilson attendait dehors, et chaque fois il demandait :

— Content ?

— Très content.

— J'étais certain, nous sommes sur la bonne voie. Marchons.

Ils marchèrent beaucoup. Ils visitèrent les deux immeubles qui encadrent l'hôtel de l'avenue Henri-Martin, puis s'en allèrent jusqu'à la rue Clapeyron, et tandis qu'il examinait la façade du numéro 25, Sholmès continuait :

— Il est évident qu'il existe des passages secrets entre toutes ces maisons... Mais ce que je ne saisis pas...

Au fond de lui, et pour la première fois, Wilson douta de la toute-puissance de son génial collaborateur. Pourquoi parlait-il tant et agissait-il si peu ?

— Pourquoi ? s'écria Sholmès, répondant aux

pensées intimes de Wilson, parce que, avec ce diable de Lupin, on travaille dans le vide, au hasard, et qu'au lieu d'extraire la vérité de faits précis, on doit la tirer de son propre cerveau, pour vérifier si ensuite elle s'adapte bien aux événements.

— Les passages secrets pourtant ?

— Et puis, quoi ! Quand bien même je les connaîtrais, quand je connaîtrais celui qui a permis à Lupin d'entrer chez son avocat, ou celui qu'a suivi la Dame blonde après le meurtre du baron d'Hautrec, en serais-je plus avancé ? Cela me donnerait-il des armes pour l'attaquer ?

— Attaquons toujours, s'exclama Wilson.

Il n'avait pas achevé ces mots qu'il recula, avec un cri. Quelque chose venait de tomber à leurs pieds, un sac à moitié rempli de sable qui eût pu les blesser grièvement.

Sholmès leva la tête, au-dessus d'eux : des ouvriers travaillaient sur un échafaudage accroché au balcon du cinquième étage.

— Eh bien ! nous avons de la chance, s'écria-t-il, un pas de plus et nous recevions sur le crâne le sac de l'un de ces maladroits. On croirait vraiment…

Il s'interrompit, puis bondit vers la maison, escalada les cinq étages, sonna, fit irruption dans l'appartement, au grand effroi du valet de chambre, et passa sur le balcon. Il n'y avait personne.

— Les ouvriers qui étaient là ?… dit-il au valet de chambre.

— Ils viennent de s'en aller.

— Par où ?

— Mais par l'escalier de service.

Sholmès se pencha. Il vit deux hommes qui sortaient de la maison, leurs bicyclettes à la main. Ils se mirent en selle et disparurent.

— Il y a longtemps qu'ils travaillent sur cet échafaudage ?

— Ceux-là ? depuis ce matin seulement. C'étaient des nouveaux.

Sholmès rejoignit Wilson.

Ils rentrèrent mélancoliquement et cette seconde journée se termina dans un mutisme morne.

Le lendemain programme identique. Ils s'assirent sur le même banc de l'avenue Henri-Martin, et ce fut, au grand désespoir de Wilson, qui ne s'amusait nullement, une interminable station vis-à-vis des trois immeubles.

— Qu'espérez-vous, Sholmès ? que Lupin sorte de ces maisons ?

— Non.

— Que la Dame blonde apparaisse ?

— Non.

— Alors ?

— Alors j'espère qu'un petit fait se produira, un tout petit fait quelconque, qui me servira de point de départ.

— Et s'il ne se produit pas ?

— En ce cas, il se produira quelque chose en moi, une étincelle qui mettra le feu aux poudres.

Un seul incident rompit la monotonie de cette matinée, mais de façon plutôt désagréable.

Le cheval d'un monsieur, qui suivait l'allée cavalière située entre les deux chaussées de l'avenue, fit un écart et vint heurter le banc où ils étaient assis, en sorte que sa croupe effleura l'épaule de Sholmès.

— Eh ! eh ! ricana celui-ci, un peu plus j'avais l'épaule fracassée !

Le monsieur se débattait avec son cheval. L'Anglais tira son revolver et visa. Mais Wilson lui saisit le bras vivement.

— Vous êtes fou, Herlock ! Voyons… quoi !… vous allez tuer ce gentleman !

— Lâchez-moi donc, Wilson… lâchez-moi.

Une lutte s'engagea, pendant laquelle le monsieur maîtrisa sa monture et piqua des deux.

— Et maintenant, tirez dessus, s'exclama Wilson triomphant, lorsque le cavalier fut à quelque distance.

— Mais, triple imbécile, vous ne comprenez donc pas que c'était un complice d'Arsène Lupin ?

Sholmès tremblait de colère. Wilson, piteux, balbutia :

— Que dites-vous ? ce gentleman ?…

— Complice de Lupin, comme les ouvriers qui nous ont lancé le sac sur la tête.

— Est-ce croyable ?

— Croyable ou non, il y avait là un moyen d'acquérir une preuve.

— En tuant ce gentleman ?

— En abattant son cheval, tout simplement. Sans vous, je tenais un des complices de Lupin. Comprenez-vous votre sottise ?

L'après-midi fut morose. Ils ne s'adressèrent pas la parole. À cinq heures, comme ils faisaient les cent pas dans la rue Clapeyron, tout en ayant soin de se tenir éloignés des maisons, trois jeunes ouvriers qui chantaient et se tenaient par le bras les heurtèrent et voulurent continuer leur chemin sans se désunir. Sholmès, qui était de mauvaise humeur, s'y opposa. Il y eut une courte bousculade. Sholmès se mit en posture de boxeur, lança un coup de poing dans une poitrine, un coup de poing sur un visage et démolit deux des trois jeunes gens qui, sans insister davantage, s'éloignèrent ainsi que leur compagnon.

— Ah ! s'écria-t-il, ça me fait du bien… j'avais justement les nerfs tendus… excellente besogne…

Mais, apercevant Wilson appuyé contre le mur, il lui dit :

— Eh quoi ! qu'y a-t-il, vieux camarade, vous êtes tout pâle.

Le vieux camarade montra son bras qui pendait inerte, et balbutia :

— Je ne sais pas ce que j'ai… une douleur au bras.

— Une douleur au bras ? Sérieuse ?

— Oui… oui… le bras droit…

Malgré tous ses efforts il ne parvenait pas à le remuer. Herlock le palpa, doucement d'abord, puis de façon plus rude, « pour voir, dit-il, le degré exact de la douleur ». Le degré exact de la douleur fut si élevé que, très inquiet, il entra dans une pharmacie voisine où Wilson éprouva le besoin de s'évanouir.

Le pharmacien et ses aides s'empressèrent. On constata que le bras était cassé, et tout de suite il fut question de chirurgien, d'opération et de maison de santé. En attendant, on déshabilla le patient qui, secoué par la souffrance, se mit à pousser des hurlements.

— Bien… bien… parfait, disait Sholmès qui s'était chargé de tenir le bras… un peu de patience, mon vieux camarade… dans cinq ou six semaines, il n'y paraîtra plus… Mais ils me le paieront, les gredins ! vous entendez… lui surtout… car c'est encore ce Lupin de malheur qui a fait le coup… Ah ! je vous jure que si jamais…

Il s'interrompit brusquement, lâcha le bras, ce qui causa à Wilson un tel sursaut de douleur que l'infortuné s'évanouit de nouveau… et, se frappant le front, il articula :

— Wilson, j'ai une idée… est-ce que par hasard ?…

Il ne bougeait pas, les yeux fixes, et marmottait de petits bouts de phrase.

— Mais oui, c'est cela... tout s'expliquerait... On cherche bien loin ce qui est à côté de soi[1]... Eh parbleu, je le savais qu'il n'y avait qu'à réfléchir... Ah ! mon bon Wilson, je crois que vous allez être content !

Et laissant le vieux camarade en plan, il sauta dans la rue et courut jusqu'au numéro 25.

Au-dessus et à droite de la porte, il y avait, inscrit sur l'une des pierres : *Destange, architecte, 1875*.

Au 23, même inscription.

Jusque-là, rien que de naturel. Mais là-bas, avenue Henri-Martin, que lirait-il ?

Une voiture passait.

— Cocher, avenue Henri-Martin, n° 134, et au galop.

Debout dans la voiture, il excitait le cheval, offrait des pourboires au cocher. Plus vite... Encore plus vite !

Quelle fut son angoisse au détour de la rue de la Pompe ! Était-ce un peu de la vérité qu'il avait entrevu ? Sur l'une des pierres de l'hôtel, ces mots étaient gravés : *Destange, architecte, 1874*.

Sur les immeubles voisins, même inscription : *Destange, architecte, 1874*.

*

Le contrecoup de ces émotions fut tel qu'il s'affaissa quelques minutes au fond de sa voiture, tout frissonnant de joie. Enfin, une petite lueur vacillait au milieu des ténèbres ! Parmi la grande forêt sombre où mille sentiers se croisaient, voilà qu'il recueillait la première marque d'une piste suivie par l'ennemi !

Dans un bureau de poste, il demanda la communication avec le château de Crozon. La comtesse lui répondit elle-même.

— Allô !... c'est vous, madame ?

— M. Sholmès, n'est-ce pas ? Tout va bien ?

— Très bien, mais, en toute hâte, veuillez me dire... allô ! un mot seulement...

— J'écoute.

— Le château de Crozon a été construit à quelle époque ?

— Il a été brûlé il y a trente ans, et reconstruit.

— Par qui ? et en quelle année ?

— Une inscription au-dessus du perron porte ceci : Lucien Destange, architecte, 1877[1].

— Merci, madame, je vous salue.

Il repartit en murmurant :

— Destange... Lucien Destange... ce nom ne m'est pas inconnu.

Ayant aperçu un cabinet de lecture, il consulta un dictionnaire de biographie moderne[2] et copia la note consacrée à « Lucien Destange, né en 1840, Grand-Prix de Rome, officier de la Légion d'honneur, auteur d'ouvrages très appréciés sur l'architecture, etc. ».

Il se rendit alors à la pharmacie, et, de là, à la maison de santé où l'on avait transporté Wilson. Sur son lit de torture, le bras emprisonné dans une gouttière, grelottant de fièvre, le vieux camarade divaguait :

— Victoire ! victoire ! s'écria Sholmès, je tiens une extrémité du fil.

— De quel fil ?

— Celui qui me mènera au but ! Je vais marcher sur un terrain solide, où il y aura des empreintes, des indices...

— De la cendre de cigarette ? demanda Wilson, que l'intérêt de la situation ranimait.

— Et bien d'autres choses ! Pensez donc, Wilson, j'ai dégagé le lien mystérieux qui unissait entre elles les différentes aventures de la Dame blonde. Pourquoi les trois demeures où se sont dénouées ces trois aventures ont-elles été choisies par Lupin ?

— Oui, pourquoi ?

— Parce que ces trois demeures, Wilson, ont été construites par le même architecte. C'était facile à deviner, direz-vous ? Certes. Aussi personne n'y songeait-il.

— Personne, sauf vous.

— Sauf moi, qui sais maintenant que le même architecte, en combinant des plans analogues, a rendu possible l'accomplissement de trois actes, en apparence miraculeux, en réalité simples et faciles.

— Quel bonheur !

— Et il était temps, vieux camarade, je commençais à perdre patience... C'est que nous en sommes déjà au quatrième jour.

— Sur dix.

— Oh ! désormais...

Il ne tenait pas en place, exubérant et joyeux contre son habitude.

— Non, mais quand je pense que, tantôt dans la rue, ces gredins-là auraient pu casser mon bras tout aussi bien que le vôtre. Qu'en dites-vous, Wilson ?

Wilson se contenta de frissonner à cette horrible supposition.

Et Sholmès reprit :

— Que cette leçon nous profite ! Voyez-vous, Wilson, notre grand tort a été de combattre Lupin à visage découvert, et de nous offrir complaisamment à ses coups. Il n'y a que demi-mal, puisqu'il n'a réussi qu'à vous atteindre...

— Et que j'en suis quitte pour un bras cassé, gémit Wilson.

— Alors que les deux pouvaient l'être. Mais plus de fanfaronnades. En plein jour et surveillé, et je suis vaincu. Dans l'ombre et libre de mes mouvements, j'ai l'avantage, quelles que soient les forces de l'ennemi.

— Ganimard pourrait vous aider.

— Jamais ! Le jour où il me sera permis de dire : Arsène Lupin est là, voici son gîte, et voici comment il faut s'emparer de lui, j'irai relancer Ganimard à l'une des deux adresses qu'il m'a données : son domicile, rue Pergolèse, ou la taverne suisse, place du Châtelet[1]. D'ici là, j'agis seul.

Il s'approcha du lit, posa sa main sur l'épaule de Wilson – sur l'épaule malade naturellement – et il lui dit avec une grande affection :

— Soignez-vous, mon vieux camarade. Votre rôle consiste désormais à occuper deux ou trois des hommes d'Arsène Lupin, qui attendront vainement, pour retrouver ma trace, que je vienne prendre de vos nouvelles. C'est un rôle de confiance.

— Un rôle de confiance et je vous en remercie, répliqua Wilson, pénétré de gratitude ; je mettrai tous mes soins à le remplir consciencieusement. Mais, d'après ce que je vois, vous ne revenez plus !

— Pour quoi faire ?

— En effet... en effet... Je vais aussi bien que possible : ne pourriez-vous me donner à boire ?

— À boire ?

— Oui, je meurs de soif, et avec ma fièvre...

— Mais comment donc ! tout de suite...

Il tripota deux ou trois bouteilles, aperçut un paquet de tabac, alluma sa pipe et soudain, comme s'il n'avait même entendu la prière de son ami, il s'en alla pendant que le vieux camarade implorait du regard un verre d'eau inaccessible.

*

— M. Destange !

Le domestique toisa l'individu auquel il venait d'ouvrir la porte de l'hôtel – le magnifique hôtel qui fait le coin de la place Malesherbes et de la rue Montchanin[1] – et à l'aspect de ce petit homme à cheveux gris, mal rasé, et dont la longue redingote noire, d'une propreté douteuse, se conformait aux bizarreries d'un corps que la nature avait singulièrement disgracié, il répondit avec le dédain qui convenait :

— M. Destange est ici, ou il n'y est pas. Ça dépend. Monsieur a sa carte ?

Monsieur n'avait pas sa carte, mais il avait une lettre d'introduction, et le domestique dut porter cette lettre à M. Destange, lequel M. Destange donna l'ordre qu'on amenât auprès de lui le nouveau venu.

Il fut donc introduit dans une immense pièce en rotonde qui occupe une des ailes de l'hôtel, et dont les murs étaient recouverts de livres, et l'architecte lui dit :

— Vous êtes monsieur Stickmann ?

— Oui, monsieur.

— Mon secrétaire m'annonce qu'il est malade et vous envoie pour continuer le catalogue général des livres qu'il a commencé sous ma direction, et plus spécialement le catalogue des livres allemands. Vous avez l'habitude de ces sortes de travaux ?

— Oui, monsieur, une longue habitude, répondit le sieur Stickmann avec un fort accent tudesque.

Dans ces conditions l'accord fut vite conclu, et

M. Destange, sans plus tarder, se mit au travail avec son nouveau secrétaire.

Herlock Sholmès était dans la place.

Pour échapper à la surveillance de Lupin et pour pénétrer dans l'hôtel que Lucien Destange habitait avec sa fille Clotilde, l'illustre détective avait dû faire un plongeon dans l'inconnu, accumuler les stratagèmes, s'attirer, sous les noms les plus variés, les bonnes grâces et les confidences d'une foule de personnages, bref, vivre, pendant quarante-huit heures, de la vie la plus compliquée.

Comme renseignement il savait ceci : M. Destange, de santé médiocre et désireux de repos, s'était retiré des affaires et vivait parmi les collections de livres qu'il a réunies sur l'architecture. Nul plaisir ne l'intéressait hors le spectacle et le maniement des vieux tomes poudreux.

Quant à sa fille Clotilde, elle passait pour originale. Toujours enfermée, comme son père, mais dans une autre partie de l'hôtel, elle ne sortait jamais.

— Tout cela, se disait-il, en inscrivant sur un registre des titres de livres que M. Destange lui dictait, tout cela n'est pas encore décisif, mais quel pas en avant ! Il est impossible que je ne découvre point la solution d'un de ces problèmes passionnants : M. Destange est-il l'associé d'Arsène Lupin ? Continue-t-il à le voir ? Existe-t-il des papiers relatifs à la construction des trois immeubles ? Ces papiers ne me fourniront-ils pas l'adresse d'autres immeubles, pareillement truqués, et que Lupin se serait réservés, pour lui et sa bande ?

M. Destange, complice d'Arsène Lupin ! cet homme vénérable, officier de la Légion d'honneur, travaillant aux côtés d'un cambrioleur, l'hypothèse n'était guère admissible. D'ailleurs, en admettant cette complicité, comment M. Destange aurait-il pu prévoir, trente ans auparavant, les évasions d'Arsène Lupin, alors en nourrice ?

N'importe ! L'Anglais s'acharnait. Avec son flair prodigieux, avec cet instinct qui lui est particulier, il sentait un mystère qui rôdait autour de lui. Cela se devinait à des petites choses qu'il n'eût pu préciser, mais dont il subissait l'impression depuis son entrée dans l'hôtel.

Le matin du deuxième jour, il n'avait encore fait aucune découverte intéressante. À deux heures, il aperçut pour la première fois Clotilde Destange qui venait chercher un livre dans la bibliothèque. C'était une femme d'une trentaine d'années, brune, de gestes lents et silencieux, et dont le visage gardait cette expression indifférente de ceux qui vivent beaucoup en eux-mêmes. Elle échangea quelques paroles avec M. Destange et se retira sans même avoir regardé Sholmès.

L'après-midi se traîna, monotone. À cinq heures, M. Destange annonça qu'il sortait. Sholmès resta seul sur la galerie circulaire accrochée à mi-hauteur de la rotonde. Le jour s'atténua. Il se disposait, lui aussi, à partir, quand un craquement se fit entendre, et, en même temps, il eut la sensation qu'il y avait quelqu'un dans la pièce. De longues minutes s'ajoutèrent les unes aux autres. Et soudain il frissonna : une ombre émergeait de la demi-obscurité tout près de lui, sur le balcon. Était-ce croyable ? Depuis combien de temps ce personnage invisible lui tenait-il compagnie ? Et d'où venait-il ?

Et l'homme descendit les marches et se dirigea du côté d'une grande armoire de chêne. Dissimulé derrière les étoffes qui pendaient à la rampe de la galerie, à genoux, Sholmès observa, et vit l'homme qui fouillait parmi les papiers dont l'armoire était encombrée. Que cherchait-il ?

Et voilà que tout à coup la porte s'ouvrit et que Mlle Destange entra vivement, en disant à quelqu'un qui la suivait :

— Alors décidément tu ne sors pas, père ?... En ce cas, j'allume... Une seconde... ne bouge pas...

L'homme repoussa les battants de l'armoire et se cacha dans l'embrasure d'une large fenêtre dont il tira les rideaux sur lui. Comment Mlle Destange ne le vit-elle pas ? Comment ne l'entendit-elle pas ? Très calmement, elle tourna le bouton de l'électricité et livra passage à son père. Ils s'assirent l'un près de l'autre. Elle prit un volume qu'elle avait apporté et se mit à lire.

— Ton secrétaire n'est donc plus là ? dit-elle au bout d'un instant.

— Non... tu vois...

— Tu en es toujours content ? reprit-elle, comme si elle ignorait la maladie du véritable secrétaire et son remplacement par Stickmann.

— Toujours... toujours...

La tête de M. Destange ballottait de droite et de gauche. Il s'endormit.

Un moment s'écoula. La jeune fille lisait. Mais un des rideaux de la fenêtre fut écarté, et l'homme se glissa le long du mur, vers la porte, mouvement qui le faisait passer derrière M. Destange, mais en face de Clotilde, et de telle façon que Sholmès put le voir distinctement. C'était Arsène Lupin.

L'Anglais frissonna de joie. Ses calculs étaient justes, il avait pénétré au cœur même de la mystérieuse affaire et Lupin se trouvait à l'endroit prévu.

Clotilde ne bougeait pas cependant, quoiqu'il fût

inadmissible qu'un seul geste de cet homme lui échappât. Et Lupin touchait presque à la porte, et déjà il tendait le bras vers la poignée, quand un objet tomba d'une table, frôlé par son vêtement. M. Destange se réveilla en sursaut. Arsène Lupin était déjà devant lui, le chapeau à la main, et souriant.

— Maxime Bermond, s'écria M. Destange avec joie... ce cher Maxime !... Quel bon vent vous amène ?

— Le désir de vous voir, ainsi que Mlle Destange.

— Vous êtes donc revenu de voyage ?

— Hier.

— Et vous nous restez à dîner ?

— Non, je dîne au restaurant, avec des amis.

— Demain, alors ? Clotilde, insiste pour qu'il vienne demain. Ah ! ce bon Maxime... Justement je pensais à vous ces jours-ci.

— C'est vrai ?

— Oui, je rangeais mes papiers d'autrefois, dans cette armoire, et j'ai retrouvé notre dernier compte.

— Quel compte ?

— Celui de l'avenue Henri-Martin.

— Comment ! vous gardez ces paperasses ! À quoi bon !...

Ils s'installèrent tous trois dans un petit salon qui attenait à la rotonde par une large baie.

— Est-ce Lupin ? se dit Sholmès, envahi d'un doute subit.

Oui, en toute évidence, c'était lui, mais c'était un autre homme aussi, qui ressemblait à Arsène Lupin par certains points, et qui pourtant gardait son individualité distincte, ses traits personnels, son regard, sa couleur de cheveux...

En habit, cravaté de blanc[1], la chemise souple moulant le torse, il parlait allègrement, racontant des histoires dont M. Destange riait de tout son cœur et qui amenaient un sourire sur les lèvres de Clotilde... Et chacun de ces sourires paraissait une récompense que cherchait Arsène Lupin et qu'il se réjouissait d'avoir conquise. Il redoublait d'esprit et de gaieté, et, insensiblement, au son de cette voix heureuse et claire, le visage de Clotilde s'animait et perdait cette expression de froideur qui le rendait peu sympathique.

— Ils s'aiment, pensa Sholmès, mais que diable peut-il y avoir de commun entre Clotilde Destange et Maxime Bermond ? Sait-elle que Maxime Bermond n'est autre qu'Arsène Lupin ?

Jusqu'à sept heures, il écouta anxieusement, faisant son profit des moindres paroles. Puis, avec d'infinies précautions, il descendit et traversa le côté de la pièce où il ne risquait pas d'être vu du salon.

Dehors, Sholmès s'assura qu'il n'y avait ni automobile, ni fiacre en station, et s'éloigna en boitillant par le boulevard Malesherbes. Mais, dans une rue adjacente, il mit sur son dos le pardessus qu'il portait sur son bras, déforma son chapeau, se redressa, et, ainsi métamorphosé, revint vers la place où il attendit, les yeux fixés à la porte de l'hôtel Destange.

Arsène Lupin sortit presque aussitôt, et par les rues de Constantinople et de Londres, se dirigea vers le centre de Paris. À cent pas derrière lui marchait Herlock.

*

Minutes délicieuses pour l'Anglais ! Il reniflait avidement l'air, comme un bon chien qui sent la piste toute fraîche. Vraiment, cela lui semblait une chose infiniment douce que de suivre son adversaire. Ce n'était plus lui qui était surveillé, mais Arsène Lupin, l'invisible Arsène Lupin. Il le tenait pour ainsi dire au bout de son regard, comme attaché par des liens impossibles à briser. Et il se délectait à considérer, parmi les promeneurs, cette proie qui lui appartenait.

Mais un phénomène bizarre ne tarda pas à le frapper : au milieu de l'intervalle qui le séparait d'Arsène Lupin, d'autres gens s'avançaient dans la même direction, notamment deux grands gaillards en chapeau rond sur le trottoir de gauche, deux autres sur le trottoir de droite en casquette et la cigarette aux lèvres.

Il n'y avait là peut-être qu'un hasard. Mais Sholmès s'étonna davantage quand Lupin, ayant pénétré dans un bureau de tabac, les quatre hommes s'arrêtèrent – et davantage encore quand ils repartirent en même temps que lui, mais isolément, chacun suivant de son côté la Chaussée d'Antin.

— Malédiction, pensa Sholmès, il est donc filé !

L'idée que d'autres étaient sur la trace d'Arsène Lupin, que d'autres raviraient, non pas la gloire – il s'en inquiétait peu – mais le plaisir immense, l'ardente volupté de réduire, à lui seul, le plus redoutable ennemi qu'il eût jamais rencontré, cette idée l'exaspérait. Cependant l'erreur n'était pas possible : les hommes avaient cet air détaché, cet air trop naturel de ceux qui, tout en réglant leur allure sur l'allure d'une autre personne, ne veulent pas être remarqués.

— Ganimard en saurait-il plus long qu'il ne le dit ? murmura Sholmès… Se joue-t-il de moi ?

Il eut envie d'accoster l'un des quatre individus, afin de se concerter avec lui. Mais aux approches du boulevard, la foule devenant plus dense, il craignit de perdre Lupin, et pressa le pas. Il déboucha au moment où Lupin gravissait le perron du restaurant hongrois, à l'angle de la rue du Helder[1]. La porte en était ouverte de telle façon que Sholmès, assis sur un banc du boulevard, de l'autre côté de la rue, le vit qui prenait place à une table luxueusement servie, ornée de fleurs, et où se trouvaient déjà trois messieurs en habit et deux dames d'une grande élégance, qui l'accueillirent avec des démonstrations de sympathie.

Herlock chercha des yeux les quatre individus et les aperçut, disséminés dans des groupes qui écoutaient l'orchestre des Tziganes d'un café voisin. Chose curieuse, ils ne paraissaient pas s'occuper d'Arsène Lupin, mais beaucoup plus des gens qui les entouraient.

Tout à coup, l'un d'eux tira de sa poche une cigarette et aborda un monsieur en redingote et en chapeau haut de forme. Le monsieur présenta son cigare, et Sholmès eut l'impression qu'ils causaient, et plus longtemps même que ne l'eût exigé le fait d'allumer une cigarette. Enfin, le monsieur monta les marches du perron et jeta un coup d'œil dans la salle du restaurant. Avisant Lupin, il s'avança, s'entretint quelques instants avec lui, puis il choisit une table voisine, et Sholmès constata que ce monsieur n'était autre que le cavalier de l'avenue Henri-Martin.

Alors il comprit. Non seulement Arsène Lupin n'était pas filé, mais ces hommes faisaient partie de sa bande ! ces hommes veillaient à sa sûreté ! c'était sa garde du corps, ses satellites, son escorte attentive. Partout où le maître courait un danger, les complices étaient là, prêts à l'avertir, prêts à le défendre. Complices les quatre individus ! Complice le monsieur en redingote !

Un frisson parcourut l'Anglais. Se pouvait-il que

jamais il réussît à s'emparer de cet être inaccessible ? Quelle puissance illimitée représentait une pareille association, dirigée par un tel chef[1].

Il déchira une feuille de son carnet, écrivit au crayon quelques lignes qu'il inséra dans une enveloppe, et dit à un gamin d'une quinzaine d'années qui s'était couché sur le banc :

— Tiens, mon garçon, prends une voiture et porte cette lettre à la caissière de la taverne suisse, place du Châtelet. Et rapidement…

Il lui remit une pièce de cinq francs. Le gamin disparut.

Une demi-heure s'écoula. La foule avait grossi, et Sholmès ne distinguait plus que de temps en temps les acolytes de Lupin. Mais quelqu'un le frôla, et une voix lui dit à l'oreille :

— Eh bien ! qu'y a-t-il, monsieur Sholmès ?

— C'est vous, monsieur Ganimard ?

— Oui, j'ai reçu votre mot à la taverne. Qu'y a-t-il ?

— Il est là.

— Que dites-vous ?

— Là-bas… au fond du restaurant… penchez-vous à droite… Vous le voyez ?

— Non.

— Il verse du champagne à sa voisine.

— Mais ce n'est pas lui.

— C'est lui.

— Moi, je vous réponds… Ah ! cependant… En effet il se pourrait… Ah ! le gredin, *comme il se ressemble* ! murmura Ganimard naïvement… Et les autres, des complices ?

— Non, sa voisine c'est lady Cliveden, l'autre, c'est la duchesse de Cleath, et, vis-à-vis, l'ambassadeur d'Espagne à Londres.

Ganimard fit un pas. Herlock le retint.

— Quelle imprudence ! Vous êtes seul.

— Lui aussi.

— Non, il a des hommes sur le boulevard qui montent la garde… Sans compter, à l'intérieur de ce restaurant, ce monsieur…

— Mais moi, quand j'aurai mis la main au collet d'Arsène Lupin en criant son nom, j'aurai toute la salle pour moi, tous les garçons.

— J'aimerais mieux quelques agents.

— C'est pour le coup que les amis d'Arsène Lupin ouvriraient l'œil… Non, voyez-vous, monsieur Sholmès, nous n'avons pas le choix.

Il avait raison, Sholmès le sentit. Mieux valait tenter l'aventure et profiter de circonstances exceptionnelles. Il recommanda seulement à Ganimard :

— Tâchez qu'on vous reconnaisse le plus tard possible…

Et lui-même se glissa derrière un kiosque de journaux, sans perdre de vue Arsène Lupin qui, là-bas, penché sur sa voisine, souriait.

L'inspecteur traversa la rue, les mains dans ses poches, en homme qui va droit devant lui. Mais, à peine sur le trottoir opposé, il bifurqua vivement et d'un bond escalada le perron.

Un coup de sifflet strident… Ganimard se heurta contre le maître d'hôtel, planté soudain en travers de la porte et qui le repoussa avec indignation, comme il aurait fait d'un intrus dont la mise équivoque eût déshonoré le luxe du restaurant. Ganimard chancela. Au même instant, le monsieur en redingote sortait. Il prit parti pour l'inspecteur et tous deux, le maître d'hôtel et lui, disputaient violemment, tous deux d'ailleurs accrochés à Ganimard, l'un le retenant, l'autre le poussant et de telle manière que, malgré tous ses efforts, le malheureux fut expulsé jusqu'au bas du perron.

Un rassemblement se produisit aussitôt. Deux agents de police, attirés par le bruit, essayèrent de fendre la foule, mais une résistance incompréhensible les immobilisa, sans qu'ils parvinssent à se dégager des épaules qui les pressaient, des dos qui leur barraient la route…

Et tout à coup, comme par enchantement, le passage est libre !… Le maître d'hôtel, comprenant son erreur, se confond en excuses, le monsieur en redingote renonce à défendre l'inspecteur, la foule s'écarte, les agents passent, Ganimard fonce sur la table aux six convives… Il n'y en a plus que cinq ! Il regarde autour de lui… pas d'autre issue que la porte.

— La personne qui était à cette place ? crie-t-il aux cinq convives stupéfaits… Oui, vous étiez six… Où se trouve la sixième personne ?

— M. Destro ?

— Mais non, Arsène Lupin !

Un garçon s'approche :

— Ce monsieur vient de monter à l'entresol.

Ganimard se précipite. L'entresol est composé de salons particuliers et possède une sortie spéciale sur le boulevard !

— Allez donc le chercher maintenant, gémit Ganimard, il est loin !

*

… Il n'était pas très loin, à deux cents mètres tout au plus, dans l'omnibus Madeleine-Bastille, lequel omnibus roulait paisiblement au petit trot de ses trois chevaux, franchissait la place de l'Opéra et s'en allait par le boulevard des Capucines. Sur la plate-forme, deux grands gaillards à chapeau melon devisaient. Sur l'impériale, au haut de l'escalier, somnolait un vieux petit bonhomme : Herlock Sholmès.

Et la tête dodelinante, bercé par le mouvement du véhicule, l'Anglais monologuait :

— Si mon brave Wilson me voyait, comme il serait fier de son collaborateur !... Bah !... il était facile de prévoir au coup de sifflet que la partie était perdue, et qu'il n'y avait rien de mieux à faire que de surveiller les alentours du restaurant. Mais, en vérité, la vie ne manque pas d'intérêt avec ce diable d'homme !

Au point terminus, Herlock s'étant penché, vit Arsène Lupin qui passait devant ses gardes du corps, et il l'entendit murmurer : « À l'Étoile. »

— À l'Étoile, parfait, on se donne rendez-vous. J'y serai. Laissons-le filer dans ce fiacre automobile, et suivons en voiture les deux compagnons.

Les deux compagnons s'en furent à pied, gagnèrent, en effet, l'Étoile et sonnèrent à la porte d'une étroite maison située au numéro 40 de la rue Chalgrin[1]. Au coude que forme cette petite rue peu fréquentée, Sholmès put se cacher dans l'ombre d'un renfoncement.

Une des deux fenêtres du rez-de-chaussée s'ouvrit, un homme en chapeau rond ferma les volets. Au-dessus des volets, l'imposte s'éclaira.

Au bout de dix minutes, un monsieur vint sonner à cette même porte, puis, tout de suite après, un autre individu. Et enfin, un fiacre automobile s'arrêta, d'où Sholmès vit descendre deux personnes : Arsène Lupin et une dame enveloppée d'un manteau et d'une voilette épaisse.

— La Dame blonde, sans aucun doute, se dit Sholmès, tandis que le fiacre s'éloignait.

Il laissa s'écouler un instant, s'approcha de la maison, escalada le rebord de la fenêtre, et, haussé sur la pointe des pieds, il put, par l'imposte, jeter un coup d'œil dans la pièce.

Arsène Lupin, appuyé à la cheminée, parlait avec animation. Debout autour de lui, les autres l'écoutaient attentivement. Parmi eux, Sholmès reconnut le monsieur à la redingote et crut reconnaître le maître d'hôtel du restaurant. Quant à la Dame blonde, elle lui tournait le dos, assise dans un fauteuil.

— On tient conseil, pensa-t-il… Les événements de ce soir les ont inquiétés et ils éprouvent le besoin de délibérer. Ah ! les prendre tous à la fois, d'un coup !

Un des complices ayant bougé, il sauta à terre et se renfonça dans l'ombre. Le monsieur en redingote et le maître d'hôtel sortirent de la maison. Aussitôt le premier étage s'éclaira, quelqu'un tira les volets des fenêtres. Et ce fut l'obscurité en haut comme en bas.

— Elle et lui sont restés au rez-de-chaussée, se dit Herlock. Les deux complices habitent le premier étage.

Il attendit une partie de la nuit sans bouger, craignant qu'Arsène Lupin ne s'en allât pendant son absence. À quatre heures, apercevant deux agents de police à l'extrémité de la rue, il les rejoignit, leur expliqua la situation et leur confia la surveillance de la maison.

Alors il se rendit au domicile de Ganimard, rue Pergolèse, et le fit réveiller.

— Je le tiens encore.

— Arsène Lupin ?

— Oui.

— Si vous le tenez comme tout à l'heure, autant me recoucher. Enfin, passons au commissariat.

Ils allèrent jusqu'à la rue Mesnil, et de là, au domicile du commissaire, M. Decointre. Puis, accompagnés d'une demi-douzaine d'hommes, ils s'en revinrent rue Chalgrin.

— Du nouveau ? demanda Sholmès aux deux agents en faction.

— Rien.

Le jour commençait à blanchir le ciel lorsque, ses dispositions prises, le commissaire sonna et se dirigea vers la loge de la concierge. Effrayée par cette invasion, toute tremblante, cette femme répondit qu'il n'y avait pas de locataire au rez-de-chaussée.

— Comment, pas de locataire ! s'écria Ganimard.

— Mais non, c'est ceux du premier, ces MM. Leroux[1]... Ils ont meublé le bas pour des parents de province...

— Un monsieur et une dame ?

— Oui.

— Qui sont venus hier soir avec eux ?

— Peut-être bien... je dormais... Pourtant, je ne crois pas, voici la clef... ils ne l'ont pas demandée...

Avec cette clef, le commissaire ouvrit la porte qui se trouvait de l'autre côté du vestibule. Le rez-de-chaussée ne contenait que deux pièces : elles étaient vides.

— Impossible ! proféra Sholmès, je les ai vus, elle et lui.

Le commissaire ricana :

— Je n'en doute pas, mais ils n'y sont plus.

— Montons au premier étage. Ils doivent y être.

— Le premier étage est habité par des messieurs Leroux.

Ils montèrent tous l'escalier, et le commissaire sonna. Au second coup, un individu, qui n'était autre qu'un des gardes du corps, apparut, en bras de chemise et l'air furieux.

— Eh bien, quoi ! en voilà du tapage… est-ce qu'on réveille les gens…

Mais il s'arrêta, confondu…

— Dieu me pardonne… en vérité, je ne rêve plus ? c'est M. Decointre !… Et vous aussi, M. Ganimard ? Qu'y a-t-il donc pour votre service ?

Un éclat de rire formidable jaillit. Ganimard pouffait, dans une crise d'hilarité qui le courbait en deux et lui congestionnait la face.

— C'est vous, Leroux, bégayait-il… Oh ! que c'est drôle… Leroux, complice d'Arsène Lupin… Ah ! j'en mourrai… Et votre frère, Leroux, est-il visible ?

— Edmond, tu es là ? c'est M. Ganimard qui nous rend visite…

Un autre individu s'avança dont la vue redoubla la gaieté de Ganimard.

— Est-ce possible ! on n'a pas idée de ça ! Ah ! mes amis, vous êtes dans de beaux draps… Qui se serait jamais douté ! Heureusement que le vieux Ganimard veille, et surtout qu'il a des amis pour l'aider… des amis qui viennent de loin !

Et se tournant vers Sholmès, il présenta :

— Victor Leroux, inspecteur de la Sûreté, un des bons parmi les meilleurs de la brigade de fer… Edmond Leroux, commis principal au service anthropométrique[1]…

V

UN ENLÈVEMENT

Herlock Sholmès ne broncha pas. Protester ? Accuser ces deux hommes ? C'était inutile. À moins de preuves qu'il n'avait point et qu'il ne voulait pas perdre son temps à chercher, personne ne le croirait.

Tout crispé, les poings serrés, il ne songeait qu'à ne pas trahir, devant Ganimard triomphant, sa rage et sa déception. Il salua respectueusement les frères Leroux, soutiens de la société, et se retira.

Dans le vestibule il fit un crochet vers une porte basse qui indiquait l'entrée de la cave, et ramassa une petite pierre de couleur rouge : c'était un grenat.

Dehors, s'étant retourné, il lut, près du numéro 40 de la maison, cette inscription : « Lucien Destange, architecte, 1877 ».

Même inscription au numéro 42.

— Toujours la double issue, pensa-t-il. Le 40 et le 42 communiquent. Comment n'y ai-je pas songé ? J'aurais dû rester avec les deux agents cette nuit.

Il dit à ces deux hommes :

— Deux personnes sont sorties par cette porte pendant mon absence, n'est-ce pas ?

Et il désignait la porte de la maison voisine.

— Oui, un monsieur et une dame.

Il prit le bras de l'inspecteur principal, et l'entraînant :

— Monsieur Ganimard, vous avez trop ri pour m'en vouloir beaucoup du petit dérangement que je vous ai causé…

— Oh ! je ne vous en veux nullement.

— N'est-ce pas ? mais les meilleures plaisanteries n'ont qu'un temps, et je suis d'avis qu'il faut en finir.

— Je le partage.

— Nous voici au septième jour. Dans trois jours il est indispensable que je sois à Londres.

— Oh ! oh !

— J'y serai, monsieur, et je vous prie de vous tenir prêt dans la nuit de mardi à mercredi.

— Pour une expédition du même genre ? fit Ganimard, gouailleur.

— Oui, monsieur, du même genre.

— Et qui se terminera ?

— Par la capture de Lupin.

— Vous croyez ?

— Je vous le jure sur l'honneur, monsieur.

Sholmès salua et s'en fut prendre un peu de repos dans l'hôtel le plus proche ; après quoi, ragaillardi, confiant en lui-même, il retourna rue Chalgrin, glissa deux louis dans la main de la concierge, s'assura que les frères Leroux étaient partis, apprit que la maison appartenait à un monsieur Harmingeat, et, muni d'une bougie, descendit à la cave, par la petite porte auprès de laquelle il avait ramassé le grenat.

Au bas de l'escalier il en ramassa un autre de forme identique.

— Je ne me trompais pas, pensa-t-il, c'est par là qu'on communique… Voyons, ma clef passe-partout ouvre-t-elle le caveau réservé au locataire du rez-de-chaussée ? Oui… parfait… examinons ces casiers de vin... Oh ! oh ! voici des places où la poussière a été enlevée... et, par terre, des empreintes de pas...

Un bruit léger lui fit prêter l'oreille. Rapidement il poussa la porte, souffla sa bougie et se dissimula derrière une pile de caisses vides. Après quelques secondes, il nota qu'un des casiers de fer pivotait doucement, entraînant avec lui tout le morceau de muraille auquel il était accroché. La lueur d'une lanterne fut projetée. Un bras apparut. Un homme entra.

Il était courbé en deux comme quelqu'un qui cherche. Du bout des doigts il remuait la poussière, et plusieurs fois il se releva et jeta quelque chose dans une boîte en carton qu'il tenait à la main gauche. Ensuite il effaça la trace de ses pas, de même que les empreintes laissées par Lupin et la Dame blonde, et il se rapprocha du casier.

Il eut un cri rauque et s'effondra. Sholmès avait bondi sur lui. Ce fut l'affaire d'une minute, et, de la façon la plus simple du monde, l'homme se trouva étendu sur le sol, les chevilles attachées et les poignets ficelés.

L'Anglais se pencha.

— Combien veux-tu pour parler ?... pour dire ce que tu sais ?

L'homme répondit par un sourire d'une telle ironie que Sholmès comprit la vanité de sa question.

Il se contenta d'explorer les poches de son captif, mais ses investigations ne lui valurent qu'un trousseau de clefs, un mouchoir et la petite boîte en carton dont l'individu s'était servi, et qui contenait une douzaine de grenats pareils à ceux que Sholmès avait recueillis. Maigre butin !

En outre, qu'allait-il faire de cet homme ? Attendre que ses amis vinssent à son secours et les livrer tous à la police ? À quoi bon ? Quel avantage en tirerait-il contre Lupin ?

Il hésitait, quand l'examen de la boîte le décida. Elle portait cette adresse : « Léonard, bijoutier, rue de la Paix[1]. »

Il résolut tout simplement d'abandonner l'homme. Il repoussa le casier, ferma la cave et sortit de la maison. D'un bureau de poste, il avertit M. Destange, par petit bleu, qu'il ne pourrait venir que le lendemain. Puis il se rendit chez le bijoutier, auquel il remit les grenats.

— Madame m'envoie pour ces pierres. Elles se sont détachées d'un bijou qu'elle a acheté ici.

Sholmès tombait juste. Le marchand répondit :

— En effet... Cette dame m'a téléphoné. Elle passera tantôt elle-même.

Ce n'est qu'à cinq heures que Sholmès, posté sur le trottoir, aperçut une dame enveloppée d'un voile épais, et dont la tournure lui sembla suspecte. À travers la vitre il put la voir qui déposait sur le comptoir un bijou ancien orné de grenats.

Elle s'en alla presque aussitôt, fit des courses à pied, monta du côté de Clichy, et tourna par des rues que l'Anglais ne connaissait pas. À la nuit tombante, il pénétrait derrière elle, et sans que la concierge l'avisât, dans une maison à cinq étages, à deux corps de bâtiments, et par conséquent à innombrables locataires. Au deuxième étage elle s'arrêta et entra. Deux minutes plus tard, l'Anglais tentait la chance, et, les unes après les autres, essayait avec précaution les clefs du trousseau dont il s'était emparé. La quatrième fit jouer la serrure.

À travers l'ombre qui les emplissait, il aperçut des pièces absolument vides comme celles d'un appartement inhabité, et dont toutes les portes étaient ouvertes. Mais au bout d'un couloir, la lueur d'une lampe filtra et, s'étant approché sur la pointe des pieds, il vit, par la glace sans tain qui séparait le salon d'une chambre contiguë, la dame voilée qui ôtait son vêtement et son chapeau, les déposait sur l'unique siège de cette chambre et s'enveloppait d'un peignoir de velours.

Et il la vit aussi s'avancer vers la cheminée et pousser le bouton d'une sonnerie électrique. Et la moitié du panneau qui s'étendait à droite de la cheminée s'ébranla, glissa selon le plan même du mur, et s'insinua dans l'épaisseur du panneau voisin.

Dès que l'entrebâillement fut assez large, la dame passa… et disparut, emportant la lampe.

Le système était simple. Sholmès l'employa.

Il marcha dans l'obscurité, à tâtons, mais tout de suite sa figure heurta des choses molles. À la flamme d'une allumette, il constata qu'il se trouvait dans un petit réduit encombré de robes et de vêtements qui étaient suspendus à des tringles. Il se fraya un passage et s'arrêta devant l'embrasure d'une porte close par une tapisserie ou du moins par l'envers d'une tapisserie. Et son allumette s'étant consumée, il aperçut de la lumière qui perçait la trame lâche et usée de la vieille étoffe.

Alors il regarda.

La Dame blonde était là, sous ses yeux, à portée de sa main.

Elle éteignit la lampe et alluma l'électricité. Pour la première fois Sholmès put voir son visage en pleine lumière. Il tressaillit. La femme qu'il avait fini par atteindre après tant de détours et de manœuvres n'était autre que Clotilde Destange.

*

Clotilde Destange, la meurtrière du baron d'Hautrec, et la voleuse du diamant bleu ! Clotilde Destange, la mystérieuse amie d'Arsène Lupin ! La Dame blonde, enfin !

— Eh oui, parbleu, pensa-t-il, je ne suis qu'un âne bâté. Parce que l'amie de Lupin est blonde et Clotilde brune, je n'ai pas songé à rapprocher les deux femmes l'une de l'autre ! Comme si la Dame blonde pouvait rester blonde après le meurtre du baron et le vol du diamant !

Sholmès voyait une partie de la pièce, élégant boudoir de femme, orné de tentures claires et de bibelots précieux. Une méridienne d'acajou s'allongeait sur une marche basse. Clotilde s'y était assise, et demeurait immobile, la tête entre ses mains. Et, au bout d'un instant, il s'aperçut qu'elle pleurait. De grosses larmes coulaient sur ses joues pâles, glissaient vers sa bouche, tombaient goutte à goutte sur le velours de son corsage. Et d'autres larmes les suivaient indéfiniment, comme surgies d'une source inépuisable. Et c'était le spectacle le plus triste qui fût que ce désespoir morne et résigné qui s'exprimait par la lente coulée de larmes.

Mais une porte s'ouvrit derrière elle. Arsène Lupin entra.

Ils se regardèrent longtemps, sans dire une parole, puis il s'agenouilla près d'elle, lui appuya la tête sur sa poitrine, l'entoura de ses bras, et il y avait dans le geste dont il enlaçait la jeune fille une tendresse profonde et beaucoup de pitié. Ils ne bougeaient pas. Un doux silence les unit, et les larmes coulaient moins abondantes.

— J'aurais tant voulu vous rendre heureuse ! murmura-t-il.

— Je suis heureuse.

— Non, puisque vous pleurez… Vos larmes me désolent, Clotilde.

Malgré tout, elle se laissait prendre au son de cette voix caressante, et elle écoutait, avide d'espoir et de bonheur. Un sourire amollit son visage, mais un sourire si triste encore ! Il la supplia :

— Ne soyez pas triste, Clotilde, vous ne devez pas l'être. Vous n'en avez pas le droit.

Elle lui montra ses mains blanches, fines et souples, et dit gravement :

— Tant que ces mains seront mes mains, je serai triste, Maxime.

— Mais pourquoi ?

— Elles ont tué.

Maxime s'écria :

— Taisez-vous ! ne pensez pas à cela… le passé est mort, le passé ne compte pas.

Et il baisait ses longues mains pâles, et elle le regardait avec un sourire plus clair comme si chaque baiser eût effacé un peu de l'horrible souvenir.

— Il faut m'aimer, Maxime, il le faut parce qu'aucune femme ne vous aimera comme moi. Pour vous plaire, j'ai agi, j'agis encore, non pas même selon vos ordres, mais selon vos désirs secrets… J'accomplis des actes contre lesquels tous mes instincts et toute ma conscience se révoltent, mais je ne peux pas résister… tout ce que je fais, je le fais machinalement, parce que cela vous est utile, et que vous le voulez… et je suis prête à recommencer demain… et toujours.

Il dit avec amertume :

— Ah ! Clotilde, pourquoi vous ai-je mêlée à ma

vie aventureuse ? J'aurais dû rester le Maxime Bermond que vous avez aimé, il y a cinq ans, et ne pas vous faire connaître... l'autre homme que je suis.

Elle dit très bas :

— J'aime aussi cet autre homme, et je ne regrette rien.

— Si, vous regrettez votre vie passée, la vie au grand jour.

— Je ne regrette rien quand vous êtes là ! dit-elle passionnément. Il n'y a plus de faute, il n'y a plus de crime quand mes yeux vous voient. Que m'importe d'être malheureuse loin de vous, et de souffrir, et de pleurer, et d'avoir horreur de tout ce que je fais ! votre amour efface tout... j'accepte tout... Mais il faut m'aimer !...

— Je ne vous aime pas parce qu'il le faut, Clotilde, mais pour l'unique raison que je vous aime.

— En êtes-vous sûr ? dit-elle toute confiante.

— Je suis sûr de moi comme de vous. Seulement, mon existence est violente et fiévreuse, et je ne puis pas toujours vous consacrer le temps que je voudrais.

Elle s'affola aussitôt.

— Qu'y a-t-il ? un danger nouveau ? Vite, parlez.

— Oh ! rien de grave encore. Pourtant...

— Pourtant ?

— Eh bien ! il est sur nos traces.

— Sholmès ?

— Oui. C'est lui qui a lancé Ganimard dans l'affaire du restaurant hongrois. C'est lui qui a posté, cette nuit, les deux agents de la rue Chalgrin. J'en ai la preuve. Ganimard a fouillé la maison ce matin, et Sholmès l'accompagnait. En outre...

— En outre ?

— Eh bien ! il y a autre chose : il nous manque un de nos hommes, Jeanniot.

— Le concierge ?

— Oui.

— Mais c'est moi qui l'ai envoyé ce matin, rue Chalgrin, pour ramasser des grenats qui étaient tombés de ma broche.

— Il n'y a pas de doute, Sholmès l'aura pris au piège.

— Nullement. Les grenats ont été apportés au bijoutier de la rue de la Paix.

— Alors, qu'est-il devenu depuis ?

— Oh ! Maxime, j'ai peur.

— Il n'y a pas de quoi s'effrayer. Mais j'avoue que la situation est très grave. Que sait-il ? Où se cache-t-il ? Sa force réside dans son isolement. Rien ne peut le trahir.

— Que décidez-vous ?

— L'extrême prudence, Clotilde. Depuis longtemps je suis résolu à changer mon installation et à la transporter là-bas, dans l'asile inviolable que vous savez[1]. L'intervention de Sholmès brusque les choses. Quand un homme comme lui est sur une piste, on doit se dire que fatalement il arrivera au bout de cette piste. Donc, j'ai tout préparé. Après-demain, mercredi, le déménagement aura lieu. À midi, ce sera fini. À deux heures, je pourrai moi-même quitter la place, après avoir enlevé les derniers vestiges de notre installation, ce qui n'est pas une petite affaire. D'ici là…

— D'ici là ?

— Nous ne devons pas nous voir, et personne ne doit vous voir, Clotilde. Ne sortez pas. Je ne crains rien pour moi. Je crains tout dès qu'il s'agit de vous.

— Il est impossible que cet Anglais parvienne jusqu'à moi.

— Tout est possible avec lui, et je me défie. Hier,

quand j'ai manqué d'être surpris par votre père, j'étais venu pour fouiller l'armoire qui contient les anciens registres de M. Destange. Il y a là un danger. Il y en a partout. Je devine l'ennemi qui rôde dans l'ombre et qui se rapproche de plus en plus. Je sens qu'il nous surveille… qu'il tend ses filets autour de nous. C'est là une de ces intuitions qui ne me trompent jamais.

— En ce cas, dit-elle, partez, Maxime, et ne pensez plus à mes larmes. Je serai forte, et j'attendrai que le danger soit conjuré. Adieu, Maxime.

Elle l'embrassa longuement. Et ce fut elle-même qui le poussa dehors. Sholmès entendit le son de leurs voix qui s'éloignait.

Hardiment, surexcité par ce même besoin d'agir, envers et contre tout, qui le stimulait depuis la veille, il s'engagea dans une antichambre à l'extrémité de laquelle il y avait un escalier. Mais, au moment où il allait descendre, le bruit d'une conversation partit de l'étage inférieur, et il jugea préférable de suivre un couloir circulaire qui le conduisit à un autre escalier. Au bas de cet escalier il fut très surpris de voir des meubles dont il connaissait déjà la forme et l'emplacement. Une porte était entrebâillée. Il pénétra dans une grande pièce ronde. C'était la bibliothèque de M. Destange.

— Parfait ! admirable ! murmura-t-il, je comprends tout. Le boudoir de Clotilde, c'est-à-dire de la Dame blonde, communique avec un des appartements de la maison voisine, et cette maison voisine a sa sortie, non sur la place Malesherbes, mais sur une rue adjacente, la rue Montchanin, autant que je m'en souvienne. À merveille ! et je m'explique comment Clotilde Destange va rejoindre son bien-aimé tout en gardant la réputation d'une personne qui ne sort jamais. Et je m'explique aussi comment Arsène Lupin a surgi près de moi, hier soir, sur la galerie :

il doit y avoir une autre communication entre l'appartement voisin et cette bibliothèque...

Et il concluait :

— Encore une maison truquée. Encore une fois, sans doute, Destange architecte ! Il s'agit maintenant de profiter de mon passage ici pour vérifier le contenu de l'armoire... et pour me documenter sur les autres maisons truquées.

Sholmès monta sur la galerie et se dissimula derrière les étoffes de la rampe. Il y resta jusqu'à la fin de la soirée. Un domestique vint éteindre les lampes électriques. Une heure plus tard, l'Anglais fit fonctionner le ressort de sa lanterne et se dirigea vers l'armoire.

Comme il le savait, elle contenait les anciens papiers de l'architecte, dossiers, devis, livres de comptabilité. Au second plan, une série de registres, classés par ordre d'ancienneté, se dressait.

Il prit alternativement ceux des dernières années, et aussitôt il examinait la page de récapitulation, et, plus spécialement, la lettre H. Enfin, ayant découvert le mot Harmingeat, accompagné du chiffre 63, il se reporta à la page 63, et lut :

Harmingeat, 40, rue Chalgrin.

Suivait le détail de travaux exécutés pour ce client en vue de l'établissement d'un calorifère dans son immeuble. Et en marge, cette note :

Voir le dossier M. B.

— Eh ! je le sais bien, dit-il, le dossier M. B., c'est celui qu'il me faut. Par lui, je saurai le domicile actuel de M. Lupin.

Ce n'est qu'au matin que, sur la deuxième moitié d'un registre, il découvrit le fameux dossier.

Il comportait quinze pages. L'une reproduisait la page consacrée à M. Harmingeat de la rue Chalgrin. Une autre détaillait les travaux exécutés pour M. Vatinel[1], propriétaire, 25, rue Clapeyron. Une autre était réservée au baron d'Hautrec, 134, avenue Henri-Martin ; une autre au château de Crozon et les onze autres à différents propriétaires de Paris.

Sholmès copia cette liste de onze noms et de onze adresses ; puis il remit les choses en place, ouvrit une fenêtre et sauta sur la place déserte, en ayant soin de repousser les volets.

Dans sa chambre d'hôtel, il alluma sa pipe avec la gravité qu'il apportait à cet acte, et, entouré de nuages de fumée, il étudia les conclusions que l'on pouvait tirer du dossier M. B., ou, pour mieux dire, du dossier Maxime Bermond, alias Arsène Lupin.

À huit heures, il envoyait à Ganimard ce pneumatique :

Je passerai sans doute, ce matin, rue Pergolèse et vous confierai une personne dont la capture est de la plus haute importance. En tout cas, soyez chez vous cette nuit, et demain mercredi jusqu'à midi, et arrangez-vous pour avoir une trentaine d'hommes à votre disposition...

Puis il choisit, sur le boulevard, un fiacre automobile dont le chauffeur lui plut par sa bonne figure réjouie et peu intelligente, et se fit conduire sur la place Malesherbes, cinquante pas plus loin que l'hôtel Destange.

— Mon garçon, fermez votre voiture, dit-il au mécanicien ; relevez le col de votre fourrure, car le vent est froid, et attendez patiemment. Dans une heure et demie, vous mettrez votre moteur en marche. Dès que je reviendrai, en route pour la rue Pergolèse.

Au moment de franchir le seuil de l'hôtel, il eut une dernière hésitation. N'était-ce pas une faute de s'occuper ainsi de la Dame blonde, tandis que Lupin achevait ses préparatifs de départ ? Et n'aurait-il pas mieux fait, à l'aide de la liste des immeubles, de chercher tout d'abord le domicile de son adversaire ?

— Bah ! se dit-il, quand la Dame blonde sera ma prisonnière, je serai maître de la situation.

Et il sonna.

*

M. Destange se trouvait déjà dans la bibliothèque. Ils travaillèrent un moment, et Sholmès cherchait un prétexte pour monter jusqu'à la chambre de Clotilde, lorsque la jeune fille entra, dit bonjour à son père, s'assit dans le petit salon et se mit à écrire.

De sa place, Sholmès la voyait, penchée sur la table, et qui, de temps à autre, méditait la plume en l'air et le visage pensif. Il attendit, puis, prenant un volume, il dit à M. Destange :

— Voici justement un livre que Mlle Destange m'a prié de lui apporter dès que je mettrais la main dessus.

Il se rendit dans le petit salon et se posta devant Clotilde de façon à ce que son père ne pût l'apercevoir, et il prononça :

— Je suis M. Stickmann, le nouveau secrétaire de M. Destange.

— Ah ! fit-elle sans se déranger. Mon père a donc changé de secrétaire ?

— Oui, mademoiselle, et je désirerais vous parler.

— Veuillez vous asseoir, monsieur, j'ai fini.

Elle ajouta quelques mots à sa lettre, la signa, cacheta l'enveloppe, repoussa ses papiers, appuya sur la sonnerie d'un téléphone, obtint la communication avec sa couturière, pria celle-ci de hâter l'achèvement de son manteau de voyage dont elle avait un besoin urgent, et enfin se tournant vers Sholmès :

— Je suis à vous, monsieur. Mais notre conversation ne peut-elle avoir lieu devant mon père ?

— Non, mademoiselle, et je vous supplierai même de ne pas hausser la voix. Il est préférable que M. Destange ne nous entende point.

— Pour qui est-ce préférable ?

— Pour vous, mademoiselle !

— Je n'admets pas de conversation que mon père ne puisse entendre.

— Il faut pourtant bien que vous admettiez celle-ci.

Ils se levèrent l'un et l'autre, les yeux croisés.

Et elle dit :

— Parlez, monsieur.

Toujours debout, il commença :

— Vous me pardonnerez si je me trompe sur certains points secondaires. Ce que je garantis, c'est l'exactitude générale des incidents que j'expose.

— Pas de phrases, je vous prie. Des faits.

À cette interruption, lancée brusquement, il sentit que la jeune femme était sur ses gardes, et il reprit :

— Soit ! j'irai droit au but. Donc il y a cinq ans, monsieur votre père a eu l'occasion de rencontrer un M. Maxime Bermond, lequel s'est présenté à lui comme entrepreneur… ou architecte, je ne saurais préciser. Toujours est-il que M. Destange s'est pris d'affection pour ce jeune homme, et, comme l'état de sa santé ne lui permettait plus de s'occuper de ses affaires, il confia à M. Bermond l'exécution de quelques commandes qu'il avait acceptées de la part d'anciens clients, et qui semblaient en rapport avec les aptitudes de son collaborateur.

Herlock s'arrêta. Il lui parut que la pâleur de la jeune fille s'était accentuée. Ce fut pourtant avec le plus grand calme qu'elle prononça :

— Je ne connais pas les faits dont vous m'entretenez, monsieur, et surtout je ne vois pas en quoi ils peuvent m'intéresser.

— En ceci, mademoiselle, c'est que M. Maxime Bermond s'appelle de son vrai nom, vous le savez aussi bien que moi, Arsène Lupin.

Elle éclata de rire.

— Pas possible ! Arsène Lupin ? M. Maxime Bermond s'appelle Arsène Lupin ?

— Comme j'ai l'honneur de vous le dire, mademoiselle, et puisque vous refusez de me comprendre à demi-mot, j'ajouterai qu'Arsène Lupin a trouvé ici, pour l'accomplissement de ses projets, une amie, plus qu'une amie, une complice aveugle et... passionnément dévouée.

Elle se leva, et, sans émotion, ou, du moins, avec si peu d'émotion que Sholmès fut frappé d'une telle maîtrise, elle déclara :

— J'ignore le but de votre conduite, monsieur, et je veux l'ignorer. Je vous prie donc de ne pas ajouter un mot et de sortir d'ici.

— Je n'ai jamais eu l'intention de vous imposer ma présence indéfiniment, répondit Sholmès, aussi paisible qu'elle. Seulement, j'ai résolu de ne pas sortir seul de cet hôtel.

— Et qui donc vous accompagnera, monsieur ?

— Vous !

— Moi ?

— Oui, mademoiselle ; nous sortirons ensemble de cet hôtel, et vous me suivrez, sans une protestation, sans un mot.

Ce qu'il y avait d'étrange dans cette scène, c'était le calme absolu des deux adversaires. Plutôt qu'un duel implacable entre deux volontés puissantes, on eût dit, à leur attitude, au ton de leurs voix, le débat courtois de deux personnes qui ne sont pas du même avis.

Dans la rotonde, par la baie grande ouverte, on apercevait M. Destange, qui maniait ses livres avec des gestes mesurés.

Clotilde se rassit en haussant légèrement les épaules. Herlock tira sa montre.

— Il est dix heures et demie. Dans cinq minutes, nous partons.

— Sinon ?

— Sinon, je vais trouver M. Destange, et je lui raconte…

— Quoi ?

— La vérité. Je lui raconte la vie mensongère de Maxime Bermond, et je lui raconte la double vie de sa complice.

— De sa complice ?

— Oui, de celle que l'on appelle la Dame blonde, de celle qui fut blonde.

— Et quelles preuves lui donnerez-vous ?

— Je l'emmènerai rue Chalgrin, et je lui montrerai le passage qu'Arsène Lupin, profitant des travaux dont il avait la direction, a fait pratiquer par ses hommes entre le 40 et le 42, le passage qui vous a servi à tous les deux, l'avant-dernière nuit.

— Après ?

— Après, j'emmènerai M. Destange chez Me Detinan, nous descendrons l'escalier de service, par lequel vous êtes descendue avec Arsène Lupin pour échapper à Ganimard. Et nous chercherons tous deux la communication sans doute analogue qui existe avec la maison voisine, maison dont la sortie donne sur le boulevard des Batignolles, et non sur la rue Clapeyron.

— Après ?

— Après, j'emmènerai M. Destange au château de Crozon, et il lui sera facile, à lui qui sait le genre de travaux exécutés par Arsène Lupin lors de la restauration de ce château, de découvrir les passages secrets qu'Arsène Lupin a fait pratiquer par ses hommes. Il constatera que ces passages ont permis à la Dame blonde de s'introduire, la nuit, dans la chambre de la comtesse et d'y prendre, sur la cheminée, le diamant bleu ; puis, deux semaines plus tard, de s'introduire dans la chambre du conseiller Bleichen et de cacher ce diamant bleu au fond d'un flacon… acte assez bizarre, je l'avoue ; petite vengeance de femme, peut-être, je ne sais, cela n'importe point.

— Après ?

— Après, fit Herlock d'une voix plus grave, j'emmènerai M. Destange au 134 de l'avenue Henri-Martin, et nous chercherons comment le baron d'Hautrec…

— Taisez-vous, taisez-vous ! balbutia la jeune fille, avec un effroi soudain… je vous défends !… alors, vous osez dire que c'est moi… vous m'accusez…

— Je vous accuse d'avoir tué le baron d'Hautrec.

— Non, non, c'est une infamie !

— Vous avez tué le baron d'Hautrec, mademoiselle. Vous étiez entrée à son service sous le nom d'Antoinette Bréhat, dans le but de lui ravir le diamant bleu, et vous l'avez tué.

De nouveau elle murmura, brisée, réduite à la prière :

— Taisez-vous, monsieur, je vous en supplie ! Puisque vous savez tant de choses, vous devez savoir que je n'ai pas assassiné le baron.

— Je n'ai pas dit que vous l'aviez assassiné, mademoiselle. Le baron d'Hautrec était sujet à des accès de folie que, seule, la sœur Auguste pouvait maîtriser. Je tiens ce détail d'elle-même. En l'absence de cette personne, il a dû se jeter sur vous, et c'est au cours de la lutte, pour défendre votre vie, que vous l'avez frappé. Épouvantée par un tel acte, vous avez sonné, et vous vous êtes enfuie, sans même arracher du doigt de votre victime ce diamant bleu que vous étiez venue prendre. Un instant après, vous rameniez un des complices de Lupin, domestique dans la maison voisine, vous transportiez le baron sur son lit, vous remettiez la chambre en ordre… mais, toujours, sans oser prendre le diamant bleu. Voilà ce qui s'est passé. Donc, je le répète, vous n'avez pas assassiné le baron. Cependant, ce sont bien vos mains qui l'ont frappé.

Elle les avait croisées sur son front, ses longues mains fines et pâles, et elle les garda longtemps ainsi, immobiles. Enfin, déliant les doigts, elle découvrit son visage douloureux et prononça :

— Et c'est tout ce que vous avez l'intention de dire à mon père ?

— Oui, et je lui dirai que j'ai comme témoins Mlle Gerbois, qui reconnaîtra la Dame blonde ; la sœur Auguste, qui reconnaîtra Antoinette Bréhat ; la comtesse de Crozon, qui reconnaîtra Mme de Réal. Voilà ce que je lui dirai.

— Vous n'oserez-pas, dit-elle, recouvrant son sang-froid devant la menace d'un péril immédiat.

Il se leva et fit un pas vers la bibliothèque. Clotilde l'arrêta :

— Un instant, monsieur.

Elle réfléchit, maîtresse d'elle-même maintenant, et, fort calme, lui demanda :

— Vous êtes Herlock Sholmès, n'est-ce pas ?

— Oui.

— Que voulez-vous de moi ?

— Ce que je veux ? J'ai engagé contre Arsène Lupin un duel dont il faut que je sorte vainqueur. Dans l'attente d'un dénouement qui ne saurait tarder beaucoup, j'estime qu'un otage aussi précieux que vous me donne sur mon adversaire un avantage considérable. Donc, vous me suivrez, mademoiselle ; je vous confierai à quelqu'un de mes amis. Dès que mon but sera atteint, vous serez libre.

— C'est tout ?

— C'est tout. Je ne fais pas partie de la police de votre pays, et je ne me sens par conséquent aucun droit... de justicier.

Elle semblait résolue. Cependant elle exigea encore un moment de répit. Ses yeux se fermèrent, et Sholmès la regardait, si tranquille soudain, presque indifférente aux dangers qui l'entouraient.

— Et même, songeait l'Anglais, se croit-elle en danger ? Mais non, puisque Lupin la protège. Avec Lupin rien ne peut vous atteindre. Lupin est tout-puissant, Lupin est infaillible.

— Mademoiselle, dit-il, j'ai parlé de cinq minutes, il y en a plus de trente.

— Me permettez-vous de monter dans ma chambre, monsieur, et d'y prendre mes affaires ?

— Si vous le désirez, mademoiselle, j'irai vous attendre rue Montchanin. Je suis un excellent ami du concierge Jeanniot.

— Ah !... vous savez... fit-elle avec un effroi visible.

— Je sais bien des choses.

— Soit ! Je sonnerai donc !

On lui apporta son chapeau et son vêtement, et Sholmès lui dit :

— Il faut que vous donniez à M. Destange une raison qui explique notre départ, et que cette raison puisse au besoin expliquer votre absence pendant quelques jours.

— C'est inutile. Je serai ici tantôt.

De nouveau ils se défièrent du regard, ironiques tous deux et souriants.

— Comme vous êtes sûre de lui ! dit Sholmès.

— Aveuglément.

— Tout ce qu'il fait est bien, n'est-ce-pas ? tout ce qu'il veut se réalise ! Et vous approuvez tout, et vous êtes prête à tout pour lui !

— Je l'aime, dit-elle, frissonnante de passion.

— Et vous croyez qu'il vous sauvera ?

Elle haussa les épaules et, s'avançant vers son père, elle le prévint.

— Je t'enlève M. Stickmann. Nous allons à la Bibliothèque nationale.

— Tu rentres déjeuner ?

— Peut-être... ou plutôt non... mais ne t'inquiète pas...

Et elle déclara fermement à Sholmès :

— Je vous suis, monsieur.

— Sans arrière-pensée ?

— Les yeux fermés.

— Si vous tentez de vous échapper, j'appelle, je crie ; on vous arrête, et c'est la prison. N'oubliez pas que la Dame blonde est sous le coup d'un mandat.

— Je vous jure sur l'honneur que je ne ferai rien pour m'échapper.

— Je vous crois. Marchons.

Ensemble, comme il l'avait prédit, tous deux quittèrent l'hôtel.

*

Sur la place, l'automobile stationnait, tournée dans le sens opposé. On voyait le dos du mécanicien et sa casquette, que recouvrait presque le col de sa fourrure. En approchant, Sholmès entendit le ronflement du moteur. Il ouvrit la portière, pria Clotilde de monter et s'assit auprès d'elle.

La voiture démarra brusquement, gagna les boulevards extérieurs, l'avenue Hoche, l'avenue de la Grande-Armée.

Herlock, pensif, combinait ses plans.

— Ganimard est chez lui… je laisse la jeune fille entre ses mains… Lui dirai-je qui est cette jeune fille ? Non, il la mènerait droit au Dépôt, ce qui dérangerait tout. Une fois seul, je consulte la liste du dossier M. B., et je me mets en chasse. Et cette nuit, ou demain matin au plus tard, je vais trouver Ganimard comme il est convenu, et je lui livre Arsène Lupin et sa bande…

Il se frotta les mains, heureux de sentir enfin le but à sa portée et de voir qu'aucun obstacle sérieux ne l'en séparait. Et, cédant à un besoin d'expansion qui contrastait avec sa nature, il s'écria :

— Excusez-moi, mademoiselle, si je montre tant de satisfaction. La bataille fut pénible, et le succès m'est particulièrement agréable.

— Succès légitime, monsieur, et dont vous avez le droit de vous réjouir.

— Je vous remercie. Mais quelle drôle de route nous prenons ! Le chauffeur n'a donc pas entendu ?

À ce moment, on sortait de Paris par la porte de Neuilly. Que diable ! pourtant, la rue Pergolèse n'était pas en dehors des fortifications.

Sholmès baissa la glace.

— Dites donc, chauffeur, vous vous trompez... Rue Pergolèse !...

L'homme ne répondit pas. Il répéta, d'un ton plus élevé :

— Je vous dis d'aller rue Pergolèse.

L'homme ne répondit point.

— Ah ! ça ! mais vous êtes sourd, mon ami. Ou vous y mettez de la mauvaise volonté... Nous n'avons rien à faire par ici... Rue Pergolèse !... Je vous ordonne de rebrousser chemin, et au plus vite.

Toujours le même silence. L'Anglais frémit d'inquiétude. Il regarda Clotilde : un sourire indéfinissable plissait les lèvres de la jeune fille.

— Pourquoi riez-vous ? maugréa-t-il... cet incident n'a aucun rapport... et cela ne change rien aux choses...

— Absolument rien ! répondit-elle.

Tout à coup, une idée le bouleversa. Se levant à moitié, il examina plus attentivement l'homme qui se trouvait sur le siège. Les épaules étaient plus minces, l'attitude était plus dégagée... Une sueur froide le couvrit, ses mains se crispèrent, tandis que la plus effroyable conviction s'imposait à son esprit : cet homme, c'était Arsène Lupin.

— Eh bien ! monsieur Sholmès, que dites-vous de cette petite promenade ?

— Délicieuse, cher monsieur, vraiment délicieuse, riposta Sholmès.

Jamais, peut-être, il ne lui fallut faire sur lui-même un effort plus terrible que pour articuler ces paroles, sans un frémissement de la voix, sans rien qui pût indiquer le déchaînement de tout son être. Mais aussitôt, par une sorte de réaction formidable, un flot de rage et de haine brisa les digues, emporta sa volonté, et, d'un geste brusque tirant son revolver, il le braqua sur Mlle Destange.

— À la minute même, à la seconde, arrêtez, Lupin, ou je fais feu sur mademoiselle.

— Je vous recommande de viser la joue si vous voulez atteindre la tempe, répondit Lupin sans tourner la tête.

Clotilde prononça :

— Maxime, n'allez pas trop vite, le pavé est glissant et je suis très peureuse.

Elle souriait toujours, les yeux fixés aux pavés, dont la route se hérissait devant la voiture.

— Qu'il arrête ! qu'il arrête donc ! lui dit Sholmès, fou de colère, vous voyez bien que je suis capable de tout !

Le canon du revolver frôla les boucles de cheveux.

Elle murmura :

— Ce Maxime est d'une imprudence ! À ce train-là nous sommes sûrs de déraper.

Sholmès remit l'arme dans sa poche et saisit la poignée de la portière, prêt à s'élancer, malgré l'absurdité d'un pareil acte.

Clotilde lui dit :

— Prenez garde, monsieur, il y a une automobile derrière nous.

Il se pencha. Une voiture les suivait, en effet, énorme, farouche d'aspect avec sa proue aiguë, couleur de sang, et les quatre hommes en peau de bête qui la montaient.

— Allons, pensa-t-il, je suis bien gardé, patientons.

Il croisa les bras sur sa poitrine, avec cette soumission orgueilleuse de ceux qui s'inclinent et qui attendent, quand le destin se tourne contre eux. Et, tandis que l'on traversait la Seine et que l'on brûlait Suresnes, Rueil, Chatou, immobile, résigné, maître de sa colère, et sans amertume, il ne songeait plus qu'à découvrir par quel miracle Arsène Lupin s'était substitué au chauffeur. Que le brave garçon qu'il avait choisi le matin, sur le boulevard, pût être un complice placé là d'avance, il ne l'admettait pas. Pourtant il fallait bien qu'Arsène Lupin eût été prévenu, et il ne pouvait l'avoir été qu'après le moment où, lui, Sholmès, avait menacé Clotilde, puisque personne, auparavant, ne soupçonnait son projet. Or, depuis ce moment, Clotilde et lui ne s'étaient point quittés.

Un souvenir le frappa : la communication téléphonique demandée par la jeune fille, sa conversation avec la couturière. Et, tout de suite, il comprit. Avant même qu'il n'eût parlé, à la seule annonce de l'entretien qu'il sollicitait comme nouveau secrétaire de M. Destange, elle avait flairé le péril, deviné le nom et le but du visiteur, et, froidement, naturellement, comme si elle accomplissait bien, en réalité, l'acte qu'elle semblait accomplir, elle avait appelé Lupin à son secours, sous le couvert d'un fournisseur, et en se servant de formules convenues entre eux.

Comment Arsène Lupin était venu, comment cette automobile en station, dont le moteur trépidait, lui avait paru suspecte ; comment il avait soudoyé le mécanicien, tout cela importait peu. Ce qui passionnait Sholmès au point d'apaiser sa fureur, c'était l'évocation de cet instant où une simple femme, une amoureuse il est vrai, domptant ses nerfs, écrasant son instinct, immobilisant les traits de son visage, soumettant l'expression de ses yeux, avait donné le change au vieux Herlock Sholmès.

Que faire contre un homme servi par de tels auxiliaires, et, qui, par le seul ascendant de son autorité, insufflait à une femme de telles provisions d'audace et d'énergie ?

On franchit la Seine, et l'on escalada la côte de Saint-Germain ; mais, à cinq cents mètres au-delà de cette ville, le fiacre ralentit. L'autre voiture vint à sa hauteur, et toutes deux s'arrêtèrent. Il n'y avait personne aux alentours.

— Monsieur Sholmès, dit Lupin, ayez l'obligeance de changer de véhicule. Le nôtre est vraiment d'une lenteur !...

— Comment donc ! s'écria Sholmès, d'autant plus empressé qu'il n'avait pas le choix.

— Vous me permettrez aussi de vous prêter cette fourrure, car nous irons assez vite, et de vous offrir ces deux sandwichs... Si, si, acceptez, qui sait quand vous dînerez !

Les quatre hommes étaient descendus. L'un d'eux s'approcha, et, comme il avait retiré les lunettes qui le masquaient, Sholmès reconnut le monsieur en redingote du restaurant hongrois. Lupin lui dit :

— Vous reconduirez ce fiacre au chauffeur à qui je l'ai loué. Il attend dans le premier débit de vins à droite de la rue Legendre[1]. Vous lui ferez le second versement de mille francs promis. Ah ! j'oubliais ! veuillez donner vos lunettes à M. Sholmès.

Il s'entretint avec Mlle Destange, puis s'installa au volant et partit, Sholmès à ses côtés, et, derrière lui, un de ses hommes.

Lupin n'avait pas exagéré en disant qu'on irait « assez vite ». Dès le début ce fut une allure vertigineuse. L'horizon venait à leur rencontre, comme attiré par une force mystérieuse, et il disparaissait à l'instant, comme absorbé par un abîme vers lequel d'autres choses aussitôt, arbres, maisons, plaines et forêts, se précipitaient avec la hâte tumultueuse d'un torrent qui sent l'approche du gouffre.

Sholmès et Lupin n'échangeaient pas une parole. Au-dessus de leurs têtes, les feuilles des peupliers faisaient un grand bruit de vagues, bien rythmé par l'espacement régulier des arbres. Et les villes s'évanouirent : Mantes, Vernon, Gaillon. D'une colline à l'autre, de Bon-Secours à Canteleu, Rouen, sa banlieue, son port, ses kilomètres de quais, Rouen ne sembla que la rue d'une bourgade. Et ce fut Duclair, Caudebec, le pays de Caux dont ils effleurèrent les ondulations de leur vol puissant, et Lillebonne, et Quillebœuf. Et voilà qu'ils se trouvèrent soudain au bord de la Seine, à l'extrémité d'un petit quai, au bord duquel s'allongeait un yacht sobre et robuste de lignes, et dont la cheminée lançait des volutes de fumée noire.

La voiture stoppa. En deux heures, ils avaient parcouru plus de quarante lieues[1].

*

Un homme s'avança en vareuse bleue, la casquette galonnée d'or, et salua.

— Parfait, capitaine ! s'écria Lupin. Vous avez reçu la dépêche ?

— Je l'ai reçue.

— L'*Hirondelle*[2] est prête ?

— L'*Hirondelle* est prête.

— En ce cas, monsieur Sholmès ?

L'Anglais regarda autour de lui, vit un groupe de personnes à la terrasse d'un café, un autre plus près, hésita un instant, puis comprenant qu'avant toute intervention, il serait happé, embarqué, expédié à fond de cale, il traversa la passerelle et suivit Lupin dans la cabine du capitaine.

Elle était vaste, d'une propreté méticuleuse, et toute claire du vernis de ses lambris et de l'étincellement de ses cuivres. Lupin referma la porte et, sans préambule, presque brutalement, il dit à Sholmès :

— Que savez-vous au juste ?

— Tout.

— Tout ? précisez !

Il n'y avait plus, dans l'intonation de sa voix, cette politesse un peu ironique qu'il affectait à l'égard de l'Anglais. C'était l'accent impérieux du maître qui a l'habitude de commander et l'habitude que tout le monde plie devant lui, fût-ce un Herlock Sholmès.

Ils se mesurèrent du regard, ennemis maintenant, ennemis déclarés et frémissants. Un peu énervé, Lupin reprit :

— Voilà plusieurs fois, monsieur, que je vous rencontre sur mon chemin. C'est autant de fois de trop, et j'en ai assez de perdre mon temps à déjouer les pièges que vous me tendez. Je vous préviens donc que ma conduite avec vous dépendra de votre réponse. Que savez-vous au juste ?

— Tout, monsieur, je vous le répète.

Arsène Lupin se contint et d'un ton saccadé :

— Je vais vous le dire, moi, ce que vous savez. Vous savez que, sous le nom de Maxime Bermond, j'ai… *retouché* quinze maisons construites par M. Destange.

— Oui.

— Sur ces quinze maisons, vous en connaissez quatre.

— Oui.

— Et vous avez la liste des onze autres.

— Oui.

— Vous avez pris cette liste chez M. Destange, cette nuit sans doute.

— Oui.

— Et comme vous supposez que, parmi ces onze immeubles, il y en a fatalement un que j'ai gardé pour moi, pour mes besoins et pour ceux de mes amis, vous avez confié à Ganimard le soin de se mettre en campagne et de découvrir ma retraite.

— Non.

— Ce qui signifie ?

— Ce qui signifie que j'agis seul, et que j'allais me mettre, seul, en campagne.

— Alors, je n'ai rien à craindre, *puisque* vous êtes entre mes mains.

— Vous n'avez rien à craindre *tant que* je serai entre vos mains.

— C'est-à-dire que vous n'y resterez pas.

— Non.

Arsène Lupin se rapprocha encore de l'Anglais, et lui posant très doucement la main sur l'épaule :

— Écoutez, monsieur, je ne suis pas en humeur de discuter, et vous n'êtes pas, malheureusement pour vous, en état de me faire échec. Donc, finissons-en.

— Finissons-en.

— Vous allez me donner votre parole d'honneur de ne pas chercher à vous échapper de ce bateau avant d'être dans les eaux anglaises.

— Je vous donne ma parole d'honneur de chercher par tous les moyens à m'échapper, répondit Sholmès, indomptable.

— Mais, sapristi, vous savez pourtant que je n'ai qu'un mot à dire pour vous réduire à l'impuissance. Tous ces hommes m'obéissent aveuglément. Sur un signe de moi, ils vous mettent une chaîne au cou…

— Les chaînes se cassent.

— Et vous jettent par-dessus bord, à dix milles des côtes.

— Je sais nager.

— Bien répondu, s'écria Lupin en riant. Dieu me pardonne, j'étais en colère ! Excusez-moi, maître... et concluons. Admettez-vous que je cherche des mesures nécessaires à ma sécurité et à celle de mes amis ?

— Toutes les mesures. Mais elles sont inutiles.

— D'accord. Cependant vous ne m'en voudrez pas de les prendre.

— C'est votre devoir.

— Allons-y !

Lupin ouvrit la porte et appela le capitaine et deux matelots. Ceux-ci saisirent l'Anglais, et, après l'avoir fouillé, lui ficelèrent les jambes et l'attachèrent à la couchette du capitaine.

— Assez ! ordonna Lupin. En vérité, il faut votre obstination, monsieur, et la gravité exceptionnelle des circonstances, pour que j'ose me permettre...

Les matelots se retirèrent. Lupin dit au capitaine :

— Capitaine, un homme d'équipage restera ici, à la disposition de M. Sholmès, et vous-même lui tiendrez compagnie, autant que possible. Qu'on ait pour lui tous les égards. Ce n'est pas un prisonnier, mais un hôte. Quelle heure est-il à votre montre, capitaine ?

— Deux heures cinq.

Lupin consulta sa montre, puis une pendule accrochée à la cloison de la cabine.

— Deux heures cinq... nous sommes d'accord. Combien de temps vous faut-il pour aller à Southampton ?

— Neuf heures, sans nous presser.

— Vous en mettrez onze. Il ne faut pas que vous

touchiez terre avant le départ du paquebot qui laisse Southampton à minuit et qui arrive au Havre à huit heures du matin. Vous entendez, n'est-ce pas, capitaine ? Je me répète : comme il serait infiniment dangereux pour nous tous que monsieur revînt en France par ce bateau, il ne faut pas que vous arriviez à Southampton avant une heure du matin.

— C'est compris.

— Je vous salue, maître ! À l'année prochaine, dans ce monde ou dans l'autre !

— À demain !

Quelques minutes plus tard Sholmès entendit l'automobile qui s'éloignait, et, tout de suite, aux profondeurs de l'*Hirondelle*, la vapeur haleta plus violemment. Le bateau démarrait.

Vers trois heures on avait franchi l'estuaire de la Seine, et l'on entrait en pleine mer. À ce moment, étendu sur la couchette où il était lié, Herlock Sholmès dormait profondément.

*

Le lendemain matin, dixième et dernier jour de la guerre engagée par les deux grands rivaux, l'*Écho de France* publiait ce délicieux entrefilet :

Hier, un décret d'expulsion a été pris par Arsène Lupin contre Herlock Sholmès, détective anglais. Signifié à midi, le décret était exécuté le jour même. À une heure du matin, Sholmès a été débarqué à Southampton.

VI
LA SECONDE ARRESTATION D'ARSÈNE LUPIN

Dès huit heures, douze voitures de déménagement encombrèrent la rue Crevaux, entre l'avenue du Bois-de-Boulogne et l'avenue Bugeaud. M. Félix Davey quittait l'appartement qu'il occupait au quatrième étage du n° 8[1]. Et M. Dubreuil, expert, qui avait réuni en un seul appartement le cinquième étage de la même maison et le cinquième étage des deux maisons contiguës, expédiait le même jour – pure coïncidence, puisque ces messieurs ne se connaissaient pas – les collections de meubles pour lesquelles tant de correspondants étrangers lui rendaient quotidiennement visite.

Détail qui fut remarqué dans le quartier, mais dont on ne parla que plus tard : aucune des douze voitures ne portait le nom et l'adresse du déménageur, et aucun des hommes qui les accompagnaient ne s'attarda dans les débits avoisinants. Ils travaillèrent si bien qu'à onze heures tout était fini. Il ne restait plus rien que des monceaux de papiers et de chiffons qu'on laisse derrière soi, aux coins des chambres vides.

M. Félix Davey, jeune homme élégant, vêtu selon la mode la plus raffinée, mais qui portait à la main une canne d'entraînement dont le poids indiquait chez son possesseur un biceps peu ordinaire, Félix Davey s'en alla tranquillement et s'assit sur le banc de l'allée transversale qui coupe l'avenue du Bois, en face de la rue Pergolèse[1]. Près de lui, une femme, en tenue de petite-bourgeoise, lisait son journal, tandis qu'un enfant jouait à creuser avec sa pelle un tas de sable. Au bout d'un instant Félix Davey dit à la femme, sans tourner la tête :

— Ganimard ?

— Parti depuis ce matin, neuf heures.

— Où ?

— À la Préfecture de police.

— Seul ?

— Seul.

— Pas de dépêche, cette nuit ?

— Aucune.

— On a toujours confiance en vous dans la maison ?

— Toujours ! Je rends de petits services à Mme Ganimard, et elle me raconte tout ce que fait son mari... Nous avons passé la matinée ensemble.

— C'est bien ! Jusqu'à nouvel ordre, continuez à venir ici, chaque jour, à onze heures.

Il se leva et se rendit, près de la porte Dauphine, au Pavillon chinois[2], où il prit un repas frugal ; deux œufs, des légumes et des fruits. Puis il retourna rue Crevaux et dit à la concierge :

— Je jette un coup d'œil là-haut, et je vous rends les clefs.

Il termina son inspection par la pièce lui servant de cabinet de travail. Là, il saisit l'extrémité d'un tuyau de gaz dont le coude était articulé, et qui pendait le long de la cheminée, enleva le bouchon de cuivre qui le fermait, adapta un petit appareil en forme de cornet, et souffla.

Un léger coup de sifflet lui répondit. Portant le tuyau à sa bouche, il murmura :

— Personne, Dubreuil ?

— Personne.

— Je puis monter ?

— Oui.

Il remit le tuyau à sa place, tout en se disant :

— Jusqu'où va le progrès ? Notre siècle fourmille de petites inventions qui rendent vraiment la vie charmante et pittoresque. Et si amusante !... surtout quand on sait jouer à la vie comme moi.

Il fit pivoter une des moulures de marbre de la cheminée. La plaque de marbre elle-même bougea, et la glace qui la surmontait glissa sur d'invisibles rainures, démasquant une ouverture béante, où reposaient les premières marches d'un escalier construit dans le corps même de la cheminée ; tout cela bien propre, en fonte soigneusement astiquée et en carreaux de porcelaine blanche.

Il monta. Au cinquième étage, même orifice au-dessus de la cheminée. M. Dubreuil attendait.

— C'est fini, chez vous ?

— C'est fini.

— Tout est débarrassé ?

— Entièrement.

— Le personnel ?

— Il n'y a plus que les trois hommes de garde.

— Allons-y.

L'un après l'autre, ils montèrent par le même chemin, jusqu'à l'étage des domestiques, et débouchèrent dans une mansarde où se trouvaient trois individus, dont l'un regardait par la fenêtre.

— Rien de nouveau ?

— Rien, patron.

— La rue est calme ?

— Absolument !

— Encore dix minutes, et je pars définitivement... Vous partirez aussi. D'ici là, au moindre mouvement suspect dans la rue, avertissez-moi !

— J'ai toujours le doigt sur la sonnerie d'alarme, patron.

— Dubreuil, vous aviez recommandé à nos déménageurs de ne pas toucher aux fils de cette sonnerie ?

— Certes, elle fonctionne à merveille.

— Alors je suis tranquille.

Ces deux messieurs redescendirent jusqu'à l'appartement de Félix Davey. Et celui-ci, après avoir rajusté la moulure de marbre, s'exclama joyeusement :

— Dubreuil, je voudrais voir la tête de ceux qui découvriront tous ces admirables trucs, timbres d'avertissement, réseau de fils électriques et de tuyaux acoustiques, passages invisibles, lames de parquet qui glissent, escaliers dérobés... Une vraie machination pour féerie !

— Quelle réclame pour Arsène Lupin !

— Une réclame dont on se serait bien passé. Dommage de quitter une pareille installation. Tout est à recommencer, Dubreuil... et sur un autre modèle, évidemment, car il ne faut jamais se répéter. Peste soit du Sholmès !

— Toujours pas revenu, le Sholmès...

— Et comment ? De Southampton, un seul paquebot, celui de minuit. Du Havre, un seul train, celui de huit heures du matin qui arrive à onze heures onze. Du moment qu'il n'a pas pris le paquebot de minuit – et il ne l'a pas pris, les instructions données au capitaine étant formelles – il ne pourra être en France que ce soir, *via* Newhaven et Dieppe.

— S'il revient !

— Sholmès n'abandonne jamais la partie. Il reviendra, mais trop tard. Nous serons loin.

— Et Mlle Destange ?

— Je dois la retrouver dans une heure.

— Chez elle ?

— Oh ! non, elle ne rentrera chez elle que dans quelques jours, après la tourmente… et lorsque je n'aurai plus à m'occuper que d'elle. Mais vous, Dubreuil, il faut vous hâter. L'embarquement de tous nos colis sera long, et votre présence est nécessaire sur le quai.

— Vous êtes sûr que nous ne sommes pas surveillés ?

— Par qui ? Je ne craignais que Sholmès.

Dubreuil se retira. Félix Davey fit un dernier tour, ramassa deux ou trois lettres déchirées, puis, apercevant un morceau de craie, il le prit, dessina sur le papier sombre de la salle à manger un grand cadre, et inscrivit, ainsi que l'on fait sur une plaque commémorative :

ICI HABITA, DURANT CINQ ANNÉES,
AU DÉBUT DU VINGTIÈME SIÈCLE,
ARSÈNE LUPIN, GENTILHOMME-CAMBRIOLEUR.

Cette plaisanterie parut lui causer une vive satisfaction. Il la contempla en sifflotant un air d'allégresse, et s'écria :

— Maintenant que je suis en règle avec les historiens des générations futures, filons. Dépêchez-vous, maître Herlock Sholmès, avant trois minutes j'aurai quitté mon gîte, et votre défaite sera totale… Encore deux minutes ! vous me faites attendre, maître !… Encore une minute ! Vous ne venez pas ? Eh bien ! je proclame votre déchéance et mon apothéose. Sur quoi, je m'esquive. Adieu, royaume d'Arsène Lupin ! je ne vous verrai plus. Adieu les cinquante-cinq pièces des six appartements sur lesquels je régnais ! Adieu, ma chambrette, mon austère chambrette[1] !

Une sonnerie coupa net son accès de lyrisme, une sonnerie aiguë, rapide et stridente, qui s'interrompit deux fois, reprit deux fois et cessa. C'était la sonnerie d'alarme.

Qu'y avait-il donc ? Quel danger imprévu ? Ganimard ? Mais non...

Il fut sur le point de regagner son bureau et de s'enfuir. Mais d'abord il se dirigea du côté de la fenêtre. Personne dans la rue. L'ennemi serait-il donc déjà dans la maison ? Il écouta et crut discerner des rumeurs confuses. Sans plus hésiter, il courut jusqu'à son cabinet de travail, et, comme il en franchissait le seuil, il distingua le bruit d'une clef que l'on cherchait à introduire dans la porte du vestibule.

— Diable, murmura-t-il, il n'est que temps. Ma maison est peut-être cernée... L'escalier de service, impossible ! Heureusement que la cheminée...

Il poussa vivement la moulure ; elle ne bougea pas. Il fit un effort plus violent ; elle ne bougea pas.

Au même moment il eut l'impression que la porte s'ouvrait là-bas et que des pas résonnaient.

— Sacré nom, jura-t-il, je suis perdu si ce fichu mécanisme...

Ses doigts se convulsèrent autour de la moulure. De tout son poids il pesa. Rien ne bougea. Rien ! Par une malchance incroyable, par une méchanceté vraiment effarante du destin, le mécanisme, qui fonctionnait encore un instant auparavant, ne fonctionnait plus !

Il s'acharna, se crispa. Le bloc de marbre demeurait inerte, immuable. Malédiction ! Était-il admissible que cet obstacle stupide lui barrât le chemin ? Il frappa le marbre, il le frappa à coups de poing rageurs, il le martela, il l'injuria…

— Eh bien ! quoi, monsieur Lupin, il y a donc quelque chose qui ne marche pas comme il vous plaît ?

Lupin se retourna, secoué d'épouvante, Herlock Sholmès était devant lui.

*

Herlock Sholmès ! Il le regarda en clignant des yeux, comme gêné par une vision cruelle. Herlock Sholmès à Paris ! Herlock Sholmès qu'il avait expédié la veille en Angleterre ainsi qu'un colis dangereux, et qui se dressait en face de lui, victorieux et libre ! Ah ! pour que cet impossible miracle se fût réalisé, malgré la volonté d'Arsène Lupin, il fallait un bouleversement des lois naturelles, le triomphe de tout ce qui est illogique et anormal ! Herlock Sholmès en face de lui !

Et l'Anglais prononça, ironique à son tour, et plein de cette politesse dédaigneuse avec laquelle son adversaire l'avait si souvent cinglé :

— Monsieur Lupin, je vous avertis qu'à partir de cette minute, je ne penserai plus jamais à la nuit que vous m'avez fait passer dans l'hôtel du baron d'Hautrec, plus jamais aux mésaventures de mon ami Wilson, plus jamais à mon enlèvement en automobile et non plus à ce voyage que je viens d'accomplir, ficelé par vos ordres sur une couchette peu confortable. Cette minute efface tout. Je ne me souviens plus de rien. Je suis payé. Je suis royalement payé.

Lupin garda le silence. L'Anglais reprit :

— N'est-ce pas votre avis ?

Il avait l'air d'insister comme s'il eût réclamé un acquiescement, une sorte de quittance à l'égard du passé.

Après un instant de réflexion, durant lequel l'Anglais se sentit pénétré, scruté jusqu'au plus profond de son âme, Lupin déclara :

— Je suppose, monsieur, que votre conduite actuelle s'appuie sur des motifs sérieux ?

— Extrêmement sérieux.

— Le fait d'avoir échappé à mon capitaine et à mes matelots n'est qu'un incident secondaire de notre lutte. Mais le fait d'être ici, devant moi, seul, vous entendez, *seul* en face d'Arsène Lupin, me donne à croire que votre revanche est aussi complète que possible.

— Aussi complète que possible.

— Cette maison ?

— Cernée.

— Les deux maisons voisines ?

— Cernées.

— L'appartement au-dessus de celui-ci ?

— Les *trois* appartements du cinquième que M. Dubreuil occupait, cernés.

— De sorte que…

— De sorte que vous êtes pris, monsieur Lupin, irrémédiablement pris.

Les mêmes sentiments qui avaient agité Sholmès au cours de sa promenade en automobile, Lupin les éprouva, la même fureur concentrée, la même révolte – mais aussi, en fin de compte, la même loyauté le courba sous la force des choses. Tous deux également puissants, ils devaient pareillement accepter la défaite comme un mal provisoire auquel on doit se résigner.

— Nous sommes quittes, monsieur, dit-il nettement.

L'Anglais sembla ravi de cet aveu. Ils se turent. Puis Lupin reprit, déjà maître de lui et souriant :

— Et je n'en suis pas fâché ! Cela devenait fastidieux de gagner à tous coups. Je n'avais qu'à allonger le bras pour vous atteindre en pleine poitrine. Cette fois, j'y suis. Touché, maître !

Il riait de bon cœur.

— Enfin on va se divertir ! Lupin est dans la souricière ?... Quelle aventure !... Ah ! maître, je vous dois une rude émotion. C'est cela, la vie !

Il se pressa les tempes de ses deux poings fermés, comme pour comprimer la joie désordonnée qui bouillonnait en lui, et il avait aussi des gestes d'enfant qui décidément s'amuse au-delà de ses forces. Enfin, il s'approcha de l'Anglais.

— Et maintenant qu'attendez-vous ?

— Ce que j'attends ?

— Oui, Ganimard est là, avec ses hommes. Pourquoi n'entre-t-il pas ?

— Je l'ai prié de ne pas entrer.

— Et il a consenti ?

— Je n'ai requis ses services qu'à la condition formelle qu'il se laisserait guider par moi. D'ailleurs il croit que M. Félix Davey n'est qu'un complice de Lupin !

— Alors je répète ma question sous une autre forme. Pourquoi êtes-vous entré seul ?

— J'ai voulu d'abord vous parler.

— Ah ! Ah ! vous avez à me parler.

Cette idée parut plaire singulièrement à Lupin. Il y a de telles circonstances où l'on préfère de beaucoup les paroles aux actes.

— Monsieur Sholmès, je regrette de n'avoir point de fauteuil à vous offrir. Cette vieille caisse à moitié brisée vous agrée-t-elle ? ou bien le rebord de cette fenêtre ? Je suis sûr qu'un verre de bière serait le bienvenu… Brune ou blonde ?… Mais asseyez-vous, je vous en prie.

— Inutile. Causons.

— J'écoute.

— Je serai bref. Le but de mon séjour en France n'était pas votre arrestation. Si j'ai été amené à vous poursuivre, c'est qu'aucun autre moyen ne se présentait d'arriver à mon véritable but.

— Qui était ?

— De retrouver le diamant bleu !

— Le diamant bleu !

— Certes, puisque celui qu'on a découvert dans le flacon du consul Bleichen n'était pas le vrai.

— En effet. Le vrai fut expédié par la Dame blonde, je le fis copier exactement, et comme, alors, j'avais des projets sur les autres bijoux de la comtesse, et que le consul Bleichen était déjà suspect, la susdite Dame blonde, pour n'être point soupçonnée à son tour, glissa le faux diamant dans les bagages du susdit consul.

— Tandis que vous, vous gardiez le vrai.

— Bien entendu.

— Ce diamant-là, il me le faut.

— Impossible. Mille regrets.

— Je l'ai promis à la comtesse de Crozon. Je l'aurai.

— Comment l'aurez-vous, puisqu'il est en ma possession ?

— Je l'aurai précisément *parce qu'il* est en votre possession.

— Je vous le rendrai donc ?

— Oui.

— Volontairement ?

— Je vous l'achète.

Lupin eut un accès de gaieté.

— Vous êtes bien de votre pays. Vous traitez ça comme une affaire.

— C'est une affaire.

— Et que m'offrez-vous ?

— La liberté de Mlle Destange.

— Sa liberté ? Mais je ne sache pas qu'elle soit en état d'arrestation.

— Je fournirai à M. Ganimard les indications nécessaires. Privée de votre protection, elle sera prise elle aussi.

Lupin s'esclaffa de nouveau.

— Cher monsieur, vous m'offrez ce que vous n'avez pas. Mlle Destange est en sûreté et ne craint rien. Je demande autre chose.

L'Anglais hésita, visiblement embarrassé, un peu de rouge aux pommettes. Puis, brusquement, il mit la main sur l'épaule de son adversaire :

— Et si je vous proposais...

— Ma liberté ?

— Non... mais enfin je puis sortir de cette pièce, me concerter avec M. Ganimard...

— Et me laisser réfléchir ?

— Oui.

— Eh ! mon Dieu, à quoi cela me servira-t-il ? Ce satané mécanisme ne fonctionne plus, dit Lupin en poussant avec irritation la moulure de la cheminée.

Il étouffa un cri de stupéfaction : cette fois, caprice des choses, retour inespéré de la chance, le bloc de marbre avait bougé sous ses doigts !

C'était le salut, l'évasion possible. En ce cas, à quoi bon se soumettre aux conditions de Sholmès ?

Il marcha de droite et de gauche, comme s'il méditait sa réponse. Puis, à son tour, il posa sa main sur l'épaule de l'Anglais.

— Tout bien pesé, monsieur Sholmès, j'aime mieux faire mes petites affaires seul.

— Cependant…

— Non, je n'ai besoin de personne.

— Quand Ganimard vous tiendra, ce sera fini. On ne vous lâchera pas.

— Qui sait !

— Voyons, c'est de la folie. Toutes les issues sont occupées.

— Il en reste une.

— Laquelle ?

— *Celle que je choisirai.*

— Des mots ! Votre arrestation peut être considérée comme effectuée.

— Elle ne l'est pas.

— Alors ?

— Alors, je garde le diamant bleu.

Sholmès tira sa montre.

— Il est trois heures moins dix. À trois heures j'appelle Ganimard.

— Nous avons donc dix minutes devant nous pour bavarder. Profitons-en, monsieur Sholmès, et, pour satisfaire la curiosité qui me dévore, dites-moi comment vous vous êtes procuré mon adresse et mon nom de Félix Davey.

Tout en surveillant attentivement Lupin dont la bonne humeur l'inquiétait, Sholmès se prêta volontiers à cette petite explication où son amour-propre trouvait son compte, et repartit :

— Votre adresse ? Je la tiens de la Dame blonde.

— Clotilde !

— Elle-même. Rappelez-vous… hier matin… quand j'ai voulu l'enlever en automobile, elle a téléphoné à sa couturière.

— En effet.

— Eh bien ! j'ai compris plus tard que la couturière, c'était vous. Et, dans le bateau, cette nuit, par un effort de mémoire, qui est peut-être une des choses dont il me sera permis de tirer vanité, je suis parvenu à reconstituer les deux derniers chiffres de votre numéro de téléphone… 73. De la sorte, possédant la liste de vos maisons « retouchées », il m'a été facile, dès mon arrivée à Paris, ce matin à onze heures, de chercher et de découvrir dans l'annuaire du téléphone le nom et l'adresse de M. Félix Davey. Ce nom et cette adresse connus, j'ai demandé l'aide de M. Ganimard.

— Admirable ! de premier ordre ! Je n'ai qu'à m'incliner. Mais ce que je ne saisis pas, c'est que vous ayez pris le train du Havre. Comment avez-vous fait pour vous évader de l'*Hirondelle* ?

— Je ne me suis pas évadé.

— Cependant…

— Vous aviez donné l'ordre au capitaine de n'arriver à Southampton qu'à une heure du matin. On m'a débarqué à minuit. J'ai donc pu prendre le paquebot du Havre.

— Le capitaine m'aurait trahi ? C'est inadmissible.

— Il ne vous a pas trahi.

— Alors ?

— C'est sa montre.

— Sa montre ?

— Oui, sa montre que j'ai avancée d'une heure.

— Comment ?

— Comme on avance une montre, en tournant le remontoir. Nous causions, assis l'un près de l'autre, je lui racontais des histoires qui l'intéressaient… Ma foi, il ne s'est aperçu de rien.

— Bravo, bravo, le tour est joli, je le retiens. Mais la pendule, qui était accrochée à la cloison de sa cabine ?

— Ah ! la pendule, c'était plus difficile, j'avais les jambes liées, mais le matelot qui me gardait pendant les absences du capitaine a bien voulu donner un coup de pouce aux aiguilles.

— Lui ? allons donc ! il a consenti ?...

— Oh ! il ignorait l'importance de son acte ! Je lui ai dit qu'il me fallait à tout prix prendre le premier train pour Londres, et... il s'est laissé convaincre.

— Moyennant...

— Moyennant un petit cadeau... que l'excellent homme d'ailleurs a l'intention de vous transmettre loyalement.

— Quel cadeau ?

— Presque rien.

— Mais encore ?

— Le diamant bleu.

— Le diamant bleu !

— Oui, le faux, celui que vous avez substitué au diamant de la comtesse, et qu'elle m'a confié...

Ce fut une explosion de rire, soudaine et tumultueuse. Lupin se pâmait, les yeux mouillés de larmes.

— Dieu, que c'est drôle ! Mon faux diamant repassé au matelot ! Et la montre du capitaine ! Et les aiguilles de la pendule !...

Jamais encore Sholmès n'avait senti la lutte aussi violente entre Lupin et lui. Avec son instinct prodigieux, il devinait, sous cette gaieté excessive, une concentration de pensée formidable, comme un ramassement de toutes les facultés.

Peu à peu Lupin s'était rapproché. L'Anglais recula et, distraitement, glissa les doigts dans la poche de son gousset.

— Il est trois heures, M. Lupin.

— Trois heures déjà ? Quel dommage !... On s'amusait tellement !...

— J'attends votre réponse.

— Ma réponse ? Mon Dieu ! que vous êtes exigeant ! Alors c'est la fin de la partie que nous jouons. Et comme enjeu, ma liberté !

— Ou le diamant bleu.

— Soit… Jouez le premier. Que faites-vous ?

— Je marque le roi, dit Sholmès, en jetant un coup de revolver.

— Et moi le *point*, riposta Arsène en lançant son poing vers l'Anglais.

Sholmès avait tiré en l'air, pour appeler Ganimard dont l'intervention lui semblait urgente. Mais le poing d'Arsène jaillit droit à l'estomac de Sholmès qui pâlit et chancela. D'un bond, Lupin sauta jusqu'à la cheminée, et déjà la plaque de marbre s'ébranlait… Trop tard ! La porte s'ouvrit.

— Rendez-vous, Lupin sinon…

Ganimard, posté sans doute plus près que Lupin n'avait cru, Ganimard était là, le revolver braqué sur lui. Et derrière Ganimard, dix hommes, vingt hommes se bousculaient, de ces gaillards solides et sans scrupules, qui l'eussent abattu comme un chien au moindre signe de résistance.

Il fit un geste, très calme.

— Bas les pattes, je me rends.

Et il croisa ses bras sur sa poitrine.

*

Il y eut comme une stupeur. Dans la pièce dégarnie de ses meubles et de ses tentures, les paroles d'Arsène Lupin se prolongeaient ainsi qu'un écho. « Je me rends ! » Paroles incroyables ! On s'attendait à ce qu'il s'évanouît soudain par une trappe, ou qu'un pan de mur s'écroulât devant lui et le dérobât une fois de plus à ses agresseurs. Et il se rendait !

Ganimard s'avança et, très ému, avec toute la gravité que comportait un tel acte, lentement, il étendait la main sur son adversaire, et il eut la jouissance infinie de prononcer :

— Je vous arrête, Lupin.

— Brrrr, frissonna Lupin, tu m'impressionnes, mon bon Ganimard. Quelle mine lugubre ! On dirait que tu parles sur la tombe d'un ami. Voyons, ne prends pas ces airs d'enterrement.

— Je vous arrête.

— Et ça t'épate ? Au nom de la loi dont tu es le fidèle exécuteur, Ganimard, inspecteur principal, arrête le méchant Lupin. Minute historique, et dont tu saisis toute l'importance… Et c'est la seconde fois que pareil fait se produit. Bravo Ganimard, tu iras loin dans la carrière !

Et il offrit ses poignets au cabriolet d'acier[1]…

Ce fut un événement qui s'accomplit d'une manière un peu solennelle. Les agents, malgré leur brusquerie ordinaire et l'âpreté de leur ressentiment contre Lupin, agissaient avec réserve, étonnés qu'il leur fût permis de toucher à cet être intangible.

— Mon pauvre Lupin, soupira-t-il, que diraient tes amis du noble faubourg[2] s'ils te voyaient humilié de la sorte !

Il écarta les poignets avec un effort progressif et continu de tous ses muscles. Les veines de son front se gonflèrent. Les maillons de la chaîne pénétrèrent dans sa peau.

— Allons-y, fit-il.

La chaîne sauta, brisée.

— Une autre, camarade, celle-ci ne vaut rien.

On lui en passa deux. Il approuva :

— À la bonne heure ! vous ne sauriez prendre trop de précautions.

Puis, comptant les agents :

— Combien êtes-vous, mes amis ? Vingt-cinq ? Trente ? C'est beaucoup… Rien à faire. Ah ! si vous n'aviez été que quinze !

Il avait vraiment de l'allure, une allure de grand acteur qui joue son rôle d'instinct et de verve, avec impertinence et légèreté. Sholmès le regardait, comme on regarde un beau spectacle dont on sait apprécier toutes les beautés et toutes les nuances. Et vraiment il eut cette impression bizarre que la lutte était égale entre ces trente hommes d'un côté, soutenus par tout l'appareil formidable de la justice, et de l'autre côté, cet être seul, sans armes et enchaîné. Les deux partis se valaient.

— Eh bien ! maître, lui dit Lupin, voilà votre œuvre. Grâce à vous, Lupin va pourrir sur la paille humide des cachots. Avouez que cette conscience n'est pas absolument tranquille, et que le remords vous ronge ?

Malgré lui l'Anglais haussa les épaules, avec l'air de dire : « Il ne tenait qu'à vous… »

— Jamais ! Jamais ! s'écria Lupin… Vous rendre le diamant bleu ? Ah ! non, il m'a coûté trop de peine déjà. J'y tiens. Lors de la première visite que j'aurai l'honneur de vous faire à Londres, le mois prochain sans doute, je vous dirai les raisons… Mais serez-vous à Londres, le mois prochain ? Préférez-vous Vienne ? Saint-Pétersbourg ?

Il sursauta. Au plafond, soudain, résonnait un timbre. Et ce n'était plus la sonnerie d'alarme, mais l'appel du téléphone, dont les fils aboutissaient à son bureau, entre les deux fenêtres, et dont l'appareil n'avait pas été enlevé.

Le téléphone ! Ah ! qui donc allait tomber dans le piège que tendait un abominable hasard ! Arsène Lupin eut un mouvement de rage vers l'appareil, comme s'il avait voulu le briser, le réduire en miettes, et, par là même, étouffer la voix mystérieuse qui demandait à lui parler. Mais Ganimard décrocha le récepteur et se pencha.

— Allô... allô... le numéro 648-73... oui, c'est ici[1].

Vivement, avec autorité, Sholmès l'écarta, saisit les deux récepteurs et appliqua son mouchoir sur la plaque pour rendre plus indistinct le son de sa voix.

À ce moment il leva les yeux sur Lupin. Et le regard qu'ils échangèrent leur prouva que la même pensée les avait frappés tous deux et que tous deux ils prévoyaient jusqu'aux dernières conséquences de cette hypothèse possible, probable, presque certaine : c'était la Dame blonde qui téléphonait. Elle croyait téléphoner à Félix Davey, ou plutôt à Maxime Bermond, et c'est à Sholmès qu'elle allait se confier !

Et l'Anglais scanda :

— Allô !... allô !...

Un silence, et Sholmès :

— Oui, c'est moi, Maxime.

Tout de suite le drame se dessinait, avec une précision tragique. Lupin, l'indomptable et railleur Lupin, ne songeait même pas à cacher son anxiété, et, la figure pâlie d'angoisse, il s'efforçait d'entendre, de deviner. Et Sholmès continuait, en réponse à la voix mystérieuse :

— Allô !... allô !... Mais oui, tout est terminé, et je m'apprêtais justement à vous rejoindre, comme il était convenu... Où ?... Mais à l'endroit où vous êtes. Ne croyez-vous pas que c'est encore là...

Il hésitait, cherchant ses mots, puis il s'arrêta. Il était clair qu'il tâchait d'interroger la jeune fille sans trop s'avancer lui-même et qu'il ignorait absolument où elle se trouvait. En outre, la présence de Ganimard semblait le gêner... Ah ! si quelque miracle avait pu couper le fil de cet entretien diabolique ! Lupin l'appelait de toutes ses forces, de tous ses nerfs tendus !

Et Sholmès prononça :

— Allô !... allô !... Vous n'entendez pas ?... Moi non plus... très mal... c'est à peine si je distingue... Vous écoutez ? Eh bien ! voilà... en réfléchissant... il est préférable que vous rentriez chez vous... – Quel danger ? Aucun... – Mais il est en Angleterre ! j'ai reçu une dépêche de Southampton, me confirmant son arrivée.

L'ironie de ces mots ! Sholmès les articula avec un bien-être inexprimable. Et il ajouta :

— Ainsi donc, ne perdez pas de temps, chère amie, je vous rejoins.

Il accrocha les récepteurs.

— Monsieur Ganimard, je vous demanderai trois de vos hommes.

— C'est pour la Dame blonde, n'est-ce pas ?

— Oui.

— Vous savez qui c'est, où elle est ?

— Oui.

— Bigre ! jolie capture. Avec Lupin... la journée est complète. Folenfant, emmenez deux hommes, et accompagnez monsieur.

L'Anglais s'éloigna, suivi des trois agents.

C'était fini. La Dame blonde, elle aussi, allait tomber au pouvoir de Sholmès. Grâce à son admirable obstination, grâce à la complicité d'événements heureux, la bataille s'achevait pour lui en victoire, pour Lupin, en désastre irréparable.

— Monsieur Sholmès.

L'Anglais s'arrêta.

— Monsieur Lupin ?

Lupin semblait profondément ébranlé par ce dernier coup. Des rides creusaient son front. Il était las et sombre. Il se redressa pourtant en un sursaut d'énergie. Et malgré tout, allègre, dégagé, il s'écria :

— Vous conviendrez que le sort s'acharne après moi. Tout à l'heure, il m'empêche de m'évader par cette cheminée et me livre à vous. Cette fois, il se sert du téléphone pour vous faire cadeau de la Dame blonde. Je m'incline devant vos ordres.

— Ce qui signifie ?

— Ce qui signifie que je suis prêt à rouvrir les négociations.

Sholmès prit à part l'inspecteur et sollicita, d'un ton d'ailleurs qui n'admettait point de réplique, l'autorisation d'échanger quelques paroles avec Lupin. Puis il revint vers celui-ci. Colloque suprême ! Il s'engagea sur un ton sec et nerveux.

— Que voulez-vous ?

— La liberté de Mlle Destange.

— Vous savez le prix ?

— Oui.

— Et vous acceptez ?

— J'accepte toutes vos conditions.

— Ah ! fit l'Anglais, étonné… mais… vous avez refusé… pour vous…

— Il s'agissait de moi, monsieur Sholmès. Maintenant il s'agit d'une femme… et d'une femme que j'aime. En France, voyez-vous, nous avons des idées très particulières sur ces choses-là. Et ce n'est pas parce qu'on s'appelle Lupin que l'on agit différemment… Au contraire !

Il dit cela très simplement. Sholmès eut une imperceptible inclinaison de la tête et murmura :

— Alors le diamant bleu ?

— Prenez ma canne, là, au coin de la cheminée. Serrez d'une main la pomme, et, de l'autre, tournez la virole de fer qui termine l'extrémité du bâton.

Sholmès prit la canne et tourna la virole, et, tout en tournant, il s'aperçut que la pomme se dévissait. À l'intérieur de cette pomme se trouvait une boule de mastic. Dans cette boule un diamant.

Il l'examina. C'était le diamant bleu.

— Mlle Destange est libre, monsieur Lupin.

— Libre dans l'avenir comme dans le présent ? Elle n'a rien à craindre de vous ?

— Ni de personne.

— Quoi qu'il arrive ?

— Quoi qu'il arrive. Je ne sais plus son nom ni son adresse.

— Merci. Et au revoir. Car on se reverra, n'est-ce pas, monsieur Sholmès ?

— Je n'en doute pas.

Il y eut entre l'Anglais et Ganimard une explication assez agitée à laquelle Sholmès coupa court avec une certaine brusquerie.

— Je regrette beaucoup, M. Ganimard, de n'être point de votre avis. Mais je n'ai pas le temps de vous convaincre. Je pars pour l'Angleterre dans une heure.

— Cependant… la Dame blonde ?…

— Je ne connais pas cette personne.

— Il n'y a qu'un instant…

— C'est à prendre ou à laisser. Je vous ai déjà livré Lupin. Voici le diamant bleu… que vous aurez le plaisir de remettre vous-même à la comtesse de Crozon. Il me semble que vous n'avez pas à vous plaindre.

— Mais la Dame blonde ?

— Trouvez-la.

Il enfonça son chapeau sur sa tête et s'en alla rapidement, comme un monsieur qui n'a pas coutume de s'attarder lorsque ses affaires sont finies.

*

— Bon voyage, maître, cria Lupin. Et croyez bien que je n'oublierai jamais les relations cordiales que nous avons entretenues. Mes amitiés à M. Wilson.

Il n'obtint aucune réponse et ricana :

— C'est ce qui s'appelle filer à l'anglaise. Ah ! ce digne insulaire ne possède pas cette fleur de courtoisie par laquelle nous nous distinguons. Pensez un peu, Ganimard, à la sortie qu'un Français eût effectuée en de pareilles circonstances ! Sous quels raffinements de politesse il eût masqué son triomphe !... Mais, Dieu me pardonne, Ganimard, que faites-vous ? Allons bon, une perquisition ! Mais il n'y a plus rien, mon pauvre ami, plus un papier. Mes archives sont en lieu sûr.

— Qui sait ! Qui sait !

Lupin se résigna. Tenu par deux inspecteurs, entouré par tous les autres, il assista patiemment aux diverses opérations. Mais au bout de vingt minutes il soupira :

— Vite, Ganimard, vous n'en finissez pas.

— Vous êtes donc bien pressé ?

— Si je suis pressé, un rendez-vous urgent !

— Au Dépôt ?

— Non, en ville.

— Bah ! et à quelle heure ?

— À deux heures.

— Il en est trois.

— Justement, je serai en retard, et il n'est rien que je déteste comme d'être en retard.

— Me donnez-vous cinq minutes ?

— Pas une de plus.

— Trop aimable… je vais tâcher…

— Ne parlez pas tant… Encore ce placard ? Mais il est vide !

— Cependant voici des lettres.

— De vieilles factures !

— Non, un paquet attaché par une faveur.

— Une faveur rose ? Oh ! Ganimard, ne dénouez pas, pour l'amour du ciel !

— C'est d'une femme ?

— Oui.

— Une femme du monde ?

— Du meilleur.

— Son nom ?

— Mme Ganimard.

— Très drôle ! très drôle ! s'écria l'inspecteur d'un ton pincé.

À ce moment, les hommes envoyés dans les autres pièces annoncèrent que les perquisitions n'avaient abouti à aucun résultat. Lupin se mit à rire.

— Parbleu ! est-ce que vous espériez découvrir la liste de mes camarades, ou la preuve de mes relations avec l'empereur d'Allemagne[1] ? Ce qu'il faudrait chercher, Ganimard, ce sont les petits mystères de cet appartement. Ainsi ce tuyau de gaz est un tuyau acoustique. Cette cheminée contient un escalier. Cette muraille est creuse. Et l'enchevêtrement des sonneries ! Tenez, Ganimard, pressez ce bouton…

Ganimard obéit.

— Vous n'entendez rien ? interrogea Lupin.

— Non.

— Moi non plus. Pourtant vous avez averti le commandant de mon parc aérostatique de préparer le ballon dirigeable qui va nous enlever bientôt dans les airs.

— Allons, dit Ganimard, qui avait terminé son inspection, assez de bêtises, et en route !

Il fit quelques pas, les hommes le suivirent.

Lupin ne bougea pas d'une semelle.

Ses gardiens le poussèrent. En vain.

— Eh bien ! dit Ganimard, vous refusez de marcher ?

— Pas du tout.

— En ce cas…

— Mais ça dépend.

— De quoi ?

— De l'endroit où vous me conduirez.

— Au Dépôt, parbleu.

— Alors je ne marche pas. Je n'ai rien à faire au Dépôt.

— Mais vous êtes fou ?

— N'ai-je pas eu l'honneur de vous prévenir que j'avais un rendez-vous urgent ?

— Lupin !

— Comment, Ganimard, la Dame blonde attend ma visite, et vous me supposez assez grossier pour la laisser dans l'inquiétude ? Ce serait indigne d'un galant homme.

— Écoutez, Lupin, dit l'inspecteur que ce persiflage commençait à irriter, j'ai eu pour vous des prévenances excessives. Mais il y a des limites. Suivez-moi.

— Impossible. J'ai un rendez-vous, je serai à ce rendez-vous.

— Une dernière fois ?

— Im-pos-si-ble.

Ganimard fit un signe. Deux hommes enlevèrent Lupin sous les bras. Mais ils le lâchèrent aussitôt avec un gémissement de douleur : de ses deux mains Arsène Lupin leur enfonçait dans la chair deux longues aiguilles.

Fous de rage, les autres se précipitèrent, leur haine enfin déchaînée, brûlants de venger leurs camarades et de se venger eux-mêmes de tant d'affronts, et ils frappèrent, et ils cognèrent à l'envi. Un coup plus violent l'atteignit à la tempe. Il tomba.

— Si vous l'abîmez, grogna Ganimard, furieux, vous aurez affaire à moi.

Il se pencha, prêt à le soigner. Mais, ayant constaté qu'il respirait librement, il ordonna qu'on le prît par les pieds et par la tête, tandis que lui-même le soutiendrait par les reins.

— Allez doucement surtout !... pas de secousses... Ah ! les brutes, ils me l'auraient tué. Eh ! Lupin, comment ça va ?

Lupin ouvrait les yeux. Il balbutia :

— Pas chic, Ganimard... vous m'avez laissé démolir.

— C'est de votre faute, nom d'un chien, avec votre entêtement ! répondit Ganimard, désolé... Mais vous ne souffrez pas ?

On arrivait au palier. Lupin gémit.

— Ganimard... l'ascenseur... Ils vont me casser les os...

— Bonne idée, excellente idée, approuva Ganimard. D'ailleurs, l'escalier est si étroit... il n'y aurait pas moyen...

Il fit monter l'ascenseur. On installa Lupin sur le siège avec toutes sortes de précautions. Ganimard prit place auprès de lui et dit à ses hommes :

— Descendez en même temps que nous. Vous m'attendrez devant la loge du concierge. C'est convenu ?

Il tira la porte. Mais elle n'était pas fermée que des cris jaillirent. D'un bond, l'ascenseur s'était élevé comme un ballon dont on a coupé le câble. Un éclat de rire retentit, sardonique.

— Nom de D…, hurla Ganimard, cherchant frénétiquement dans l'ombre le bouton de descente.

Et comme il ne trouvait pas, il cria :

— Le cinquième ! gardez la porte du cinquième.

Quatre à quatre les agents grimpèrent l'escalier. Mais il se produisit ce fait étrange : l'ascenseur sembla crever le plafond du dernier étage, disparut aux yeux des agents, émergea soudain à l'étage supérieur, celui des domestiques, et s'arrêta. Trois hommes guettaient qui ouvrirent la porte. Deux d'entre eux maîtrisèrent Ganimard, lequel, gêné dans ses mouvements abasourdis, ne songeait guère à se défendre. Le troisième emporta Lupin.

— Je vous avais prévenu, Ganimard… l'enlèvement en ballon… et grâce à vous ! Une autre fois, soyez moins compatissant. Et surtout rappelez-vous qu'Arsène Lupin ne se laisse pas frapper et mettre à mal sans des raisons sérieuses. Adieu…

La cabine était déjà refermée et l'ascenseur, avec Ganimard, réexpédié vers les étages inférieurs. Et tout cela s'exécuta si rapidement que le vieux policier rattrapa les agents près de la loge de la concierge.

Sans même se donner le mot, ils traversèrent la cour en toute hâte et remontèrent l'escalier de service, seul moyen d'arriver à l'étage des domestiques par où l'évasion s'était produite.

Un long couloir à plusieurs coudes, et bordé de petites chambres numérotées, conduisait à une porte que l'on avait simplement repoussée. De l'autre côté de cette porte, et par conséquent dans une autre maison, partait un autre couloir, également à angles brisés et bordé de chambres semblables. Tout au bout, un escalier de service. Ganimard le descendit, traversa une cour, un vestibule et s'élança dans une rue, la rue Picot[1]. Alors il comprit : les deux maisons, bâties en profondeur, se touchaient, et leurs façades donnaient sur deux rues, non point perpendiculaires, mais parallèles, et distantes l'une de l'autre de plus de soixante mètres.

Il entra dans la loge de la concierge et, montrant sa carte :

— Quatre hommes viennent de passer ?

— Oui, les deux domestiques du quatrième et du cinquième, et deux amis.

— Qui est-ce qui habite au quatrième et au cinquième ?

— Ces messieurs Fauvel et leurs cousins Provost... Ils ont déménagé aujourd'hui. Il ne restait que ces deux domestiques... Ils viennent de partir.

— Ah ! pensa Ganimard, qui s'effondra sur un canapé de la loge, quel beau coup nous avons manqué ! Toute la bande occupait ce pâté de maisons.

*

Quarante minutes plus tard, deux messieurs arrivaient en voiture à la gare du Nord et se hâtaient vers le rapide de Calais, suivis d'un homme d'équipe qui portait leurs valises.

L'un d'eux avait le bras en écharpe, et sa figure pâle n'offrait pas l'apparence de la bonne santé. L'autre semblait joyeux.

— Au galop, Wilson, il ne s'agit pas de manquer le train... Ah ! Wilson, je n'oublierai jamais ces dix jours.

— Moi non plus.

— Ah ! ces belles batailles !

— Superbes !

— À peine, çà et là, quelques petits ennuis…

— Bien petits.

— Et finalement, le triomphe sur toute la ligne. Lupin arrêté ! Le diamant bleu reconquis !

— Mon bras cassé !

— Quand il s'agit de pareilles satisfactions, qu'importe un bras cassé !

— Surtout le mien.

— Eh oui ! Rappelez-vous, Wilson, c'est au moment même où vous entriez chez le pharmacien, en train de souffrir comme un héros, que j'ai découvert le fil qui m'a conduit dans les ténèbres.

— Quelle heureuse chance !

Des portières se fermaient.

— En voiture, s'il vous plaît. Pressons-nous, messieurs.

L'homme d'équipe escalada les marches d'un compartiment vide et disposa les valises dans le filet, tandis que Sholmès hissait l'infortuné Wilson.

— Mais qu'avez-vous, Wilson ? Vous n'en finissez pas !… Du nerf, vieux camarade…

— Ce n'est pas le nerf qui me manque.

— Mais quoi ?

— Je n'ai qu'une main de disponible.

— Et après ! s'exclama joyeusement Sholmès… En voilà des histoires. On croirait qu'il n'y a que vous dans cet état ! Et les manchots ? les vrais manchots ? Allons, ça y est-il, ce n'est pas dommage.

Il tendit à l'homme d'équipe une pièce de cinquante centimes.

— Bien, mon ami. Voici pour vous.

— Merci, monsieur Sholmès.

L'Anglais leva les yeux : Arsène Lupin.

— Vous !... vous ! balbutia-t-il, ahuri.

Et Wilson bégaya, en brandissant son unique main avec des gestes de quelqu'un qui démontre un fait :

— Vous ! vous ! mais vous êtes arrêté ! Sholmès me l'a dit. Quand il vous a quitté, Ganimard et ses trente agents vous entouraient...

— Alors vous avez supposé que je vous laisserais partir sans vous dire adieu ? Après les excellents rapports d'amitié que nous n'avons jamais cessé d'avoir les uns avec les autres ! Mais ce serait de la dernière incorrection. Pour qui me prenez-vous ?

Le train sifflait.

— Enfin, je vous pardonne... Mais avez-vous ce qu'il vous faut ? Du tabac, des allumettes... Oui... Et les journaux du soir ? Vous y trouverez des détails sur mon arrestation, votre dernier exploit, maître. Et maintenant, au revoir, et enchanté d'avoir fait votre connaissance... enchanté vraiment !... Et si vous avez besoin de moi, je serai trop heureux...

Il sauta sur le quai et referma la portière...

— Adieu, fit-il encore, en agitant son mouchoir. Adieu... je vous écrirai... Vous aussi, n'est-ce pas ? Et votre bras cassé, monsieur Wilson ? J'attends de vos nouvelles à tous deux... Une carte postale de temps à autre... Comme adresse : Lupin, Paris... C'est suffisant... Inutile d'affranchir... Adieu... À bientôt...

La lampe juive

Deuxième épisode

I

Herlock Sholmès et Wilson étaient assis à droite et à gauche de la grande cheminée, les pieds allongés vers un confortable feu de coke[1].

La pipe de Sholmès, une courte bruyère à virole d'argent, s'éteignit. Il en vida les cendres, la bourra de nouveau, l'alluma, ramena sur ses genoux les pans de sa robe de chambre, et sortit de sa pipe de longues bouffées qu'il s'ingéniait à lancer au plafond en petits anneaux de fumée.

Wilson le regardait. Il le regardait comme le chien couché en cercle sur le tapis du foyer regarde son maître, avec des yeux ronds, sans battements de paupières, des yeux qui n'ont d'autre espoir que de refléter le geste attendu. Le maître allait-il rompre le silence ? Allait-il lui révéler le secret de sa songerie actuelle et l'admettre dans le royaume de la méditation dont il semblait à Wilson que l'entrée lui était interdite ?

Sholmès se taisait.

Wilson risqua :

— Les temps sont calmes. Pas une affaire à nous mettre sous la dent.

Sholmès se tut de plus en plus violemment, mais

ses anneaux de fumée étaient de mieux en mieux réussis, et tout autre que Wilson eût observé qu'il en tirait cette profonde satisfaction que nous donnent ces menus succès d'amour-propre, aux heures où le cerveau est complètement vide de pensées.

Wilson, découragé, se leva et s'approcha de la fenêtre.

La triste rue s'étendait entre les façades mornes des maisons, sous un ciel noir d'où tombait une pluie méchante et rageuse. Un cab passa, un autre cab. Wilson en inscrivit les numéros sur son calepin. Sait-on jamais ?

— Tiens, s'écria-t-il, le facteur.

L'homme entra, conduit par le domestique.

— Deux lettres recommandées, monsieur... si vous voulez signer ?

Sholmès signa le registre, accompagna l'homme jusqu'à la porte et revint tout en décachetant l'une des lettres.

— Vous avez l'air tout heureux, nota Wilson au bout d'un instant.

— Cette lettre contient une proposition fort intéressante. Vous qui réclamiez une affaire, en voici une. Lisez...

Wilson lut :

MONSIEUR,

Je viens vous demander le secours de votre expérience. J'ai été victime d'un vol important, et les recherches effectuées jusqu'ici ne semblent pas devoir aboutir.

Je vous envoie par ce courrier un certain nombre de journaux qui vous renseigneront sur cette affaire, et, s'il vous agrée de la poursuivre, je mets mon hôtel à votre disposition et vous prie d'inscrire sur le chèque ci-inclus, signé de moi, la somme qu'il vous plaira de fixer pour vos frais de déplacement.

Veuillez avoir l'obligeance de me télégraphier votre réponse, et croyez, Monsieur, à l'assurance de mes sentiments de haute considération.

BARON VICTOR D'IMBLEVALLE,
18, rue Murillo[1].

— Hé ! Hé ! fit Sholmès, voilà qui s'annonce à merveille… un petit voyage à Paris, ma foi ! pourquoi pas. Depuis mon fameux duel avec Arsène Lupin, je n'ai pas eu l'occasion d'y retourner. Je ne serais pas fâché de voir la capitale du monde dans des conditions un peu plus tranquilles.

Il déchira le chèque en quatre morceaux, et tandis que Wilson, dont le bras n'avait pas recouvré son ancienne souplesse, prononçait contre Paris des mots amers, il ouvrit la seconde enveloppe.

Tout de suite, un mouvement d'irritation lui échappa, un pli barra son front pendant toute la lecture, et, froissant le papier, il en fit une boule qu'il jeta violemment sur le parquet.

— Quoi ? qu'y a-t-il ? s'écria Wilson effaré.

Il ramassa la boule, la déplia et lut avec une stupeur croissante :

MON CHER MAÎTRE,

Vous savez l'admiration que j'ai pour vous et l'intérêt que je prends à votre renommée. Eh bien ! croyez-moi, ne vous occupez point de l'affaire à laquelle on vous sollicite de concourir. Votre intervention causerait beaucoup de mal, tous vos efforts n'amèneraient qu'un résultat pitoyable, et vous seriez obligé de faire publiquement l'aveu de votre échec.

Profondément désireux de vous épargner une telle humiliation, je vous conjure, au nom de l'amitié qui nous unit, de rester bien tranquillement au coin de votre feu.

Mes bons souvenirs à M. Wilson, et pour vous, mon cher Maître, le respectueux hommage de votre dévoué

ARSÈNE LUPIN.

— Arsène Lupin ! répéta Wilson, confondu...

Sholmès se mit à frapper la table à coups de poing.

— Ah ! mais, il commence à m'embêter, cet animal-là ! Il se moque de moi comme d'un gamin. L'aveu public de mon échec ! Ne l'ai-je pas contraint à rendre le diamant bleu ?

— Il a peur, insinua Wilson.

— Vous dites des bêtises ! Arsène Lupin n'a jamais peur, et la preuve c'est qu'il me provoque.

— Mais comment a-t-il connaissance de la lettre que nous envoie le baron d'Imblevalle ?

— Qu'est-ce que j'en sais ? Vous me posez des questions stupides, mon cher !

— Je pensais... je m'imaginais...

— Quoi ? que je suis sorcier ?

— Non, mais je vous ai vu faire de tels prodiges !

— Personne ne fait de prodiges... moi, pas plus qu'un autre. Je réfléchis, je déduis, je conclus, mais je ne devine pas. Il n'y a que les imbéciles qui devinent.

Wilson prit l'attitude modeste d'un chien battu, et s'efforça, afin de n'être pas un imbécile, de ne point deviner pourquoi Sholmès arpentait la chambre à grands pas irrités. Mais Sholmès ayant sonné son domestique et lui ayant commandé sa valise, Wilson se crut en droit, puisqu'il y avait là un fait matériel, de réfléchir, et de déduire et de conclure que le maître partait en voyage.

La même opération d'esprit lui permit d'affirmer, en homme qui ne craint pas l'erreur :

— Herlock, vous allez à Paris.

— Possible.

— Et vous y allez plus encore pour répondre à la provocation de Lupin que pour obliger le baron d'Imblevalle.

— Possible.

— Herlock, je vous accompagne.

— Ah ! ah ! vieil ami, s'écria Sholmès, en interrompant sa promenade, vous n'avez donc pas peur que votre bras gauche ne partage le sort de votre bras droit ?

— Que peut-il m'arriver ? Vous serez là.

— À la bonne heure, vous êtes un gaillard ! et nous allons montrer à ce monsieur qu'il a peut-être tort de nous jeter le gant avec tant d'effronterie. Vite, Wilson, et rendez-vous au premier train.

— Sans attendre les journaux dont le baron vous annonce l'envoi ?

— À quoi bon ?

— J'expédie un télégramme ?

— Inutile. Arsène Lupin connaîtrait mon arrivée. Je n'y tiens pas. Cette fois, Wilson, il faut jouer serré.

*

L'après-midi, les deux amis s'embarquaient à Douvres. La traversée fut excellente. Dans le rapide de Calais à Paris, Sholmès s'offrit trois heures du sommeil le plus profond, tandis que Wilson faisait bonne garde à la porte du compartiment et méditait, l'œil vague.

Sholmès s'éveilla heureux et dispos. La perspective d'un nouveau duel avec Arsène Lupin le ravissait et il se frottait les mains de l'air satisfait d'un homme qui se prépare à goûter des joies abondantes.

— Enfin, s'exclama Wilson, on va se dégourdir !

Et il se frotta les mains du même air satisfait.

En gare, Sholmès prit les plaids, et, suivi de Wilson qui portait les valises – chacun son fardeau – il donna les tickets et sortit allègrement.

— Beau temps, Wilson... Du soleil !... Paris est en fête pour nous recevoir.

— Quelle foule !

— Tant mieux, Wilson ! nous ne risquons pas d'être remarqués. Personne ne nous reconnaîtra au milieu d'une telle multitude !

— Monsieur Sholmès ? n'est-ce pas ?

Il s'arrêta quelque peu interloqué. Qui diable pouvait ainsi le désigner par son nom ?

Une femme se tenait à ses côtés, une jeune fille, dont la mise très simple soulignait la silhouette distinguée, et dont la jolie figure avait une expression inquiète et douloureuse.

Elle répéta :

— Vous êtes bien monsieur Sholmès ?

Comme il se taisait, autant par désarroi que par habitude de prudence, elle redit une troisième fois :

— C'est bien à monsieur Sholmès que j'ai l'honneur de parler ?

— Que me voulez-vous ? dit-il assez bourru, croyant à une rencontre douteuse.

Elle se planta devant lui.

— Écoutez-moi, monsieur, c'est très grave, je sais que vous allez rue Murillo.

— Que dites-vous ?

— Je sais... je sais... rue Murillo... au numéro 18.

Eh bien ! il ne faut pas... non, vous ne devez pas y aller... je vous assure que vous le regretteriez. Si je vous dis cela, ne pensez pas que j'y aie quelque intérêt. C'est par raison, c'est en toute conscience.

Il essaya de l'écarter, elle insista :

— Oh ! je vous en prie, ne vous obstinez pas... Ah ! si je savais comment vous convaincre ! Regardez tout au fond de moi, tout au fond de mes yeux... ils sont sincères... ils disent la vérité.

Elle offrait ses yeux éperdument, de ces beaux yeux graves et limpides, où semble se réfléchir l'âme elle-même. Wilson hocha la tête.

— Mademoiselle a l'air bien sincère.

— Mais oui, implora-t-elle, et il faut avoir confiance...

— J'ai confiance, mademoiselle, répliqua Wilson.

— Oh ! comme je suis heureuse ! votre ami aussi, n'est-ce pas ? je le sens... j'en suis sûre ! Quel bonheur ! tout va s'arranger !... Ah ! la bonne idée que j'ai eue !... Tenez, monsieur, il y a un train pour Calais dans vingt minutes... Eh bien ! vous le prendrez... Vite, suivez-moi... le chemin est de ce côté, et vous n'avez que le temps.

Elle cherchait à l'entraîner. Sholmès lui saisit le bras et d'une voix qu'il cherchait à rendre aussi douce que possible :

— Excusez-moi, mademoiselle, de ne pouvoir accéder à votre désir, mais je n'abandonne jamais une tâche que j'ai entreprise.

— Je vous en supplie... je vous en supplie... ah ! si vous pouviez comprendre !

Il passa outre et s'éloigna rapidement.

Wilson dit à la jeune fille :

— Ayez bon espoir... il ira jusqu'au bout de l'affaire... il n'y a pas d'exemple qu'il ait encore échoué...

Et il rattrapa Sholmès en courant.

HERLOCK SHOLMÈS-ARSÈNE LUPIN

Ces mots, qui se détachaient en grosses lettres noires les heurtèrent aux premiers pas. Ils approchèrent ; une théorie[1] d'hommes-sandwichs déambulaient les uns derrière les autres, portant à la main de lourdes cannes ferrées dont ils frappaient le trottoir en cadence, et, sur le dos, d'énormes affiches où l'on pouvait lire :

LE MATCH HERLOCK SHOLMÈS-ARSÈNE LUPIN.
ARRIVÉE DU CHAMPION ANGLAIS.
LE GRAND DÉTECTIVE S'ATTAQUE AU MYSTÈRE
DE LA RUE MURILLO. LIRE LES DÉTAILS
DANS L'« ÉCHO DE FRANCE ».

Wilson hocha la tête.

— Dites donc, Herlock, nous qui nous flattions de travailler incognito ! Je ne serais pas étonné que la garde républicaine nous attendît rue Murillo et qu'il y eût réception officielle, avec toasts et champagne.

— Quand vous vous mettez à avoir de l'esprit, Wilson, vous en valez deux, grinça Sholmès.

Il s'avança vers l'un de ces hommes avec l'intention très nette de le prendre entre ses mains puissantes et de le réduire en miettes, lui et son placard. La foule cependant s'attroupait autour des affiches. On plaisantait et l'on riait.

Réprimant un furieux accès de rage, il dit à l'homme :

— Quand vous a-t-on embauchés ?

— Ce matin.

— Vous avez commencé votre promenade ?...

— Il y a une heure.

— Mais les affiches étaient prêtes ?

— Ah ! dame, oui… Lorsque nous sommes venus ce matin à l'agence, elles étaient là.

Ainsi donc, Arsène Lupin avait prévu que lui, Sholmès, accepterait la bataille. Bien plus, la lettre écrite par Lupin prouvait qu'il désirait cette bataille, et qu'il entrait dans ses plans de se mesurer une fois de plus avec son rival. Pourquoi ? Quel motif le poussait à recommencer la lutte ?

Herlock eut une seconde d'hésitation. Il fallait vraiment que Lupin fût bien sûr de la victoire pour montrer tant d'insolence, et n'était-ce pas tomber dans le piège que d'accourir ainsi au premier appel ?

— Allons-y, Wilson ! Cocher, 18, rue Murillo, s'écria-t-il en un réveil d'énergie.

Et les veines gonflées, les poings serrés comme s'il allait se livrer à un assaut de boxe, il sauta dans une voiture.

*

La rue Murillo est bordée de luxueux hôtels particuliers dont la façade postérieure a vue sur le parc Monceau. Une des plus belles parmi ces demeures s'élève au numéro 18, et le baron d'Imblevalle, qui l'habite avec sa femme et ses enfants, l'a meublée de la façon la plus somptueuse, en artiste et en millionnaire. Une cour d'honneur précède l'hôtel, et des communs le bordent à droite et à gauche. En arrière, un jardin mêle les branches de ses arbres aux arbres du parc[1].

Après avoir sonné, les deux Anglais franchirent la cour et furent reçus par un valet de pied qui les conduisit dans un petit salon situé sur l'autre façade.

Ils s'assirent et inspectèrent d'un coup d'œil rapide les objets précieux qui encombraient ce boudoir.

— De jolies choses, murmura Wilson, du goût et de la fantaisie… On peut déduire que ceux qui ont eu le loisir de dénicher ces objets sont des gens d'un certain âge… cinquante ans peut-être…

Il n'acheva pas. La porte s'était ouverte, et M. d'Imblevalle entrait, suivi de sa femme.

Contrairement aux déductions de Wilson, ils étaient tous deux jeunes, de tournure élégante, et très vifs d'allure et de paroles. Tous deux, ils se confondirent en remerciements.

— C'est trop gentil à vous ! un pareil dérangement ! Nous sommes presque heureux de l'ennui qui nous arrive, puisque cela nous procure le plaisir…

— Quels charmeurs que ces Français ! pensa Wilson qu'une observation profonde n'effrayait pas.

— Mais le temps est de l'argent, s'écria le baron… le vôtre surtout, monsieur Sholmès. Aussi, droit au but ! Que pensez-vous de l'affaire ? Espérez-vous la mener à bien ?

— Pour la mener à bien, il faudrait d'abord la connaître.

— Vous ne la connaissez pas ?

— Non, et je vous prie de m'expliquer les choses par le menu sans rien omettre. De quoi s'agit-il ?

— Il s'agit d'un vol.

— Quel jour a-t-il eu lieu ?

— Samedi dernier, répliqua le baron, dans la nuit de samedi à dimanche.

— Il y a donc six jours. Maintenant, je vous écoute.

— Il faut vous dire d'abord, monsieur, que ma femme et moi, tout en nous conformant au genre de vie qu'exige notre situation, nous sortons peu. L'éducation de nos enfants, quelques réceptions, et l'embellissement de notre intérieur, voilà notre existence, et toutes nos soirées, ou à peu près, s'écoulent ici, dans cette pièce qui est le boudoir de ma femme et où nous avons réuni quelques objets d'art. Samedi dernier, donc, vers onze heures, j'éteignis l'électricité, et, ma femme et moi, nous rentrâmes comme d'habitude dans notre chambre.

— Qui se trouve ?...

— À côté, cette porte que vous voyez. Le lendemain, c'est-à-dire le dimanche, je me levai de bonne heure. Comme Suzanne – ma femme – dormait encore, je passai dans ce boudoir aussi doucement que possible pour ne pas la réveiller. Quel fut mon étonnement en constatant que cette fenêtre était ouverte, alors que, la veille au soir, nous l'avions laissée fermée !

— Un domestique...

— Personne n'entre ici le matin avant que nous n'ayons sonné. Du reste, je prends toujours la précaution de pousser le verrou de cette seconde porte, laquelle communique avec l'antichambre. Donc la fenêtre avait été bien ouverte du dehors. J'en eus d'ailleurs la preuve : le second carreau de la croisée de droite – près de l'espagnolette – avait été découpé.

— Et cette fenêtre ?...

— Cette fenêtre, comme vous pouvez vous en rendre compte, donne sur une petite terrasse entourée d'un balcon de pierre. Nous sommes ici au premier étage, et vous apercevez le jardin qui s'étend derrière l'hôtel, et la grille qui le sépare du parc Monceau. Il y a donc certitude que l'homme est venu du parc Monceau, a franchi la grille à l'aide d'une échelle, et est monté jusqu'à la terrasse.

— Il y a certitude, dites-vous ?

— On a trouvé de chaque côté de la grille, dans la terre molle des plates-bandes, des trous laissés par les deux montants de l'échelle, et les deux mêmes trous existaient au bas de la terrasse. Enfin le balcon porte deux légères éraflures, causées évidemment par le contact des montants.

— Le parc Monceau n'est-il pas fermé la nuit ?

— Fermé, non, mais en tout cas, au numéro 14, il y a un hôtel en construction. Il était facile de pénétrer par là.

Herlock Sholmès réfléchit quelques moments et reprit :

— Arrivons au vol. Il aurait donc été commis dans la pièce où nous sommes ?

— Oui. Il y avait ici, entre cette Vierge du XIIe siècle et ce tabernacle en argent ciselé, il y avait une petite lampe juive. Elle a disparu.

— Et c'est tout ?

— C'est tout.

— Ah !... et qu'appelez-vous une lampe juive ?

— Ce sont de ces lampes en cuivre dont on se servait autrefois, composées d'une tige et d'un récipient où l'on mettait l'huile. De ce récipient s'échappaient deux ou trois becs destinés aux mèches.

— Somme toute, des objets sans grande valeur.

— Sans grande valeur, en effet. Mais celle-ci contenait une cachette où nous avions l'habitude de placer un magnifique bijou ancien, une chimère en or, sertie de rubis et d'émeraudes, qui était d'un très grand prix[1].

— Pourquoi cette habitude ?

— Ma foi, monsieur, je ne saurais trop dire. Peut-être le simple amusement d'utiliser une cachette de ce genre.

— Personne ne la connaissait ?

— Personne.

— Sauf, évidemment, le voleur de la chimère, objecta Sholmès... Sans quoi il n'eût pas pris la peine de voler la lampe juive.

— Évidemment. Mais comment pouvait-il la connaître, puisque c'est le hasard qui nous a révélé le mécanisme secret de cette lampe ?

— Le même hasard a pu le révéler à quelqu'un... un domestique... un familier de la maison... Mais continuons : la justice a été prévenue ?

— Sans doute. Le juge d'instruction a fait son enquête. Les chroniqueurs détectives attachés à chacun des grands journaux ont fait la leur. Mais, ainsi que je vous l'ai écrit, il ne semble pas que le problème ait la moindre chance d'être jamais résolu.

Sholmès se leva, se dirigea vers la fenêtre, examina la croisée, la terrasse, le balcon, se servit de sa loupe pour étudier les deux éraflures de la pierre, et pria M. d'Imblevalle de le conduire dans le jardin.

Dehors, Sholmès s'assit tout simplement sur un fauteuil d'osier et regarda le toit de la maison d'un œil rêveur. Puis il marcha soudain vers deux petites caissettes en bois avec lesquelles on avait recouvert, afin d'en conserver l'empreinte exacte, les trous laissés au pied de la terrasse par les montants de l'échelle. Il enleva les caissettes, se mit à genoux sur le sol, et, le dos rond, le nez à vingt centimètres du sol, il scruta, prit des mesures. Même opération le long de la grille, mais moins longue.

C'était fini.

Tous deux s'en retournèrent au boudoir, où les attendait Mme d'Imblevalle.

Sholmès garda le silence quelques minutes encore, puis prononça ces paroles :

— Dès le début de votre récit, monsieur le baron, j'ai été frappé par le côté vraiment trop simple de l'agression. Appliquer une échelle, couper un carreau, choisir un objet et s'en aller, non, les choses ne se passent pas aussi facilement. Tout cela est trop clair, trop net.

— De sorte que…

— De sorte que le vol de la lampe juive a été commis sous la direction d'Arsène Lupin…

— Arsène Lupin ! s'exclama le baron.

— Mais il a été commis en dehors de lui, sans que personne entrât dans cet hôtel… Un domestique peut-être qui sera descendu de sa mansarde sur la terrasse, le long d'une gouttière que j'ai aperçue du jardin.

— Mais sur quelles preuves ?…

— Arsène Lupin ne serait pas sorti du boudoir les mains vides.

— Les mains vides ! Et la lampe ?

— Prendre la lampe ne l'eût pas empêché de prendre cette tabatière enrichie de diamants, ou ce collier de vieilles opales. Il lui suffisait de deux gestes de plus. S'il ne les a pas accomplis, c'est qu'il ne l'a pas pu.

— Cependant, les traces relevées ?

— Comédie ! mise en scène pour détourner les soupçons !

— Les éraflures de la balustrade ?

— Mensonge ! Elles ont été produites avec du papier de verre. Tenez, voici quelques brins de papier que j'ai recueillis.

— Les marques laissées par les montants de l'échelle ?

— De la blague ! Examinez les deux trous rectangulaires du bas de la terrasse, et les deux trous situés près de la grille. Leur forme est semblable, mais, parallèles ici, ils ne le sont plus là-bas. Mesurez la distance qui sépare chaque trou de son voisin : l'écart change selon l'endroit. Au pied de la terrasse il est de 23 centimètres. Le long de la grille il est de 28 centimètres.

— Et vous en concluez ?

— J'en conclus, puisque leur forme est identique, que les quatre trous ont été faits à l'aide d'un seul et unique bout de bois convenablement taillé.

— Le meilleur argument serait ce bout de bois lui-même.

— Le voici, dit Sholmès, je l'ai ramassé dans le jardin, sous la caisse d'un laurier.

Le baron s'inclina. Il y avait quarante minutes que l'Anglais avait franchi le seuil de cette porte, et il ne restait plus rien de tout ce que l'on avait cru jusqu'ici sur le témoignage même des faits apparents. La réalité, une autre réalité, se dégageait, fondée sur quelque chose de beaucoup plus solide, le raisonnement d'un Herlock Sholmès.

— L'accusation que vous lancez contre notre personnel est bien grave, monsieur, dit la baronne. Nos domestiques sont d'anciens serviteurs de la famille, et aucun d'eux n'est capable de nous trahir.

— Si l'un d'eux ne vous trahissait pas, comment expliquer que cette lettre ait pu me parvenir le jour même et par le même courrier que celle que vous m'avez écrite ?

Il tendit à la baronne la lettre que lui avait adressée Arsène Lupin.

Mme d'Imblevalle fut stupéfaite.

— Arsène Lupin… comment a-t-il su ?

— Vous n'avez mis personne au courant de votre lettre ?

— Personne, dit le baron, c'est une idée que nous avons eue l'autre soir à table.

— Devant les domestiques ?

— Il n'y avait que nos deux enfants. Et encore, non… Sophie et Henriette n'étaient plus à table, n'est-ce pas, Suzanne ?

Mme d'Imblevalle réfléchit et affirma :

— En effet, elles avaient rejoint mademoiselle.

— Mademoiselle ? interrogea Sholmès.

— La gouvernante, Mlle Alice Demun.

— Cette personne ne prend donc pas ses repas avec vous ?

— Non, on la sert à part, dans sa chambre.

Wilson eut une idée.

— La lettre écrite à mon ami Herlock Sholmès a été mise à la poste.

— Naturellement.

— Qui donc la porta ?

— Dominique, mon valet de chambre depuis vingt ans, répondit le baron. Toute recherche de ce côté serait du temps perdu.

— On ne perd jamais son temps quand on cherche, dit Wilson sentencieusement[1].

La première enquête était terminée, Sholmès demanda la permission de se retirer.

Une heure plus tard, au dîner, il vit Sophie et Henriette, les deux enfants des d'Imblevalle, deux jolies fillettes de huit et de six ans. On causa peu. Sholmès répondit aux amabilités du baron et de sa femme d'un air si rébarbatif qu'ils se résolurent au silence. On servit le café. Sholmès avala le contenu de sa tasse et se leva.

À ce moment, un domestique entra, qui apportait un message téléphonique à son adresse. Il ouvrit et lut :

Vous envoie mon admiration enthousiaste. Les résultats obtenus par vous en si peu de temps sont étourdissants. Je suis confondu.

ARPIN LUSÈNE.

Il eut un geste d'agacement, et montrant la dépêche au baron :

— Commencez-vous à croire, monsieur, que vos murs ont des yeux et des oreilles ?

— Je n'y comprends rien, murmura M. d'Imblevalle abasourdi.

— Moi non plus. Mais ce que je comprends, c'est que pas un mouvement ne se fait ici qui ne soit aperçu par *lui*. Pas un mot ne se prononce qu'il ne l'entende.

*

Ce soir-là, Wilson se coucha avec la conscience légère d'un homme qui a rempli son devoir et qui n'a plus d'autre besogne que de s'endormir. Aussi s'endormit-il très vite, et de beaux rêves le visitèrent où il poursuivait Lupin à lui seul et se disposait à l'arrêter de sa propre main, et la sensation de cette poursuite était si nette qu'il se réveilla.

Quelqu'un frôlait son lit. Il saisit son revolver.

— Un geste encore, Lupin, et je tire.

— Diable, comme vous y allez, vieux camarade.

— Comment, c'est vous, Sholmès ! vous avez besoin de moi ?

— J'ai besoin de vos yeux. Levez-vous…

Il le mena vers la fenêtre.

— Regardez… de l'autre côté de la grille…

— Dans le parc ?

— Oui. Vous ne voyez rien ?

— Je ne vois rien.

— Si, vous voyez quelque chose.

— Ah ! en effet, une ombre… deux même.

— N'est-ce pas ? contre la grille… Tenez, elles remuent… Ne perdons pas de temps.

À tâtons, en se tenant à la rampe, ils descendirent l'escalier, et arrivèrent dans une pièce qui donnait sur le perron du jardin. À travers les vitres de la porte, ils aperçurent les deux silhouettes à la même place.

— C'est curieux, dit Sholmès, il me semble entendre du bruit dans la maison.

— Dans la maison ? Impossible ! tout le monde dort.

— Écoutez cependant…

À ce moment, un léger coup de sifflet vibra du côté de la grille, et ils aperçurent une vague lumière qui paraissait venir de l'hôtel.

— Les d'Imblevalle ont dû allumer, murmura Sholmès. C'est leur chambre qui est au-dessus de nous.

— C'est eux sans doute que nous avons entendus, fit Wilson. Peut-être sont-ils en train de surveiller la grille.

Un second coup de sifflet, plus discret encore.

— Je ne comprends pas, je ne comprends pas, dit Sholmès, agacé.

— Moi non plus, confessa Wilson.

Sholmès tourna la clef de la porte, ôta le verrou et poussa doucement le battant.

Un troisième coup de sifflet, un peu plus fort celui-ci, et modulé d'autre sorte. Et, au-dessus de leur tête, le bruit s'accentua, se précipita.

— On croirait plutôt que c'est sur la terrasse du boudoir, souffla Sholmès.

Il passa la tête dans l'entrebâillement, mais aussitôt recula en étouffant un juron. Tout auprès d'eux, une échelle se dressait contre le mur, appuyée au balcon de la terrasse.

— Eh ! parbleu, fit Sholmès, il y a quelqu'un dans

le boudoir ! Voilà ce qu'on entendait. Vite, enlevons l'échelle.

Mais à cet instant, une forme glissa du haut en bas, l'échelle fut enlevée, et l'homme qui la portait courut en toute hâte vers la grille, à l'endroit où l'attendaient ses complices. D'un bond, Sholmès et Wilson s'étaient élancés. Ils rejoignirent l'homme alors qu'il posait l'échelle contre la grille. De l'autre côté, deux coups de feu jaillirent.

— Blessé ? cria Sholmès.

— Non, répondit Wilson.

Il saisit l'homme par le corps et tenta de l'immobiliser. Mais l'homme se retourna, l'empoigna d'une main, et de l'autre lui plongea son couteau en pleine poitrine. Wilson exhala un soupir, vacilla et tomba.

— Damnation ! hurla Sholmès, si on me l'a tué, je tue.

Il étendit Wilson sur la pelouse et se rua sur l'échelle. Trop tard… l'homme l'avait escaladée, et, reçu par ses complices, s'enfuyait parmi les massifs.

— Wilson, Wilson, ce n'est pas sérieux, hein ? une simple égratignure ?

Les portes de l'hôtel s'ouvrirent brusquement. Le premier, M. d'Imblevalle survint, puis des domestiques, munis de bougies.

— Quoi ! qu'y a-t-il, s'écria le baron, M. Wilson est blessé ?

— Rien, une simple égratignure, répéta Sholmès, cherchant à s'illusionner.

Le sang coulait en abondance, et la face était livide.

Le docteur, vingt minutes après, constatait que la pointe du couteau s'était arrêtée à quatre millimètres du cœur.

— Quatre millimètres du cœur ! Ce Wilson a

toujours eu de la chance, conclut Sholmès d'un ton d'envie.

— De la chance... de la chance... grommela le docteur.

— Dame ! avec sa robuste constitution, il en sera quitte...

— Pour six semaines de lit et deux mois de convalescence.

— Pas davantage ?

— Non, à moins de complications.

— Pourquoi, diable ! voulez-vous qu'il y ait des complications ?

Pleinement rassuré, Sholmès rejoignit le baron au boudoir. Cette fois, le mystérieux visiteur n'y avait pas mis la même discrétion. Sans vergogne, il avait fait main basse sur la tabatière enrichie de diamants, sur le collier d'opales et, d'une façon générale, sur tout ce qui pouvait prendre place dans les poches d'un honnête cambrioleur.

La fenêtre était encore ouverte, un des carreaux avait été proprement découpé, et, au petit jour, une enquête sommaire, en établissant que l'échelle provenait de l'hôtel en construction, indiqua la voie que l'on avait suivie.

— Bref, dit M. d'Imblevalle avec une certaine ironie, c'est la répétition exacte du vol de la lampe juive.

— Oui, si l'on accepte la première version adoptée par la justice.

— Vous ne l'adoptez donc pas encore ? Ce second vol n'ébranle pas votre opinion sur le premier ?

— Il la confirme, monsieur.

— Est-ce croyable ! vous avez la preuve irréfutable que l'agression de cette nuit a été commise par quelqu'un du dehors, et vous persistez à soutenir que la lampe juive a été soustraite par quelqu'un de notre entourage.

— Par quelqu'un qui habite cet hôtel.

— Alors comment expliquez-vous ?...

— Je n'explique rien, monsieur, je constate deux faits qui n'ont l'un avec l'autre que des rapports d'apparence, je les juge isolément, et je cherche le lien qui les unit.

Sa conviction semblait si profonde, ses façons d'agir fondées sur des motifs si puissants, que le baron s'inclina :

— Soit. Nous allons prévenir le commissaire...

— À aucun prix ! s'écria vivement l'Anglais, à aucun prix ! j'entends ne m'adresser à ces gens que quand j'ai besoin d'eux.

— Cependant, les coups de feu ?...

— Il n'importe !

— Votre ami ?...

— Mon ami n'est que blessé... Obtenez que le docteur se taise. Moi, je réponds de tout du côté de la justice.

*

Deux jours s'écoulèrent, vides d'incidents, mais où Sholmès poursuivit sa besogne avec un soin minutieux et un amour-propre qu'exaspérait le souvenir de cette audacieuse agression, exécutée sous ses yeux, en dépit de sa présence, et sans qu'il en pût empêcher le succès. Infatigable, il fouilla l'hôtel et le jardin, s'entretint avec les domestiques, et fit de longues stations à la cuisine et à l'écurie. Et bien qu'il ne recueillît aucun indice qui l'éclairât, il ne perdait pas courage.

— Je trouverai, pensait-il, et c'est ici que je trouverai. Il ne s'agit pas, comme dans l'affaire de la Dame blonde, de marcher à l'aventure, et d'atteindre, par des chemins que j'ignorais, un but que je ne connaissais pas. Cette fois, je suis sur le terrain même de la bataille. L'ennemi n'est plus seulement l'insaisissable et invisible Lupin, c'est le complice en chair et en os qui vit et qui se meut dans les bornes de cet hôtel. Le moindre petit détail, et je serai fixé.

Ce détail, dont il devait tirer de telles conséquences, et avec une habileté si prodigieuse que l'on pouvait considérer l'affaire de la lampe juive comme une de celles où éclate le plus victorieusement son génie de policier, ce détail, ce fut le hasard qui le lui fournit.

L'après-midi du troisième jour, comme il entrait dans une pièce située au-dessus du boudoir, et qui servait de salle d'études aux enfants, il trouva Henriette, la plus petite des sœurs. Elle cherchait ses ciseaux.

— Tu sais, dit-elle à Sholmès, j'en fais aussi des papiers comme celui que t'as reçu l'autre soir.

— L'autre soir ?

— Oui, à la fin du dîner. Tu as reçu un papier avec des bandes dessus... tu sais, un télégramme... eh bien, j'en fais aussi, moi.

Elle sortit. Pour tout autre, ces paroles n'eussent rien signifié que l'insignifiante réflexion d'un enfant, et Sholmès, lui-même, les écouta d'une oreille distraite et continua son inspection. Mais tout à coup il se mit à courir après l'enfant dont la dernière phrase le frappait subitement. Il la rattrapa au haut de l'escalier et lui dit :

— Alors, toi aussi, tu colles des bandes sur papier ?

Henriette, très fière, déclara :

— Mais oui, je découpe des mots et je les colle.

— Et qui t'a montré ce petit jeu ?

— Mademoiselle… ma gouvernante… je lui en ai vu faire autant. Elle prend des mots sur des journaux et les colle…

— Et qu'est-ce qu'elle en fait ?

— Des télégrammes, des lettres qu'elle envoie.

Herlock Sholmès rentra dans la salle d'études, singulièrement intrigué par cette confidence et s'efforçant d'en extraire les déductions qu'elle comportait.

Des journaux, il y en avait un paquet sur la cheminée. Il les déplia, et vit en effet des groupes de mots ou des lignes qui manquaient régulièrement et proprement enlevés. Mais il lui suffit de lire les mots qui précédaient ou qui suivaient, pour constater que les mots qui manquaient avaient été découpés au hasard des ciseaux, par Henriette, évidemment. Il se pouvait que, dans la liasse des journaux, il y en eût un que mademoiselle eût découpé elle-même. Mais comment s'en assurer ?

Machinalement, Herlock feuilleta les livres de classe empilés sur la table, puis d'autres qui reposaient sur les rayons d'un placard. Et soudain, il eut un cri de joie. Dans un coin de ce placard, sous de vieux cahiers amoncelés, il avait trouvé un album pour enfants, un alphabet orné d'images, et, à l'une des pages de cet album, un vide lui était apparu.

Il vérifia. C'était la nomenclature des jours de la semaine. Lundi, mardi, mercredi, etc. Le mot samedi manquait. Or, le vol de la lampe juive avait eu lieu dans la nuit d'un samedi.

Herlock éprouva ce petit serrement du cœur qui lui annonçait toujours, de la manière la plus nette, qu'il avait touché au nœud même de l'intrigue. Cette étreinte de la vérité, cette émotion de la certitude, ne le trompait jamais.

Fiévreux et confiant, il s'empressa de feuilleter l'album. Un peu plus loin, une autre surprise l'attendait.

C'était une page composée de lettres majuscules suivies d'une ligne de chiffres.

Neuf de ces lettres, et trois de ces chiffres avaient été enlevés soigneusement.

Sholmès les inscrivit sur son carnet, dans l'ordre qu'ils eussent occupé, et obtint le résultat suivant :

CDEHNOPRZ – 237

— Fichtre, murmura-t-il, à première vue cela ne signifie pas grand-chose.

Pouvait-on, en mêlant ces lettres et en les employant toutes, former un, ou deux, ou trois mots complets ?

Sholmès le tenta vainement.

Une seule solution s'imposait à lui, qui revenait sans cesse sous son crayon, et qui, à la longue, lui parut la véritable, aussi bien parce qu'elle correspondait à la logique des faits que parce qu'elle s'accordait avec les circonstances générales.

Étant donné que la page de l'album ne comportait qu'une seule fois chacune des lettres de l'alphabet, il était possible, il était certain qu'on se trouvait en présence de mots incomplets et que ces mots avaient été complétés par des lettres empruntées à d'autres pages. Dans ces conditions, et sauf erreur, l'énigme se posait ainsi :

REPOND. Z – CH – 237

Le premier mot était clair : *répondez*, un E manquant parce que la lettre E, déjà employée, n'était plus disponible.

Quant au second mot inachevé, il formait indubitablement, avec le nombre 237, l'adresse que donnait l'expéditeur au destinataire de la lettre. On proposait d'abord de fixer le jour au samedi, et l'on demandait une réponse à l'adresse CH.237.

Ou bien CH.237 était une formule de poste restante, ou bien les lettres CH faisaient partie d'un mot incomplet. Sholmès feuilleta l'album : aucune autre découpure n'avait été effectuée dans les pages suivantes. Il fallait donc, jusqu'à nouvel ordre, s'en tenir à l'explication trouvée.

— C'est amusant, n'est-ce pas ?

Henriette était revenue. Il répondit :

— Si c'est amusant ! Seulement, tu n'as pas d'autres papiers ?... ou bien des mots déjà découpés et que je pourrais coller ?

— Des papiers ?... non... Et puis, mademoiselle ne serait pas contente.

— Mademoiselle ?

— Oui, elle m'a déjà grondée.

— Pourquoi ?

— Parce que je vous ai dit des choses... et qu'elle dit qu'on ne doit jamais dire des choses sur ceux qu'on aime bien.

— Tu as absolument raison.

Henriette sembla ravie de l'approbation, tellement ravie qu'elle tira d'un menu sac de toile, épinglé à sa robe, quelques loques, trois boutons, deux morceaux de sucre, et, finalement, un carré de papier qu'elle tendit à Sholmès.

— Tiens, je te le donne tout de même.

C'était un numéro de fiacre, le 8279.

— D'où vient-il, ce numéro ?

— Il est tombé de son porte-monnaie.

— Quand ?

— Dimanche, à la messe, comme elle prenait des sous pour la quête.

— Parfait ! Et maintenant, je vais te donner le moyen de n'être pas grondée. Ne dis pas à mademoiselle que tu m'as vu.

Sholmès s'en alla trouver M. d'Imblevalle et nettement l'interrogea sur mademoiselle.

Le baron eut un haut-le-corps.

— Alice Demun ! est-ce que vous penseriez ?... c'est impossible.

— Depuis combien de temps est-elle à votre service ?

— Un an seulement, mais je ne connais pas de personne plus tranquille et en qui j'aie plus de confiance.

— Comment se fait-il que je ne l'aie pas encore aperçue ?

— Elle s'est absentée deux jours.

— Et actuellement ?

— Dès son retour elle a voulu s'installer au chevet de votre ami. Elle a toutes les qualités de la garde-malade... douce... prévenante... M. Wilson en paraît enchanté.

— Ah ! fit Sholmès, qui avait complètement négligé de prendre des nouvelles du vieux camarade.

Il réfléchit et s'informa :

— Et le dimanche matin, est-elle sortie ?

— Le lendemain du vol ?

— Oui.

Le baron appela sa femme et lui posa la question. Elle répondit :

— Mademoiselle est partie comme à l'ordinaire pour aller à la messe de onze heures avec les enfants.

— Mais, auparavant ?

— Auparavant ? Non… Ou plutôt… mais j'étais si bouleversée par ce vol !… cependant je me souviens qu'elle m'avait demandé la veille l'autorisation de sortir le dimanche matin… pour voir une cousine de passage à Paris, je crois. Mais je ne suppose pas que vous la soupçonniez ?…

— Certes, non… Cependant je voudrais la voir.

Il monta jusqu'à la chambre de Wilson. Une femme, vêtue, comme les infirmières, d'une longue robe de toile grise, était courbée sur le malade et lui donnait à boire. Quand elle se tourna, Sholmès reconnut la jeune fille qui l'avait abordé devant la gare du Nord.

*

Il n'y eut pas entre eux la moindre explication. Alice Demun sourit doucement, de ses yeux charmants et graves, sans aucun embarras. L'Anglais voulut parler, ébaucha quelques syllabes et se tut. Alors, elle reprit sa besogne, évolua paisiblement sous le regard étonné de Sholmès, remua des flacons, déroula et roula des bandes de toile, et de nouveau lui adressa son clair sourire.

Il pivota sur ses talons, redescendit, avisa dans la cour l'automobile de M. d'Imblevalle, s'y installa et se fit mener à Levallois, au dépôt de voitures dont l'adresse était marquée sur le bulletin de fiacre livré par l'enfant. Le cocher Duprêt, qui conduisait le 8279 dans la matinée du dimanche, n'étant pas là, il renvoya l'automobile et attendit jusqu'à l'heure du relais.

Le cocher Duprêt raconta qu'il avait, en effet, « chargé » une dame aux environs du parc Monceau, une jeune dame en noir qui avait une grosse voilette et qui paraissait très agitée.

— Elle portait un paquet ?

— Oui, un paquet assez long.

— Et vous l'avez menée ?

— Avenue des Ternes, au coin de la place Saint-Ferdinand. Elle y est restée une dizaine de minutes, et puis on s'en est retourné au parc Monceau.

— Vous reconnaîtriez la maison de l'avenue des Ternes ?

— Parbleu ! Faut-il vous y conduire ?

— Tout à l'heure. Conduisez-moi d'abord au 36, quai des Orfèvres.

À la Préfecture de police il eut la chance de rencontrer aussitôt l'inspecteur principal Ganimard.

— Monsieur Ganimard, vous êtes libre ?

— S'il s'agit de Lupin, non.

— Il s'agit de Lupin.

— Alors, je ne bouge pas.

— Comment ! vous renoncez...

— Je renonce à l'impossible ! Je suis las d'une lutte inégale, où nous sommes sûrs d'avoir le dessous. C'est lâche, c'est absurde, tout ce que vous voudrez... je m'en moque ! Lupin est plus fort que nous. Par conséquent, il n'y a qu'à s'incliner.

— Je ne m'incline pas.

— Il vous inclinera, vous comme les autres.

— Eh bien ! c'est un spectacle qui ne peut manquer de vous faire plaisir !

— Ah ! ça, c'est vrai, dit Ganimard ingénument. Et puisque vous n'avez pas votre compte de coups de bâton, allons-y.

Tous deux montèrent dans le fiacre. Sur leur ordre, le cocher les arrêta un peu avant la maison et de l'autre côté de l'avenue, devant un petit café à la terrasse duquel ils s'assirent, entre des lauriers et des fusains. Le jour commençait à baisser.

— Garçon, fit Sholmès, de quoi écrire[1].

Il écrivit et, rappelant le garçon :

— Portez cette lettre au concierge de la maison qui est en face. C'est évidemment l'homme en casquette qui fume sous la porte cochère.

Le concierge apparut, et, Ganimard ayant décliné son titre d'inspecteur principal, Sholmès demanda si, le matin du dimanche, il était venu une jeune dame en noir.

— En noir ? oui, vers neuf heures – celle qui monte au second.

— Vous la voyez souvent ?

— Non, mais depuis quelque temps, davantage… la dernière quinzaine, presque tous les jours.

— Et depuis dimanche ?

— Une fois seulement… sans compter aujourd'hui.

— Comment ! elle est venue !

— Elle est là.

— Elle est là !

— Voilà bien dix minutes. Sa voiture attend sur la place Saint-Ferdinand, comme d'habitude. Elle, je l'ai croisée sous la porte.

— Et quel est ce locataire du second ?

— Il y en a deux, une modiste, Mlle Langeais, et un monsieur qui a loué deux chambres meublées, depuis un mois, sous le nom de Bresson.

— Pourquoi dites-vous « sous le nom » ?

— Une idée à moi que c'est un nom d'emprunt. Ma femme fait son ménage : eh bien ! il n'a pas deux chemises avec les mêmes initiales.

— Comment vit-il ?

— Oh ! dehors presque. Des trois jours, il ne rentre pas chez lui.

— Est-il rentré dans la nuit de samedi à dimanche ?

— Dans la nuit de samedi à dimanche ? Écoutez voir, que je réfléchisse… Oui, samedi soir, il est rentré et il n'a pas bougé.

— Et quelle sorte d'homme est-ce ?

— Ma foi, je ne saurais dire. Il est si changeant ! Il est grand, il est petit, il est gros, il est fluet… brun et blond. Je ne le reconnais toujours pas.

Ganimard et Sholmès se regardèrent.

— C'est lui, murmura l'inspecteur, c'est bien lui.

Il y eut vraiment chez le vieux policier un instant de trouble qui se traduisit par un bâillement et par une crispation de ses deux poings.

Sholmès aussi, bien que plus maître de lui, sentit une étreinte au cœur.

— Attention, dit le concierge, voici la jeune fille.

Mademoiselle en effet apparaissait au seuil de la porte et traversait la place.

— Et voici M. Bresson.

— M. Bresson ? Lequel ?

— Celui qui porte un paquet sous le bras.

— Mais il ne s'occupe pas de la jeune fille. Elle regagne seule sa voiture.

— Ah ! ça, je ne les ai jamais vus ensemble.

Les deux policiers s'étaient levés précipitamment. À la lueur des réverbères ils reconnurent la silhouette de Lupin, qui s'éloignait dans une direction opposée à la place.

— Qui préférez-vous suivre ? demanda Ganimard.

— Lui, parbleu ! c'est le gros gibier.

— Alors, moi, je file la demoiselle, proposa Ganimard.

— Non, non, dit vivement l'Anglais, qui ne voulait rien dévoiler de l'affaire à Ganimard, la demoiselle, je sais où la retrouver… Ne me quittez pas.

À distance, et en utilisant l'abri momentané des passants et des kiosques, ils se mirent à la poursuite de Lupin. Poursuite facile d'ailleurs, car il ne se retournait pas et marchait rapidement, avec une légère claudication de la jambe droite, si légère qu'il fallait l'œil exercé d'un observateur pour la percevoir. Ganimard dit :

— Il fait semblant de boiter.

Et il reprit :

— Ah ! si l'on pouvait ramasser deux ou trois agents et sauter sur notre individu ! Nous risquons de le perdre.

Mais aucun agent ne se montra avant la porte des Ternes, et, les fortifications franchies, ils ne devaient plus escompter le moindre secours.

— Séparons-nous, dit Sholmès, l'endroit est désert.

C'était le boulevard Victor-Hugo. Chacun d'eux prit un trottoir et s'avança selon la ligne des arbres.

Ils allèrent ainsi pendant vingt minutes jusqu'au moment où Lupin tourna sur la gauche et longea la Seine. Là, ils aperçurent Lupin qui descendait au bord du fleuve. Il y resta quelques secondes sans qu'il leur fût possible de distinguer ses gestes. Puis il remonta la berge et revint sur ses pas. Ils se collèrent contre les piliers d'une grille. Lupin passa devant eux. Il n'avait plus de paquet.

Et comme il s'éloignait, un autre individu se détacha d'une encoignure de maison et se glissa entre les arbres.

Sholmès dit à voix basse :

— Il a l'air de le suivre aussi, celui-là.

— Oui, il m'a semblé déjà le voir en allant.

La chasse recommença, mais compliquée par la présence de cet individu. Lupin reprit le même chemin, traversa de nouveau la porte des Ternes, et rentra dans la maison de la place Saint-Ferdinand. Le concierge fermait lorsque Ganimard se présenta.

— Vous l'avez vu, n'est-ce pas ?

— Oui, j'éteignais le gaz de l'escalier, il a poussé le verrou de sa porte.

— Il n'y a personne avec lui ?…

— Personne, aucun domestique… il ne mange jamais ici.

— Il n'existe pas d'escalier de service ?

— Non.

Ganimard dit à Sholmès :

— Le plus simple est que je m'installe à la porte même de Lupin, tandis que vous allez chercher le commissaire de police de la rue Demours. Je vais vous donner le mot.

Sholmès objecta :

— Et s'il s'échappe pendant ce temps ?

— Puisque je reste !…

— Un contre un, la lutte est inégale avec lui.

— Je ne puis pourtant pas forcer son domicile, je n'en ai pas le droit, la nuit surtout.

Sholmès haussa les épaules.

— Quand vous aurez arrêté Lupin, on ne vous chicanera pas sur les conditions de l'arrestation… D'ailleurs, quoi ! il s'agit tout au plus de sonner. Nous verrons alors ce qui se passera.

Ils montèrent. Une porte à deux battants s'offrait à gauche du palier. Ganimard sonna.

Aucun bruit. Il sonna de nouveau. Personne.

— Entrons, murmura Sholmès.

— Oui, allons-y.

Pourtant, ils demeurèrent immobiles, l'air irrésolu. Comme des gens qui hésitent au moment d'accomplir un acte décisif, ils redoutaient d'agir, et il leur semblait soudain impossible qu'Arsène Lupin fût là, si près d'eux, derrière cette cloison fragile qu'un coup de poing pouvait abattre. L'un et l'autre, ils le connaissaient trop, le diabolique personnage, pour admettre qu'il se laissât pincer aussi stupidement. Non, non, mille fois non, il n'était plus là. Par les maisons contiguës, par les toits, par telle issue convenablement préparée, il avait dû s'évader, et une fois de plus, c'est l'ombre seule de Lupin qu'on allait étreindre.

Ils frissonnèrent. Un bruit imperceptible, qui venait de l'autre côté de la porte, avait comme effleuré le silence. Et ils eurent l'impression, la certitude, que tout de même il était là, séparé d'eux par la mince cloison de bois, et qu'il les écoutait, qu'il les entendait.

Que faire ? La situation était tragique. Malgré leur sang-froid de vieux routiers de police, une telle émotion les bouleversait qu'ils s'imaginaient percevoir les battements de leur cœur.

Du coin de l'œil, Ganimard consulta Sholmès. Puis, violemment, de son poing il ébranla le battant de la porte.

Un bruit de pas maintenant, un bruit qui ne cherchait plus à se dissimuler…

Ganimard secoua la porte. D'un élan irrésistible, Sholmès, l'épaule en avant, l'abattit, et tous deux se ruèrent à l'assaut.

Ils s'arrêtèrent net. Un coup de feu avait retenti dans la pièce voisine. Un autre encore, et le bruit d'un corps qui tombait…

Quand ils entrèrent, ils virent l'homme étendu, la face contre le marbre de la cheminée. Il eut une convulsion. Son revolver glissa de sa main.

Ganimard se pencha et tourna la tête du mort. Du

sang la couvrait, qui giclait de deux larges blessures, l'une à la joue, et l'autre à la tempe.

— Il est méconnaissable, murmura-t-il.

— Parbleu ! fit Sholmès, ce n'est pas *lui*.

— Comment le savez-vous ? Vous ne l'avez même pas examiné.

L'Anglais ricana :

— Pensez-vous donc qu'Arsène Lupin est un homme à se tuer ?

— Pourtant, nous avions bien cru le reconnaître dehors…

— Nous avions cru, parce que nous *voulions* croire. Cet homme nous obsède.

— Alors, c'est un de ses complices.

— Les complices d'Arsène Lupin ne se tuent pas.

— Alors, qui est-ce ?

Ils fouillèrent le cadavre. Dans une poche, Herlock Sholmès trouva un portefeuille vide ; dans une autre, Ganimard trouva quelques louis. Au linge, point de marque, aux vêtements non plus.

Dans les malles – une grosse malle et deux valises – rien que des effets. Sur la cheminée, un paquet de journaux. Ganimard les déplia. Tous parlaient du vol de la lampe juive.

Une heure après, lorsque Ganimard et Sholmès se retirèrent, ils n'en savaient pas plus sur le singulier personnage que leur intervention avait acculé au suicide.

Qui était-ce ? Pourquoi s'était-il tué ? Par quel lien se rattachait-il à l'affaire de la lampe juive ? Qui l'avait filé au cours de sa promenade ? Autant de questions aussi complexes les unes que les autres… Autant de mystères…

*

Herlock Sholmès se coucha de fort mauvaise humeur. À son réveil, il reçut un pneumatique ainsi conçu :

Arsène Lupin a l'honneur de vous faire part de son tragique décès en la personne du sieur Bresson, et vous prie d'assister à ses convoi, service et enterrement, qui auront lieu aux frais de l'État, le jeudi 25 juin.

II

— Voyez-vous, mon vieux camarade, disait Sholmès à Wilson, en brandissant le pneumatique d'Arsène Lupin, ce qui m'exaspère dans cette aventure, c'est de sentir continuellement posé sur moi l'œil de ce satané gentleman. Aucune de mes pensées les plus secrètes ne lui échappe. J'agis comme un acteur dont tous les pas sont réglés par une mise en scène rigoureuse, qui va là et qui dit cela, parce que le voulut ainsi une volonté supérieure. Comprenez-vous, Wilson ?

Wilson eût certainement compris s'il n'avait dormi le profond sommeil d'un homme dont la température varie entre quarante et quarante et un degrés. Mais qu'il entendît ou non, cela n'avait aucune importance pour Sholmès qui continuait :

— Il me faut faire appel à toute mon énergie et mettre en œuvre toutes mes ressources pour ne pas me décourager. Heureusement qu'avec moi, ces petites taquineries sont autant de coups d'épingle qui me stimulent. Le feu de la piqûre apaisé, la plaie d'amour-propre refermée, j'en arrive toujours à me dire : « Amuse-toi bien, mon bonhomme. Un moment ou l'autre, c'est toi-même qui te trahiras. » Car, enfin, Wilson, n'est-ce pas Lupin qui, par sa première dépêche et par la réflexion qu'elle a suggérée à la petite Henriette, n'est-ce pas lui qui m'a livré le secret de sa correspondance avec Alice Demun ? Vous oubliez ce détail, vieux camarade.

Il déambulait dans la chambre, à pas sonores, au risque de réveiller le vieux camarade.

— Enfin ! ça ne va pas trop mal, et si les chemins que je suis sont un peu obscurs, je commence à m'y retrouver. Tout d'abord, je vais être fixé sur le sieur Bresson. Ganimard et moi nous avons rendez-vous au bord de la Seine, à l'endroit où Bresson a jeté son paquet, et le rôle du monsieur nous sera connu. Pour le reste, c'est une partie à jouer entre Alice Demun et moi. L'adversaire est de mince envergure, hein, Wilson ? et ne pensez-vous pas qu'avant peu je saurai la phrase de l'album, et ce que signifient ces deux lettres isolées, ce C et cet H ? Car tout est là, Wilson.

Mademoiselle entra au même instant, et apercevant Sholmès qui gesticulait, elle lui dit gentiment :

— Monsieur Sholmès, je vais vous gronder si vous réveillez mon malade. Ce n'est pas bien à vous de le déranger. Le docteur exige une tranquillité absolue.

Il la contemplait sans un mot, étonné comme au premier jour de son calme inexplicable.

— Qu'avez-vous à me regarder, monsieur Sholmès ? Rien ? Mais si... Vous semblez toujours avoir une arrière-pensée... Laquelle ? Répondez, je vous en prie.

Elle l'interrogeait de tout son clair visage, de ses yeux ingénus, de sa bouche qui souriait, et de toute son attitude aussi, de ses mains jointes, de son buste légèrement penché en avant. Et il y avait tant de candeur en elle que l'Anglais en éprouva de la colère. Il s'approcha et lui dit à voix basse :

— Bresson s'est tué hier soir.

Elle répéta, sans avoir l'air de comprendre :

— Bresson s'est tué hier…

En vérité aucune contraction n'altéra son visage, rien qui révélât l'effort du mensonge.

— Vous étiez prévenue, lui dit-il avec irritation… Sinon, vous auriez au moins tressailli… Ah ! vous êtes plus forte que je ne croyais… Mais pourquoi dissimuler ?

Il saisit l'album à images qu'il venait de déposer sur une table voisine, et, l'ouvrant à la page découpée :

— Pourriez-vous me dire dans quel ordre on doit disposer les lettres qui manquent ici, pour connaître la teneur exacte du billet que vous avez envoyé à Bresson quatre jours avant le vol de la lampe juive ?

— Dans quel ordre ?… Bresson ?… le vol de la lampe juive ?…

Elle redisait les mots, lentement, comme pour en dégager le sens.

Il insista :

— Oui. Voici les lettres employées… sur ce bout de papier. Que disiez-vous à Bresson ?

— Les lettres employées… ce que je disais…

Soudain, elle éclata de rire :

— Ça y est ! Je comprends ! Je suis la complice du vol ! Il y a un M. Bresson qui a pris la lampe juive et qui s'est tué. Et moi, je suis l'amie de ce monsieur. Oh ! que c'est amusant !

— Qui donc avez-vous été voir hier dans la soirée, au second étage d'une maison de l'avenue des Ternes ?

— Qui ? mais ma modiste, Mlle Langeais. Est-ce que ma modiste et mon ami monsieur Bresson ne feraient qu'une seule et même personne ?

Malgré tout, Sholmès douta. On peut feindre, de manière à donner le change, la terreur, la joie, l'inquiétude, tous les sentiments, mais non point l'indifférence, non point le rire heureux et insouciant.

Cependant il lui dit encore :

— Un dernier mot : pourquoi l'autre soir, à la gare du Nord, m'avez-vous abordé ? et pourquoi m'avez-vous supplié de repartir immédiatement sans m'occuper de ce vol ?

— Ah ! vous êtes trop curieux, monsieur Sholmès, répondit-elle en riant toujours de la façon la plus naturelle. Pour votre punition, vous ne saurez rien, et en outre vous garderez le malade pendant que je vais chez le pharmacien... Une ordonnance pressée... je me sauve.

Elle sortit.

— Je suis roulé, murmura Sholmès. Non seulement je n'ai rien tiré d'elle, mais c'est moi qui me suis découvert.

Et il se rappelait l'affaire du diamant bleu et l'interrogatoire qu'il avait fait subir à Clotilde Destange. N'était-ce pas la même sérénité que la Dame blonde lui avait opposée, et ne se trouvait-il pas de nouveau en face d'un de ces êtres qui, protégés par Arsène Lupin, sous l'action directe de son influence, gardaient dans l'angoisse même du danger le calme le plus stupéfiant ?

— Sholmès... Sholmès...

Il s'approcha de Wilson qui l'appelait, et s'inclina vers lui.

— Qu'y a-t-il, vieux camarade ? on souffre ?

Wilson remua les lèvres sans pouvoir parler. Enfin, après de grands efforts, il bégaya :

— Non... Sholmès... ce n'est pas elle, il est impossible que ce soit elle...

— Qu'est-ce que vous me chantez là ? Je vous dis que c'est elle, moi ! Il n'y a qu'en face d'une créature de Lupin, dressée et remontée par lui, que je perds la tête et que j'agis aussi sottement… La voilà maintenant qui connaît toute l'histoire de l'album… Je vous parie qu'avant une heure Lupin sera prévenu. Avant une heure ? Que dis-je ! mais tout de suite ! Le pharmacien, l'ordonnance pressée !… des blagues !

Il s'esquiva rapidement, descendit l'avenue de Messine, et avisa mademoiselle qui entrait dans une pharmacie. Elle reparut, dix minutes plus tard, avec des flacons et une bouteille enveloppés de papier blanc. Mais, alors qu'elle remontait l'avenue, elle fut accostée par un homme qui la poursuivit, la casquette à la main et l'air obséquieux, comme s'il demandait la charité.

Elle s'arrêta et lui fit l'aumône, puis reprit son chemin.

— Elle lui a parlé, se dit l'Anglais.

Plutôt qu'une certitude, ce fut une intuition, assez forte cependant pour qu'il changeât de tactique. Abandonnant la jeune fille, il se lança sur la piste du faux mendiant.

Ils arrivèrent ainsi, l'un derrière l'autre, à la place Saint-Ferdinand et l'homme erra longtemps autour de la maison de Bresson, levant parfois les yeux aux fenêtres du second étage, et surveillant les gens qui pénétraient dans la maison.

Au bout d'une heure, il monta sur l'impériale d'un tramway qui se dirigeait vers Neuilly. Sholmès y monta également et s'assit derrière l'individu, un peu plus loin, et à côté d'un monsieur que dissimulaient les feuilles ouvertes de son journal. Aux fortifications, le journal s'abaissa. Sholmès aperçut Ganimard, et Ganimard lui dit à l'oreille en désignant l'individu :

— C'est notre homme d'hier soir, celui qui suivait Bresson. Il y a une heure qu'il vagabonde sur la place.

— Rien de nouveau pour Bresson ? demanda Sholmès.

— Si, une lettre qui est arrivée ce matin à son adresse.

— Ce matin ? Donc elle a été mise à la poste hier, avant que l'expéditeur ne sache la mort de Bresson.

— Précisément. Elle est entre les mains du juge d'instruction. Mais j'en ai retenu les termes :

Il n'accepte aucune transaction. Il veut tout, la première chose aussi bien que celles de la seconde affaire. Sinon, il agit.

— Et pas de signature, ajouta Ganimard. Comme vous voyez, ces quelques lignes ne nous serviront guère.

— Je ne suis pas du tout de votre avis, monsieur Ganimard, ces quelques lignes me semblent, au contraire, fort intéressantes.

— Et pourquoi, mon Dieu !

— Pour des raisons qui me sont personnelles, répondit Sholmès avec le sans-gêne dont il usait envers son collègue.

Le tramway s'arrêta rue du Château, au point terminus[1]. L'individu descendit et s'en alla paisiblement.

Sholmès l'escortait, et de si près que Ganimard s'en effraya :

— S'il se retourne, nous sommes brûlés.

— Il ne se retournera pas maintenant.

— Qu'en savez-vous ?

— C'est un complice d'Arsène Lupin, et le fait qu'un complice de Lupin s'en va ainsi, les mains dans ses poches, prouve d'abord qu'il se sait suivi, et en second lieu qu'il ne craint rien.

— Pourtant nous le serrons d'assez près !

— Pas assez pour qu'il ne puisse nous glisser entre les doigts avant une minute. Il est trop sûr de lui.

— Voyons ! voyons ! vous me faites poser. Il y a là-bas, à la porte de ce café, deux agents cyclistes. Si je décide de les requérir et d'aborder le personnage, je me demande comment il nous glissera entre les doigts.

— Le personnage ne paraît pas s'émouvoir beaucoup de cette éventualité. C'est lui-même qui les requiert !

— Nom d'un chien, proféra Ganimard, il a de l'aplomb !

L'individu, en effet, s'était avancé vers les deux agents au moment où ceux-ci se disposaient à enfourcher leurs bicyclettes. Il leur dit quelques mots, puis, soudain, sauta sur une troisième bicyclette, qui était appuyée contre le mur du café, et s'éloigna rapidement avec les deux agents.

L'Anglais s'esclaffa :

— Hein ! l'avais-je prévu ? Un, deux, trois, enlevé ! et par qui ? par deux de vos collègues, monsieur Ganimard. Ah ! il se met bien, Arsène Lupin ! des agents cyclistes à sa solde ! Quand je vous disais que notre personnage était beaucoup trop calme !

— Alors quoi ? s'écria Ganimard, vexé, que fallait-il faire ? C'est très commode de rire !

— Allons, allons, ne vous fâchez pas. On se vengera. Pour le moment, il nous faut du renfort.

— Folenfant m'attend au bout de l'avenue de Neuilly.

— Eh bien ! prenez-le au passage et venez me rejoindre.

Ganimard s'éloigna, tandis que Sholmès suivait les traces des bicyclettes, d'autant plus visibles sur la poussière de la route, que deux des machines étaient munies de pneumatiques striés. Et il s'aperçut bientôt que ces traces le conduisaient au bord de la Seine, et que les trois hommes avaient tourné du même côté que Bresson, la veille au soir. Il parvint ainsi à la grille contre laquelle lui-même s'était caché avec Ganimard, et, un peu plus loin, il constata un entremêlement des lignes striées qui lui prouva qu'on avait fait halte à cet endroit. Juste en face il y avait une petite langue de terrain qui pointait dans la Seine et à l'extrémité de laquelle une vieille barque était amarrée.

C'est là que Bresson avait dû jeter son paquet, ou plutôt qu'il l'avait laissé tomber. Sholmès descendit le talus et vit que, la berge s'abaissant en pente très douce et l'eau du fleuve étant basse, il lui serait facile de retrouver le paquet... à moins que les trois hommes n'eussent pris les devants.

— Non, non, se dit-il, ils n'ont pas eu le temps... un quart d'heure tout au plus... et cependant pourquoi ont-ils passé par là ?

Un pêcheur était assis dans la barque. Sholmès lui demanda :

— Vous n'avez pas aperçu trois hommes à bicyclette ?

Le pêcheur fit signe que non.

L'Anglais insista :

— Mais si... Trois hommes... Ils viennent de s'arrêter à deux pas de vous...

Le pêcheur mit sa ligne sous son bras, sortit de sa poche un carnet, écrivit sur une des pages, la déchira et la tendit à Sholmès.

Un grand frisson secoua l'Anglais. D'un coup d'œil il avait vu, au milieu de la page qu'il tenait à la main, la série des lettres déchirées de l'album.

CDEHNOPRZEO-237

*

Un lourd soleil pesait sur la rivière. L'homme avait repris sa besogne, abrité sous la vaste cloche d'un chapeau de paille, sa veste et son gilet pliés à côté de lui. Il pêchait attentivement, tandis que le bouchon de sa ligne flottait au fil de l'eau.

Il s'écoula bien une minute, une minute de solennel et terrible silence.

— Est-ce lui ? pensait Sholmès avec une anxiété presque douloureuse.

Et la vérité l'éclairant :

— C'est lui ! c'est lui ! lui seul est capable de rester ainsi sans un frémissement d'inquiétude, sans rien craindre de ce qui va se passer… Et quel autre saurait cette histoire de l'album ? Alice l'a prévenu par son messager.

Tout à coup l'Anglais sentit que sa main, que sa propre main avait saisi la crosse de son revolver, et que ses yeux se fixaient sur le dos de l'individu, un peu au-dessous de la nuque. Un geste, et tout le drame se dénouait, la vie de l'étrange aventurier se terminait misérablement.

Le pêcheur ne bougea pas.

Sholmès serra nerveusement son arme avec l'envie farouche de tirer et d'en finir, et l'horreur en même temps d'un acte qui déplaisait à sa nature. La mort était certaine. Ce serait fini.

— Ah ! pensa-t-il, qu'il se lève, qu'il se défende... sinon tant pis pour lui... Une seconde encore... et je tire...

Mais un bruit de pas lui ayant fait tourner la tête, il avisa Ganimard qui s'en venait en compagnie des inspecteurs.

Alors, changeant d'idée, il prit son élan, d'un bond sauta dans la barque, dont l'amarre se cassa sous la poussée trop forte, tomba sur l'homme et l'étreignit à bras-le-corps. Ils roulèrent tous deux au fond du bateau.

— Et après ? s'écria Lupin, tout en se débattant, qu'est-ce que cela prouve ? Quand l'un de nous aura réduit l'autre à l'impuissance, il sera bien avancé ! Vous ne saurez pas quoi faire de moi, ni moi de vous. On restera là comme deux imbéciles...

Les deux rames glissèrent à l'eau. La barque s'en fut à la dérive. Des exclamations s'entrecroisaient le long de la berge, et Lupin continuait :

— Que d'histoires, Seigneur ! Vous avez donc perdu la notion des choses ?... De pareilles bêtises à votre âge ! et un grand garçon comme vous ! Fi, que c'est vilain !

Il réussit à se dégager.

Exaspéré, résolu à tout, Herlock Sholmès mit la main à sa poche. Il poussa un juron : Lupin lui avait pris son revolver.

Alors il se jeta à genoux et tâcha de rattraper un des avirons afin de gagner le bord, tandis que Lupin s'acharnait après l'autre, afin de gagner le large.

— L'aura... L'aura pas, disait Lupin... D'ailleurs ça n'a aucune importance... Si vous avez votre rame, je vous empêche de vous en servir... Et vous de même.

Mais voilà, dans la vie, on s'efforce d'agir… sans la moindre raison, puisque c'est toujours le sort qui décide… Tenez, vous voyez, le sort… eh bien ! il se décide pour son vieux Lupin… Victoire ! le courant me favorise !

Le bateau en effet tendait à s'éloigner.

— Garde à vous, cria Lupin.

Quelqu'un, sur la rive, braquait un revolver. Il baissa la tête, une détonation retentit, un peu d'eau jaillit auprès d'eux, Lupin éclata de rire.

— Dieu me pardonne, c'est l'ami Ganimard !… Mais c'est très mal ce que tu fais là, Ganimard. Tu n'as le droit de tirer qu'en cas de légitime défense… Ce pauvre Arsène te rend donc féroce au point d'oublier tous tes devoirs ?… Allons bon, le voilà qui recommence !… Mais, malheureux, c'est mon cher maître que tu vas frapper.

Il fit à Sholmès un rempart de son corps, et, debout dans la barque, face à Ganimard :

— Bien ! maintenant je suis tranquille… Vise là, Ganimard, en plein cœur !… plus haut… à gauche… C'est raté… fichu maladroit… Encore un coup ?… Mais tu trembles, Ganimard… Au commandement, n'est-ce pas ? et du sang-froid !… Une, deux, trois, feu !… Raté ! Sacrebleu, le gouvernement vous donne donc des joujoux d'enfant comme pistolets ?

Il exhiba un long revolver, massif et plat, et, sans viser, tira.

L'inspecteur porta la main à son chapeau : une balle l'avait troué.

— Qu'en dis-tu, Ganimard ? Ah ! cela vient d'une bonne fabrique. Saluez, messieurs, c'est le revolver de mon noble ami, maître Herlock Sholmès !

Et, d'un tour de bras, il lança l'arme aux pieds mêmes de Ganimard.

Sholmès ne pouvait s'empêcher de sourire et d'admirer. Quel débordement de vie ! Quelle allégresse jeune et spontanée ! Et comme il paraissait se divertir ! On eût dit que la sensation du péril lui causait une joie physique, et que l'existence n'avait pas d'autre but pour cet homme extraordinaire que la recherche de dangers qu'il s'amusait ensuite à conjurer.

De chaque côté du fleuve, cependant, des gens se massaient, et Ganimard et ses hommes suivaient l'embarcation qui se balançait au large, très doucement entraînée par le courant. C'était la capture inévitable, mathématique.

— Avouez, maître, s'écria Lupin en retournant vers l'Anglais, que vous ne donneriez pas votre place pour tout l'or du Transvaal ! C'est que vous êtes au premier rang des fauteuils ! Mais d'abord et avant tout, le prologue… après quoi nous sauterons d'un coup au cinquième acte, la capture ou l'évasion d'Arsène Lupin. Donc, mon cher maître, j'ai une question à vous poser, et je vous supplie afin qu'il n'y ait pas d'équivoque, d'y répondre par un oui ou un non. Renoncez à vous occuper de cette affaire. Il est encore temps et je puis réparer le mal que vous avez fait. Plus tard je ne pourrais plus. Est-ce convenu ?

— Non.

La figure de Lupin se contracta. Visiblement cette obstination l'irritait. Il reprit :

— J'insiste. Pour vous encore plus que pour moi, j'insiste, certain que vous serez le premier à regretter votre intervention. Une dernière fois, oui ou non ?

— Non.

Lupin s'accroupit, déplaça une des planches du fond, et, durant quelques minutes, exécuta un travail dont Sholmès ne put discerner la nature. Puis il se releva, s'assit auprès de l'Anglais, et lui tint ce langage :

— Je crois, maître, que nous sommes venus au bord de cette rivière pour des raisons identiques : repêcher l'objet dont Bresson s'est débarrassé ? Pour ma part, j'avais donné rendez-vous à quelques camarades, et j'étais sur le point – mon costume sommaire l'indique – d'effectuer une petite exploration dans les profondeurs de la Seine, quand mes amis m'ont annoncé votre approche. Je vous confesse d'ailleurs que je n'en fus pas surpris, étant prévenu heure par heure, j'ose le dire, des progrès de votre enquête. C'est si facile ! Dès qu'il se passe, rue Murillo, la moindre chose susceptible de m'intéresser, vite, un coup de téléphone, et je suis averti. Vous comprendrez que, dans ces conditions…

Il s'arrêta. La planche qu'il avait écartée se soulevait maintenant, et, tout autour, de l'eau filtrait par petits jets.

— Diable ! j'ignore comment j'ai procédé, mais j'ai tout lieu de penser qu'il y a une voie d'eau au fond de cette vieille embarcation. Vous n'avez pas peur, maître ?

Sholmès haussa les épaules. Lupin continua :

— Vous comprendrez donc que, dans ces conditions, et sachant par avance que vous recherchiez le combat d'autant plus ardemment que je m'efforçais, moi, de l'éviter, il m'était plutôt agréable d'engager avec vous une partie dont l'issue est certaine puisque j'ai tous les atouts en main. Et j'ai voulu donner à notre rencontre le plus d'éclat possible, afin que votre défaite fût universellement connue, et qu'une autre comtesse de Crozon ou un autre baron d'Imblevalle ne fussent pas tentés de solliciter votre secours contre moi. Ne voyez là d'ailleurs, mon cher maître...

Il s'interrompit de nouveau, et, se servant de ses mains à demi fermées comme de lorgnettes, il observa les rives.

— Bigre ! ils ont frété un superbe canot, un vrai navire de guerre, et les voilà qui font force rames. Avant cinq minutes, ce sera l'abordage et je suis perdu. Monsieur Sholmès, un conseil : vous vous jetez sur moi, vous me ficelez et vous me livrez à la justice de mon pays... Ce programme vous plaît-il ?... À moins que d'ici là, nous n'ayons fait naufrage, auquel cas il ne nous resterait plus qu'à préparer notre testament. Qu'en pensez-vous ?

Leurs regards se croisèrent. Cette fois Sholmès s'expliqua la manœuvre de Lupin : il avait percé le fond de la barque. Et l'eau montait.

Elle gagna les semelles de leurs bottines. Elle recouvrit leurs pieds : ils ne firent pas un mouvement.

Elle dépassa leurs chevilles : l'Anglais saisit sa blague à tabac, roula une cigarette et l'alluma.

Lupin poursuivit :

— Et ne voyez là, mon cher maître, que l'humble aveu de mon impuissance à votre égard. C'est m'incliner devant vous que d'accepter les seules batailles où la victoire me soit acquise, afin d'éviter celles dont je n'aurais pas choisi le terrain. C'est reconnaître que Sholmès est l'unique ennemi que je craigne, et proclamer mon inquiétude tant que Sholmès ne sera pas écarté de ma route. Voilà, mon cher maître, ce que je tenais à vous dire, puisque le destin m'accorde l'honneur d'une conversation avec vous. Je ne regrette qu'une chose, c'est que cette conversation ait lieu pendant que nous prenons un bain de pieds !... situation qui manque de gravité, je le confesse... Et que dis-je ! un bain de pieds !... un bain de siège plutôt !

L'eau, en effet, parvenait au banc où ils étaient assis, et de plus en plus la barque s'enfonçait.

Sholmès, imperturbable, la cigarette aux lèvres, semblait absorbé dans la contemplation du ciel. Pour rien au monde, en face de cet homme environné de périls, cerné par la foule, traqué par la meute des agents, et qui cependant gardait sa belle humeur, pour rien au monde il n'eût consenti à montrer, lui, le plus léger signe d'agitation.

Quoi ! avaient-ils l'air de dire tous deux, s'émeut-on pour de telles futilités ? N'advient-il pas chaque jour que l'on se noie dans un fleuve ? Est-ce là de ces événements qui méritent qu'on y prête attention ? Et l'un bavardait, et l'autre rêvassait, tous deux cachant sous un même masque d'insouciance le choc formidable de leurs deux orgueils.

Une minute encore, et ils allaient couler.

— L'essentiel, formula Lupin, est de savoir si nous coulerons avant ou après l'arrivée des champions de la justice. Tout est là. Car, pour la question du naufrage, elle ne se pose même plus. Maître, c'est l'heure solennelle du testament. Je lègue toute ma fortune à Herlock Sholmès, citoyen anglais, à charge pour lui... Mais, mon Dieu, qu'ils avancent vite, les champions de la justice ! Ah ! les braves gens ! ils font plaisir à voir. Quelle précision dans le coup de rame ! Tiens, mais c'est toi, Folenfant ? Bravo ! L'idée du navire de guerre est excellente. Je te recommanderai à tes supérieurs, brigadier Folenfant... Est-ce la médaille que tu souhaites ? entendu... c'est chose faite. Et ton camarade Dieuzy, où est-il donc ? Sur la rive gauche, n'est-ce pas, au milieu d'une centaine d'indigènes ?... De sorte que, si j'échappe au naufrage, je suis recueilli à gauche par Dieuzy et ses indigènes, ou bien à droite par Ganimard et les populations de Neuilly. Fâcheux dilemme...

Il y eut un remous. L'embarcation vira sur elle-même, et Sholmès dut s'accrocher à l'anneau des avirons.

— Maître, dit Lupin, je vous supplie d'ôter votre veste. Vous serez plus à l'aise pour nager. Non ? Vous refusez ? Alors je remets la mienne.

Il enfila sa veste, la boutonna hermétiquement comme celle de Sholmès, et soupira :

— Quel rude homme vous faites ! et qu'il est dommage que vous vous entêtiez dans une affaire... où vous donnez certes la mesure de vos moyens, mais si vainement ! Vrai, vous gâchez votre beau génie...

— Monsieur Lupin, prononça Sholmès, sortant enfin de son mutisme, vous parlez beaucoup trop, et vous péchez souvent par excès de confiance et par légèreté.

— Le reproche est sévère.

— C'est ainsi que, sans le savoir, vous m'avez fourni, il y a un instant, le renseignement que je cherchais.

— Comment ! vous cherchiez un renseignement et vous ne me le disiez pas.

— Je n'ai besoin de personne. D'ici trois heures je donnerai le mot de l'énigme à M. et Mme d'Imblevalle. Voilà l'unique réponse...

Il n'acheva pas sa phrase. La barque avait sombré d'un coup, les entraînant tous deux. Elle émergea aussitôt, retournée, la coque en l'air. Il y eut de grands cris sur les deux rives, puis un silence anxieux, et soudain de nouvelles exclamations : un des naufragés avait reparu.

C'était Herlock Sholmès.

Excellent nageur, il se dirigea à larges brassées vers le canot de Folenfant.

— Hardi, monsieur Sholmès, hurla le brigadier, nous y sommes... faiblissez pas... on s'occupera de lui après... nous le tenons, allez... un petit effort, monsieur Sholmès... prenez la corde...

L'Anglais saisit une corde qu'on lui tendait. Mais, pendant qu'il se hissait à bord, une voix, derrière lui, l'interpella :

— Le mot de l'énigme, mon cher maître, parbleu oui, vous l'aurez. Je m'étonne même que vous ne l'ayez pas déjà... Et après ? À quoi cela vous servira-t-il ? C'est justement alors que la bataille sera perdue pour vous...

À cheval sur la coque dont il venait d'escalader les parois tout en pérorant, confortablement installé, maintenant, Arsène Lupin poursuivait son discours avec des gestes solennels, et comme s'il espérait convaincre son interlocuteur.

— Comprenez-le bien, mon cher maître, il n'y a rien à faire, absolument rien... Vous vous trouvez dans la situation déplorable d'un monsieur...

Folenfant l'ajusta :

— Rends-toi, Lupin.

— Vous êtes un malotru, brigadier Folenfant, vous m'avez coupé au milieu d'une phrase. Je disais donc...

— Rendez-vous, Lupin.

— Mais sacrebleu, brigadier Folenfant, on ne se rend que si l'on est en danger. Or tu n'as pas la prétention de croire que je coure le moindre danger !

— Pour la dernière fois, Lupin, je vous somme de vous rendre.

— Brigadier Folenfant, tu n'as nullement l'intention de me tuer, tout au plus de me blesser, tellement tu as peur que je n'échappe. Et si par hasard la blessure était mortelle ? Non, mais pense à tes remords, malheureux ! à ta vieillesse empoisonnée !...

Le coup partit.

Lupin chancela, se cramponna un instant à l'épave, puis lâcha prise et disparut.

*

Il était exactement trois heures lorsque ces événements se produisirent. À six heures précises, ainsi qu'il l'avait annoncé, Herlock Sholmès, vêtu d'un pantalon trop court et d'un veston trop étroit qu'il avait empruntés à un aubergiste de Neuilly, coiffé d'une casquette et paré d'une chemise de flanelle à cordelière de soie[1], entra dans le boudoir de la rue Murillo, après avoir fait prévenir M. et Mme d'Imblevalle qu'il leur demandait un entretien.

Ils le trouvèrent qui se promenait de long en large. Et il leur parut si comique dans sa tenue bizarre qu'ils durent réprimer une forte envie de rire. L'air pensif, le dos voûté, il marchait comme un automate, de la fenêtre à la porte, et de la porte à la fenêtre, faisant chaque fois le même nombre de pas et pivotant chaque fois dans le même sens.

Il s'arrêta, saisit un bibelot, l'examina machinalement, puis reprit sa promenade.

Enfin, se plantant devant eux, il demanda :

— Mademoiselle est-elle ici ?

— Oui, dans le jardin, avec les enfants.

— Monsieur le baron, l'entretien que nous allons

avoir étant définitif, je voudrais que Mlle Demun y assistât.

— Est-ce que, décidément… ?

— Ayez un peu de patience, monsieur. La vérité sortira clairement des faits que je vais exposer devant vous avec le plus de précision possible.

— Soit. Suzanne, veux-tu ?…

Mme d'Imblevalle se leva et revint presque aussitôt, accompagnée d'Alice Demun. Mademoiselle, un peu plus pâle que de coutume, resta debout, appuyée contre une table et sans même demander la raison pour laquelle on l'avait appelée.

Sholmès ne parut pas la voir, et, se tournant brusquement vers M. d'Imblevalle, il articula d'un ton qui n'admettait pas la réplique :

— Après plusieurs jours d'enquête, monsieur, et bien que certains événements aient modifié un instant ma manière de voir, je vous répéterai ce que je vous ai dit dès la première heure : la lampe juive a été volée par quelqu'un qui habite cet hôtel.

— Le nom du coupable ?

— Je le connais.

— Les preuves ?

— Celles que j'ai suffiront à le confondre.

— Il ne suffit pas qu'il soit confondu. Il faut encore qu'il nous restitue…

— La lampe juive ? Elle est en ma possession.

— Le collier d'opales ? la tabatière ?…

— Le collier d'opales, la tabatière, bref tout ce qui vous fut dérobé la seconde fois est en ma possession.

Sholmès aimait ces coups de théâtre et cette manière un peu sèche d'annoncer ses victoires.

De fait le baron et sa femme semblaient stupéfiés, et le considéraient avec une curiosité silencieuse qui était la meilleure des louanges.

Il reprit ensuite par le menu le récit de ce qu'il avait fait durant ces trois jours. Il dit la découverte de l'album, écrivit sur une feuille de papier la phrase formée par les lettres découpées, puis raconta l'expédition de Bresson au bord de la Seine et le suicide de l'aventurier, et enfin la lutte que lui, Sholmès, venait de soutenir contre Lupin, le naufrage de la barque et la disparition de Lupin.

Quand il eut terminé, le baron dit à voix basse :

— Il ne vous reste plus qu'à nous révéler le nom du coupable. Qui donc accusez-vous ?

— J'accuse la personne qui a découpé les lettres de cet alphabet, et communiqué au moyen de ces lettres avec Arsène Lupin.

— Comment savez-vous que le correspondant de cette personne est Arsène Lupin ?

— Par Lupin lui-même.

Il tendit un bout de papier mouillé et froissé. C'était la page que Lupin avait arrachée de son carnet, dans la barque, et sur laquelle il avait inscrit la phrase.

— Et remarquez, nota Sholmès, avec satisfaction, que rien ne l'obligeait à me donner cette feuille, et, par conséquent, à se faire reconnaître. Simple gaminerie de sa part, et qui m'a renseigné.

— Qui vous a renseigné… dit le baron. Je ne vois rien cependant…

Sholmès repassa au crayon les lettres et les chiffres.

CDEHNOPRZEO – 237.

— Eh bien ? fit M. d'Imblevalle, c'est la formule que vous venez de nous montrer vous-même.

— Non. Si vous aviez tourné et retourné cette

formule dans tous les sens, vous auriez vu du premier coup d'œil, comme je l'ai vu, qu'elle n'est pas semblable à la première.

— Et en quoi donc ?

— Elle comprend deux lettres de plus, un E et un O.

— En effet, je n'avais pas observé…

— Rapprochez ces deux lettres du C et de l'H qui nous restaient en dehors du mot « répondez » et vous constaterez que le seul mot possible est ECHO.

— Ce qui signifie ?

— Ce qui signifie l'*Écho de France*, le journal de Lupin, son organe officiel, celui auquel il réserve ses « communiqués ». Répondez à « l'*Écho de France*, rubrique de la petite correspondance, numéro 237 ». C'était là le mot de l'énigme que j'ai tant cherché, et que Lupin m'a fourni avec tant de bonne grâce. J'arrive des bureaux de l'*Écho de France*.

— Et vous avez trouvé ?

— J'ai trouvé toute l'histoire détaillée des relations d'Arsène Lupin et de… sa complice.

Et Sholmès étala sept journaux ouverts à la quatrième page et dont il détacha les sept lignes suivantes :

1° ARS. LUP. Dame impl. protect. 540.
2° 540. Attends explications. A. L.
3° A. L. Sous domin. ennemi. Perdue.
4° 540. Écrivez adresse. Ferai enquête.
5° A. L. Murillo.
6° 540. Parc trois heures. Violettes.
7° 237. Entendu sam. serai dim. mat. parc.

— Et vous appelez cela une histoire détaillée ! s'écria M. d'Imblevalle.

— Mon Dieu, oui, et pour peu que vous y prêtiez attention, vous serez de mon avis. Tout d'abord, une dame qui signe 540 implore la protection d'Arsène Lupin, à quoi Lupin riposte par une demande d'explications. La dame répond qu'elle est sous la domination d'un ennemi, de Bresson sans aucun doute, et qu'elle est perdue si l'on ne vient à son aide. Lupin, qui se méfie, qui n'ose encore s'aboucher avec cette inconnue, exige l'adresse et propose une enquête. La dame hésite pendant quatre jours – consultez les dates – enfin pressée par les événements, influencée par les menaces de Bresson, elle donne le nom de sa rue, Murillo. Le lendemain, Arsène Lupin annonce qu'il sera dans le parc Monceau à trois heures, et prie son inconnue de porter un bouquet de violettes comme signe de ralliement. Là, une interruption de huit jours dans la correspondance. Arsène Lupin et la dame n'ont pas besoin de s'écrire par la voie du journal : ils se voient ou s'écrivent directement. Le plan est ourdi : pour satisfaire aux exigences de Bresson, la dame enlèvera la lampe juive. Reste à fixer le jour. La dame qui, par prudence, correspond à l'aide de mots découpés et collés, se décide pour le samedi et ajoute : *Répondez Écho 237*. Lupin répond que c'est entendu et qu'il sera en outre le dimanche matin dans le parc. Le dimanche matin, le vol avait lieu.

— En effet, tout s'enchaîne, approuva le baron, et l'histoire est complète.

Sholmès reprit :

— Donc, le vol a lieu. La dame sort le dimanche matin, rend compte à Lupin de ce qu'elle a fait, et porte à Bresson la lampe juive. Les choses se passent alors comme Lupin l'avait prévu. La justice, abusée par une fenêtre ouverte, quatre trous dans la terre et deux éraflures sur un balcon, admet aussitôt l'hypothèse du vol par effraction. La dame est tranquille.

— Soit, fit le baron, j'admets cette explication très logique. Mais le second vol…

— Le second vol fut provoqué par le premier. Les journaux ayant raconté comment la lampe juive avait disparu, quelqu'un eut l'idée de répéter l'agression et de s'emparer de ce qui n'avait pas été emporté. Et cette fois, ce ne fut pas un vol simulé, mais un vol réel, avec effraction véritable, escalade, etc.

— Lupin, bien entendu.

— Non, Lupin n'agit pas aussi stupidement. Lupin ne tire pas sur les gens pour un oui ou un non.

— Alors, qui est-ce ?

— Bresson, sans aucun doute, et à l'insu de la dame qu'il avait fait chanter. C'est Bresson qui est entré ici, c'est lui que j'ai poursuivi, c'est lui qui a blessé mon pauvre Wilson.

— En êtes-vous bien sûr ?

— Absolument. Un des complices de Bresson lui a écrit hier, avant son suicide, une lettre qui prouve que des pourparlers furent engagés entre ce complice et Lupin pour la restitution de tous les objets volés dans votre hôtel. Lupin exigeait tout, « *la première chose* (c'est-à-dire la lampe juive) *aussi bien que celles de la seconde affaire* ». En outre, il surveillait Bresson. Quand celui-ci s'est rendu hier soir au bord de la Seine, un des compagnons de Lupin le filait en même temps que nous.

— Qu'allait faire Bresson au bord de la Seine ?

— Averti des progrès de mon enquête…

— Averti par qui ?

— Par la même dame, laquelle craignait à juste titre que la découverte de la lampe juive n'amenât la découverte de son aventure… Donc, Bresson averti, réunit en un seul paquet ce qui peut le compromettre, et il le jette dans un endroit où il lui est possible de le reprendre, une fois le danger passé. C'est au retour que, traqué par Ganimard et par moi, ayant sans doute d'autres méfaits sur la conscience, il perd la tête et se tue.

— Mais que contenait le paquet ?

— La lampe juive et vos autres bibelots.

— Ils ne sont donc pas en votre possession ?

— Aussitôt après la disparition de Lupin, j'ai profité du bain qu'il m'avait forcé de prendre, pour me faire conduire à l'endroit choisi par Bresson, et j'ai retrouvé, enveloppé de linge et de toile cirée, ce qui vous fut dérobé. Le voici, sur cette table.

Sans un mot le baron coupa les ficelles, déchira d'un coup les linges mouillés, en sortit la lampe, tourna un écrou placé sous le pied, fit effort des deux mains sur le récipient, le dévissa, l'ouvrit en deux parties égales, et découvrit la chimère en or, rehaussée de rubis et d'émeraudes.

Elle était intacte.

*

Il y avait dans toute cette scène, si naturelle en apparence, et qui consistait en une simple exposition de faits, quelque chose qui la rendait effroyablement tragique, c'était l'accusation formelle, directe, irréfutable, que Sholmès lançait à chacune de ses paroles contre mademoiselle. Et c'était aussi le silence impressionnant d'Alice Demun.

Pendant cette longue, cette cruelle accumulation de petites preuves ajoutées les unes aux autres, pas un muscle de son visage n'avait remué, pas un éclair de révolte ou de crainte n'avait troublé la sérénité de son limpide regard. Que pensait-elle ? Et surtout qu'allait-elle dire à la minute solennelle où il lui faudrait répondre, où il lui faudrait se défendre et briser le cercle de fer dans lequel Herlock Sholmès l'emprisonnait si habilement ?

Cette minute avait sonné et la jeune fille se taisait.

— Parlez ! Parlez donc ! s'écria M. d'Imblevalle.

Elle ne parla point.

Il insista :

— Un mot vous justifierait... Un mot de révolte, et je vous croirai.

Ce mot, elle ne le dit point.

Le baron traversa vivement la pièce, revint sur ses pas, recommença, puis s'adressant à Sholmès :

— Eh bien non, monsieur ! je ne peux pas admettre que ce soit vrai ! Il y a des crimes impossibles ! et celui-là est en opposition avec tout ce que je sais, tout ce que je vois depuis un an.

Il appliqua sa main sur l'épaule de l'Anglais.

— Mais vous-même, monsieur, êtes-vous absolument et définitivement certain de ne pas vous tromper ?

Sholmès hésita, comme un homme qu'on attaque à l'improviste et dont la riposte n'est pas immédiate. Pourtant il sourit et dit :

— Seule la personne que j'accuse pouvait, par la situation qu'elle occupe chez vous, savoir que la lampe juive contenait ce magnifique bijou.

— Je ne veux pas le croire, murmura le baron.

— Demandez-le-lui.

C'était, en effet, la seule chose qu'il n'eût point tentée, dans la confiance aveugle que lui inspirait la jeune fille. Pourtant il n'était plus permis de se soustraire à l'évidence.

Il s'approcha d'elle, et, les yeux dans les yeux :

— C'est vous, mademoiselle ? C'est vous qui avez pris le bijou ? c'est vous qui avez correspondu avec Arsène Lupin et simulé le vol ?

Elle répondit :

— C'est moi, monsieur.

Elle ne baissa pas la tête. Sa figure n'exprima ni honte ni gêne.

— Est-ce possible ! murmura M. d'Imblevalle... Je n'aurais jamais cru... vous êtes la dernière personne que j'aurais soupçonnée. Comment avez-vous fait, malheureuse ?

Elle dit :

— J'ai fait ce que M. Sholmès a raconté. La nuit du samedi au dimanche, je suis descendue dans ce boudoir, j'ai pris la lampe, et, le matin, je l'ai portée... à cet homme.

— Mais non, objecta le baron, ce que vous prétendez est inadmissible.

— Inadmissible ! et pourquoi ?

— Parce que le matin j'ai retrouvé fermée au verrou la porte de ce boudoir.

Elle rougit, perdit contenance et regarda Sholmès comme si elle lui demandait conseil.

Plus encore que par l'objection du baron, Sholmès sembla frappé par l'embarras d'Alice Demun. N'avait-elle donc rien à répondre ? Les aveux qui consacraient l'explication que lui, Sholmès, avait fournie sur le vol de la lampe juive masquaient-ils un mensonge que détruisait aussitôt l'examen des faits ?

Le baron reprit :

— Cette porte était fermée. J'affirme que j'ai retrouvé le verrou comme je l'avais mis la veille au soir. Si vous aviez passé par cette porte, ainsi que vous le prétendez, il eût fallu que quelqu'un vous ouvrît de l'intérieur, c'est-à-dire du boudoir ou de notre chambre. Or, il n'y avait personne à l'intérieur de ces deux pièces... il n'y avait personne que ma femme et moi.

Sholmès se courba vivement et couvrit son visage de ses deux mains afin de masquer sa rougeur. Quelque chose comme une lumière trop brusque l'avait heurté, et il restait ébloui, mal à l'aise. Tout se dévoilait à lui ainsi qu'un paysage obscur d'où la nuit s'écartait soudain.

Alice Demun était innocente. Il y avait là une vérité certaine, aveuglante, et c'était en même temps l'explication de la sorte de gêne qu'il éprouvait depuis le premier jour à diriger contre la jeune fille la terrible accusation. Il y voyait clair maintenant. Il savait. Un geste, et sur-le-champ la preuve irréfutable s'offrirait à lui.

Il releva la tête et, après quelques secondes, aussi naturellement qu'il le put, il tourna les yeux vers Mme d'Imblevalle.

Elle était pâle, de cette pâleur inaccoutumée qui vous envahit aux heures implacables de la vie. Ses mains, qu'elle s'efforçait de cacher, tremblaient imperceptiblement.

— Une seconde encore, pensa Sholmès, et elle se trahit.

Il se plaça entre elle et son mari, avec le désir impérieux d'écarter l'effroyable danger qui *par sa faute* menaçait cet homme et cette femme. Mais à la vue du baron, il tressaillit au plus profond de son être... La même révélation soudaine qui l'avait ébloui de clarté illuminait maintenant M. d'Imblevalle. Le même travail s'opérait dans le cerveau du mari. Il comprenait à son tour ! Il voyait !

Désespérément Alice Demun se cabra contre la vérité implacable.

— Vous avez raison, monsieur, je faisais erreur... En effet, je ne suis pas entrée par ici. J'ai passé par le vestibule et par le jardin, et c'est à l'aide d'une échelle...

Effort suprême de dévouement... Mais effort inutile ! Les paroles sonnaient faux. La voix était mal assurée, et la douce créature n'avait plus ses yeux limpides et son grand air de sincérité. Elle baissa la tête, vaincue.

Le silence fut atroce. Mme d'Imblevalle attendait, livide, toute raidie par l'angoisse et l'épouvante. Le baron semblait se débattre encore, comme s'il ne voulait pas croire à l'écroulement de son bonheur. Enfin il balbutia :

— Parle ! explique-toi !...

— Je n'ai rien à te dire, mon pauvre ami, fit-elle très bas et le visage tordu de douleur.

— Alors... mademoiselle...

— Mademoiselle m'a sauvée... par dévouement... par affection... et elle s'accusait...

— Sauvée de quoi ? de qui ?

— De cet homme.

— Bresson ?

— Oui, c'est moi qu'il tenait par ses menaces... Je l'ai connu chez une amie... et j'ai eu la folie de l'écouter... Oh ! rien que tu ne puisses pardonner... cependant j'ai écrit des lettres... des lettres que tu verras... Je les ai rachetées... tu sais comment... Oh ! aie pitié de moi... j'ai tant pleuré !!!

— Toi ! toi ! Suzanne !

Il leva sur elle ses poings serrés, prêt à la battre, prêt à la tuer. Mais ses bras retombèrent, et il murmura de nouveau :

— Toi, Suzanne !... toi !... est-ce possible !...

Par petites phrases hachées, elle raconta la navrante et banale aventure, son réveil effaré devant l'infamie du personnage, ses remords, son affolement, et elle dit aussi la conduite admirable d'Alice, la jeune fille devinant le désespoir de sa maîtresse, lui arrachant sa confession, écrivant à Lupin, et organisant cette histoire du vol pour la sauver des griffes de Bresson.

— Toi, Suzanne, toi, répétait M. d'Imblevalle, courbé en deux, terrassé… Comment as-tu pu… ?

*

Le soir de ce même jour, le steamer *Ville de Londres*, qui fait le service entre Calais et Douvres, glissait lentement sur l'eau immobile. La nuit était obscure et calme. Des nuages paisibles se devinaient au-dessus du bateau, et, tout autour, de légers voiles de brume le séparaient de l'espace infini où devait s'épandre la blancheur de la lune et des étoiles.

La plupart des passagers avaient regagné les cabines et les salons. Quelques-uns cependant, plus intrépides, se promenaient sur le pont ou bien sommeillaient au fond de larges rocking-chairs et sous d'épaisses couvertures. On voyait çà et là des lueurs de cigares, et l'on entendait, mêlé au souffle doux de la brise, le murmure de voix qui n'osaient s'élever dans le grand silence solennel.

Un des passagers, qui déambulait d'un pas régulier le long des bastingages, s'arrêta près d'une personne étendue sur un banc, l'examina, et, comme cette personne remuait un peu, il lui dit :

— Je croyais que vous dormiez, mademoiselle Alice.

— Non, non, monsieur Sholmès, je n'ai pas envie de dormir. Je réfléchis.

— À quoi ? Est-ce indiscret de vous le demander ?

— Je pensais à Mme d'Imblevalle. Elle doit être si triste ! Sa vie est perdue.

— Mais non, mais non, dit-il vivement. Son erreur n'est pas de celles qu'on ne pardonne pas. M. d'Imblevalle oubliera cette défaillance. Déjà, quand nous sommes partis, il la regardait moins durement.

— Peut-être… mais l'oubli sera long… et elle souffre.

— Vous l'aimez beaucoup ?

— Beaucoup. C'est cela qui m'a donné tant de force pour sourire quand je tremblais de peur, pour vous regarder en face quand j'aurais voulu fuir vos yeux.

— Et vous êtes malheureuse de la quitter ?

— Très malheureuse. Je n'ai ni parents, ni amis… Je n'avais qu'elle.

— Vous aurez des amis, dit l'Anglais, que ce chagrin bouleversait, je vous en fais la promesse… j'ai des relations… beaucoup d'influence… je vous assure que vous ne regretterez pas votre situation.

— Peut-être, mais Mme d'Imblevalle ne sera plus là…

Ils n'échangèrent pas d'autres paroles. Herlock Sholmès fit encore deux ou trois tours sur le pont, puis revint s'installer auprès de sa compagne de voyage.

Le rideau de brume se dissipait et les nuages semblaient se disjoindre au ciel. Des étoiles scintillèrent.

Sholmès tira sa pipe du fond de son *mac-farlane*[1], la bourra et frotta successivement quatre allumettes sans réussir à les enflammer. Comme il n'en avait pas d'autres, il se leva et dit à un monsieur qui se trouvait assis à quelques pas :

— Auriez-vous un peu de feu, s'il vous plaît ?

Le monsieur ouvrit une boîte de tisons et frotta. Tout de suite une flamme jaillit. À sa lueur, Sholmès aperçut Arsène Lupin.

S'il n'y avait pas eu chez l'Anglais un tout petit geste, un imperceptible geste de recul, Lupin aurait pu supposer que sa présence à bord était connue de Sholmès, tellement celui-ci resta maître de lui, et tellement fut naturelle l'aisance avec laquelle il tendit la main à son adversaire.

— Toujours en bonne santé, monsieur Lupin ?

— Bravo ! s'exclama Lupin, à qui un tel empire sur soi-même arracha un cri d'admiration.

— Bravo ?… Et pourquoi ?

— Comment, pourquoi ? Vous me voyez réapparaître devant vous, comme un fantôme, après avoir assisté à mon plongeon dans la Seine – et par orgueil, par un miracle d'orgueil que je qualifierai de tout britannique, vous n'avez pas un mouvement de stupeur, pas un mot de surprise ! Ma foi, je le répète, bravo, c'est admirable !

— Ce n'est pas admirable. À votre façon de tomber de la barque, j'ai fort bien vu que vous tombiez volontairement et que vous n'étiez pas atteint par la balle du brigadier.

— Et vous êtes parti sans savoir ce que je devenais ?

— Ce que vous deveniez ? je le savais. Cinq cents personnes commandaient les deux rives sur un espace d'un kilomètre. Du moment que vous échappiez à la mort, votre capture était certaine.

— Pourtant, me voici.

— Monsieur Lupin, il y a deux hommes au monde de qui rien ne peut m'étonner : moi d'abord et vous ensuite.

La paix était conclue.

Si Sholmès n'avait point réussi dans ses entreprises contre Arsène Lupin, si Lupin demeurait l'ennemi exceptionnel qu'il fallait définitivement renoncer à saisir, si au cours des engagements il conservait toujours la supériorité, l'Anglais n'en avait pas moins, par sa ténacité formidable, retrouvé la lampe juive comme il avait retrouvé le diamant bleu. Peut-être, cette fois, le résultat était-il moins brillant, surtout au point de vue du public, puisque Sholmès était obligé de taire les circonstances dans lesquelles la lampe juive avait été découverte, et de proclamer qu'il ignorait le nom du coupable. Mais d'homme à homme, de Lupin à Sholmès, de policier à cambrioleur, il n'y avait en toute équité ni vainqueur ni vaincu. Chacun d'eux pouvait prétendre à d'égales victoires.

Ils causèrent donc, en adversaires courtois qui ont déposé leurs armes et qui s'estiment à leur juste valeur.

Sur la demande de Sholmès, Lupin raconta son évasion.

— Si tant est, dit-il, que l'on puisse appeler cela une évasion. Ce fut si simple ! Mes amis veillaient, puisqu'on s'était donné rendez-vous pour repêcher la lampe juive. Aussi, après être resté une bonne demi-heure sous la coque renversée de la barque, j'ai profité d'un instant où Folenfant et ses hommes cherchaient mon cadavre le long des rives, et je suis remonté sur l'épave. Mes amis n'ont eu qu'à me cueillir au passage dans leur canot automobile, et à filer sous l'œil ahuri des cinq cents curieux, de Ganimard et de Folenfant.

— Très joli ! s'écria Sholmès… tout à fait réussi !… Et maintenant, vous avez affaire en Angleterre ?

— Oui, quelques règlements de comptes… Mais j'oubliais… M. d'Imblevalle ?

— Il sait tout.

— Ah ! mon cher maître, que vous avais-je dit ? Le mal est irréparable maintenant. N'eût-il pas mieux valu me laisser agir à ma guise ? Encore un jour ou deux, et je reprenais à Bresson la lampe juive et les bibelots, je les renvoyais aux d'Imblevalle, et ces deux braves gens eussent achevé de vivre paisiblement l'un auprès de l'autre. Au lieu de cela…

— Au lieu de cela, ricana Sholmès, j'ai brouillé les cartes et porté la discorde au sein d'une famille que vous protégiez.

— Mon Dieu, oui, que je protégeais ! Est-il indispensable de toujours voler, duper et faire le mal ?

— Alors vous faites le bien aussi ?

— Quand j'ai le temps. Et puis ça m'amuse. Je trouve extrêmement drôle que, dans l'aventure qui nous occupe, je sois le bon génie[1] qui secourt et qui sauve, et vous le mauvais génie qui apporte le désespoir et les larmes.

— Les larmes ! les larmes ! protesta l'Anglais.

— Certes ! le ménage d'Imblevalle est démoli et Alice Demun pleure.

— Elle ne pouvait plus rester… Ganimard eût fini par la découvrir… et par elle on remontait jusqu'à Mme d'Imblevalle.

— Tout à fait de votre avis, maître, mais à qui la faute ?

Deux hommes passèrent devant eux. Sholmès dit à Lupin, d'une voix dont le timbre semblait légèrement altéré :

— Vous savez qui sont ces gentlemen ?

— J'ai cru reconnaître le commandant du bateau.

— Et l'autre ?

— J'ignore.

— C'est M. Austin Gilett. Et M. Austin Gilett occupe en Angleterre une situation qui correspond à celle de M. Dudouis, votre chef de la Sûreté.

— Ah ! quelle chance ! seriez-vous assez aimable pour me présenter ? M. Dudouis est un de mes bons amis, et je serais heureux d'en pouvoir dire autant de M. Austin Gilett.

Les deux gentlemen reparurent.

— Et si je vous prenais au mot, monsieur Lupin ? dit Sholmès en se levant.

Il avait saisi le poignet d'Arsène Lupin et le serrait d'une main de fer.

— Pourquoi serrer si fort, maître ? Je suis tout prêt à vous suivre.

Et il se laissait, de fait, entraîner sans la moindre résistance. Les deux gentlemen s'éloignaient.

Sholmès doubla le pas. Ses ongles pénétraient dans la chair même de Lupin.

— Allons… allons… proférait-il sourdement dans une sorte de hâte fiévreuse à tout régler le plus vite possible… Allons, plus vite que cela !

Mais il s'arrêta net : Alice Demun les avait suivis.

— Que faites-vous, mademoiselle ! C'est inutile… Ne venez pas !

Ce fut Lupin qui répondit :

— Je vous prie de remarquer, maître, que mademoiselle ne vient pas de son plein gré. Je lui serre le poignet avec une énergie semblable à celle que vous déployez à mon égard.

— Et pourquoi ?

— Comment ! mais je tiens absolument à la présenter aussi. Son rôle dans l'histoire de la lampe juive est encore plus important que le mien. Complice d'Arsène Lupin, complice de Bresson, elle devra également raconter l'aventure de la baronne d'Imblevalle – ce qui intéressera prodigieusement la justice… Et vous aurez de la sorte poussé votre bienfaisante intervention jusqu'à ses dernières limites, généreux Sholmès.

L'Anglais avait lâché le poignet de son prisonnier. Lupin libéra mademoiselle.

Ils restèrent, quelques secondes, immobiles, les uns en face des autres. Puis Sholmès regagna son banc et s'assit. Lupin et la jeune fille reprirent leurs places.

*

Un long silence les divisa. Et Lupin dit :

— Voyez-vous, maître, quoi que nous fassions, nous ne serons jamais du même bord. Vous êtes d'un côté du fossé, moi de l'autre. On peut se saluer, se tendre la main, converser un moment, mais le fossé est toujours là. Toujours vous serez Herlock Sholmès, détective, et moi Arsène Lupin, cambrioleur. Et toujours Herlock Sholmès obéira, plus ou moins spontanément, avec plus ou moins d'à-propos, à son instinct de détective, qui est de s'acharner après le cambrioleur et de le « fourrer dedans » si possible. Et toujours Arsène Lupin sera conséquent avec son âme de cambrioleur en évitant la poigne du détective, et en se moquant de lui si faire se peut. Et, cette fois, faire se peut ! Ah ! ah ! ah !

Il éclata de rire, un rire narquois, cruel et détestable…

Puis, soudain grave, il se pencha vers la jeune fille.

— Soyez sûre, mademoiselle, que, même réduit à la dernière extrémité, je ne vous eusse pas trahie.

Arsène Lupin ne trahit jamais, surtout ceux qu'il aime et qu'il admire. Et vous me permettrez de vous dire que j'aime et que j'admire la vaillante et chère créature que vous êtes.

Il tira de son portefeuille une carte de visite, la déchira en deux, en tendit la moitié à la jeune fille, et d'une même voix émue et respectueuse :

— Si M. Sholmès ne réussit pas dans ses démarches, mademoiselle, présentez-vous chez lady Strongborough (vous trouverez facilement son domicile actuel) et remettez-lui cette moitié de carte, en lui adressant ces deux mots : « souvenir fidèle ». Lady Strongborough vous sera dévouée comme une sœur.

— Merci, dit la jeune fille, j'irai demain chez cette dame.

— Et maintenant, maître, s'écria Lupin, du ton satisfait d'un monsieur qui a rempli son devoir, je vous souhaite une bonne nuit. Nous avons une heure encore de traversée, j'en profite.

Il s'étendit tout de son long, et croisa ses mains derrière sa tête.

Le ciel s'était ouvert devant la lune. Autour des étoiles et au ras de la mer, sa clarté radieuse s'épanouissait. Elle flottait dans l'eau, et l'immensité, où se dissolvaient les derniers nuages, semblait lui appartenir.

La ligne des côtes se détacha de l'horizon obscur. Des passagers remontèrent. Le pont se couvrit de monde. M. Austin Gilett passa en compagnie de deux individus que Sholmès reconnut pour des agents de la police anglaise.

Sur son banc, Lupin dormait…

DOSSIER

CHRONOLOGIE

DE MAURICE LEBLANC ET D'ARSÈNE LUPIN

Cette chronologie a été établie notamment grâce aux travaux pionniers de Jacques Derouard et de Francis Lacassin (voir la Bibliographie). On y trouvera les dates importantes de la vie de Maurice Leblanc mais aussi ce qu'il est possible de savoir, par déduction, à partir de l'ensemble du corpus de romans et de nouvelles que son « historiographe » lui a consacré, de celle d'Arsène Lupin.

On a ici développé les faits liés aux histoires contenues dans les trois premiers romans Arsène Lupin, gentleman-cambrioleur, Arsène Lupin contre Herlock Sholmès *et* L'Aiguille creuse, *qui forment un premier cycle dans cette série romanesque.*

1785

Le scandale qui sera connu comme l'« affaire du collier de la reine » éclate à Versailles.

1814

11 février : pendant la campagne de France, le général Lupin, arrière-grand-père d'Arsène, se bat à Montmirail (si l'on en croit le roman posthume de Maurice Leblanc intitulé *Le Dernier Amour d'Arsène Lupin*). Il épouse une certaine comtesse de Montcalmet.

1831

En feuilleton, dans *La Revue de Paris*, puis la même année en volume, dans les *Nouveaux contes philosophiques* chez Gosselin, Honoré de Balzac publie un bref roman, *L'Auberge rouge*, mystère policier mettant en jeu un cadavre découvert dans une chambre close. Le fin mot de l'histoire est dévoilé des années plus tard, au cours d'une soirée, technique que reprendra Maurice Leblanc.

1841

Balzac publie un roman d'enquête, *Une ténébreuse affaire*.

1849

Début de la parution en feuilleton dans *La Presse* du roman d'Alexandre Dumas *Le Collier de la reine*. – *7 octobre* : mort à Baltimore d'Edgar Allan Poe (né le 19 janvier 1809). Les *Histoires extraordinaires* et les *Nouvelles histoires extraordinaires*, traduites en français par Charles Baudelaire en 1856 et 1857 chez Michel Lévy frères, comptèrent beaucoup pour Maurice Leblanc.

1853

Naissance de Justin Ganimard, futur inspecteur de police.

1859

22 mai : naissance d'Arthur Conan Doyle.

1864

11 décembre : naissance à Rouen de Maurice Leblanc, fils d'Émile Leblanc, marchand de charbon qui développera une entreprise de commerce maritime, et de Mathilde Blanche Brohy, d'une famille fortunée – à laquelle la comédienne et cantatrice Georgette Leblanc, sœur de l'écrivain, ajoutera une particule au moment de son inscription dans le *Bottin Mondain*. Maurice

Leblanc a laissé entendre qu'il avait été mis au monde par le père de Gustave Flaubert, en réalité sa mère avait été accouchée par le frère de l'écrivain, Achille. Sa sœur ainée, Jehanne, resta toujours très proche de lui, ainsi que sa cadette, Georgette, née en 1869. Elle fut la muse et la compagne de Maurice Maeterlinck de 1895 à 1918.

1865

12 mars : baptême à Rouen dans l'église de la Madeleine, là même où Gustave Flaubert avait été porté sur les fonts baptismaux. Leblanc a raconté dans *Les Nouvelles littéraires* en juillet 1935 qu'il avait aperçu Flaubert à Croisset fumant une longue pipe. Il restera toujours l'objet de sa plus vive admiration. Ses lectures de jeunesse sont les romans de Fenimore Cooper, les romans à énigme d'Émile Gaboriau, les romans d'Alfred Assolant, dont les *Aventures merveilleuses du Capitaine Corcoran.* Il lit *Le Comte de Monte-Cristo* de Dumas et bientôt les romans de Balzac.

1868

6 mai : naissance de Gaston Leroux.

1870

Guerre franco-prussienne. Maurice Leblanc séjourne en Écosse. Il demeura très marqué par le patriotisme des années qui suivirent la défaite et par l'esprit de la Revanche. Ses années d'enfance se sont déroulées à Rouen et à Jumièges, non loin des ruines de l'abbaye, chez son oncle Achille Grandchamp.

1872

3 mai : naissance de Pierre Lafitte.

1874

Mai ou *juin* : naissance à Blois d'Arsène Raoul Lupin, fils d'Henriette d'Andrézy ou d'Andrésy et de Théophraste Lupin, professeur de gymnastique, d'escrime, de jiu-jitsu et de boxe. Théophraste Lupin, condamné comme escroc et emprisonné, est mort aux États-Unis. Arsène Lupin est mis en nourrice chez une certaine Victoire, qui lui demeura toujours fidèle.

1875

Naissance de Clarisse d'Étigues, qui épousa Arsène Lupin et mourut en 1899.

Maurice Leblanc, après des études primaires dans un établissement privé, la pension Patry, est élève au lycée Corneille de Rouen.

1880

11 mai : Maurice Leblanc a raconté qu'il avait assisté, à quinze ans, dans l'église de Canteleu, à l'enterrement de Flaubert où étaient présents Zola, Maupassant, Huysmans, Daudet, Goncourt.

Arsène Lupin est élevé par sa mère, séparée de son père, chez une parente éloignée qui la considère comme une simple amie de pension, la comtesse de Dreux-Soubise (dans *La comtesse de Cagliostro*, il est question du duc et de la duchesse de Dreux-Soubise). À la suite du vol du collier de la reine dans l'hôtel parisien des Dreux-Soubise, Henriette et son fils, chassés comme des domestiques, se cachent en province.

1881

Sherlock Holmes – d'origine française par sa grand-mère, sœur du peintre Horace Vernet – rencontre le docteur Watson. Ils vivent ensemble au 221b Baker Street jusqu'au mariage de celui-ci.

1882

Maurice Leblanc est bachelier avec la mention « assez bien » au lycée Corneille de Rouen, sa grande passion d'alors étant les excursions à bicyclette dans les environs. La bicyclette resta longtemps son sport favori, qui lui inspira son roman *Voici des ailes !*

1884

Guy de Maupassant publie dans *Le Gaulois* sa nouvelle *La Parure*, histoire tragique de la disparition d'un bijou. – Maurice Leblanc effectue une année de volontariat militaire au 11e Régiment d'Artillerie de Versailles.

1885

Décès d'Henriette Lupin. Arsène est orphelin. Il fait de bonnes études, apprend langues vivantes et langues anciennes. Il est capable de réciter par cœur des passages d'Homère. Dans sa cellule de la Santé en 1901, il aura avec lui un volume d'Épictète et un autre de Carlyle. Il étudie le droit et suit des études de médecine, se formant à la dermatologie à l'hôpital Saint-Louis. Il est probable qu'il reçoive les cours d'un prestidigitateur nommé Dickson.

1886

Guy de Maupassant publie la première version de sa nouvelle *Le Horla*.

1888

Maurice Leblanc arrive à Paris ; il s'installe 6 rue de Calais (il y restera un an), près du célèbre cabaret *Le Chat noir* où il rencontre Maurice Donnay, Alphonse Allais et le dessinateur Steinlen. – Élection de Jules Claretie à l'Académie française : c'est à lui que Maurice Leblanc demandera une préface pour *Les Aventures d'Arsène Lupin*.

1889

10 janvier : Maurice Leblanc épouse Marie-Ernestine Lalanne (1865-1951), avec laquelle il aura une fille Louise Amélie Marie Leblanc, qu'on appelle Marie-Louise (1889-1974). Ils s'installent 18 rue Clapeyron – ils y resteront jusqu'en 1894 – à l'angle du boulevard des Batignolles, dans le VIIIe arrondissement, et vivent dans une certaine opulence, que ce soit dans leur villa de Vaucottes non loin d'Étretat ou pendant des séjours hivernaux entre Nice et Monaco.

1890

15 Septembre : naissance d'Agatha Christie à Torquay. – *23 novembre* : inauguration du monument à Flaubert à Rouen ; Maurice Leblanc prétend y avoir assisté et avoir pris ensuite le train en direction de Paris pour côtoyer brièvement le temps de ce voyage ceux qu'il admire : Émile Zola, Guy de Maupassant, Edmond de Goncourt et Octave Mirbeau.

1891

Maurice Leblanc publie *Des couples*, recueil de contes, chez Kolb. Le volume, très inspiré par Maupassant, est dédié à celui-ci, salué comme un maître. La publication à un millier d'exemplaires est à compte d'auteur : il s'en vendit, raconte Leblanc, une trentaine. – Depuis la maison de Vaucottes, Maurice Leblanc raconte avoir rendu visite à Maupassant (Jacques Derouard met en doute la réalité de ce souvenir).

1892

Liaison d'Arsène Lupin et de Louise d'Hernemont. Geneviève d'Hernemont naît l'année suivante.

Dans la maison atelier de sa sœur Georgette, avenue Victor-Hugo, Maurice Leblanc rencontre Georges Rodenbach, le Sâr Joséphin Péladan et Élémir Bourges. – À l'été, il rencontre, avec le président du conseil d'administration du *Gil Blas*, l'agent de change Hector Desfossés, qui publie *La Cote Desfossés* (qui informe des cours de bourse). Grâce à lui, Leblanc commence, à partir d'octobre, à tenir une chronique dans le *Gil Blas*, qui publie *La Maison Tellier* de Maupassant. Dans *Bel-Ami*, la rédaction du journal s'inspire du *Gil Blas*. Les dîners du *Gil Blas* permettent à Leblanc de se lier avec Jules Renard, Marcel Prévost, Alphonse Allais, Léon Bloy et Marcel L'Heureux, l'homme de confiance de Pierre

Lafitte. *Septembre-octobre* : début de l'affaire du canal de Panama. – *18 septembre* : lancement du quotidien *Le Journal* de Fernand Xau (1852-1899), un des quatre plus grands quotidiens d'avant-guerre.

1893

Constance, sœur de Conan Doyle, épouse Ernest William Hornung (1866-1921), qui inventa, pour le *Cassell's Magazine*, le personnage d'Arthur J. Raffles, un héros qui par certains côtés préfigure Lupin. Trois recueils de nouvelles mettant en scène Raffles sont traduits en français aux Éditions Juven, *Un cambrioleur amateur* en 1905, *Le Masque noir*, la même année, *Le Voleur de nuit* en 1908. *Raffles, cambrioleur pour le bon motif* sort ensuite chez Hachette en 1918 et est réédité par Pierre Lafitte en 1920. – Avec Maurice Donnay, Leblanc, qui ne signe pas, écrit une pièce en quatre actes, *Lysistrata*. Ce maître du vaudeville et de la comédie amusante entre à l'Académie française en 1907. *Avril* : voyage de Leblanc en Espagne et au Portugal. – *Mai* : parution du roman *Une femme* de Maurice Leblanc aux Éditions Paul Ollendorff. Jules Renard lui écrit : « Vous êtes bien de la famille de Flaubert, celle que j'aime le plus. Votre *Femme* est une Bovary exaspérée. » – Il donne au *Gil Blas* des *Contes essentiels* sous le pseudonyme de « l'Abbé de Jumièges ». *8 juillet* : Maurice Leblanc suit l'enterrement de Guy de Maupassant avec José Maria de Hérédia, Marcel Prévost, Jean Lorrain et écoute l'éloge funèbre prononcé par Zola. – Georgette Leblanc fait ses débuts de cantatrice sur la scène de l'Opéra-Comique.

Rencontre d'Arsène Lupin et de Clarisse d'Étigues.

1894

Leblanc s'installe 10, bis rue Piccini, non loin de l'élégante avenue du Bois, actuelle avenue Foch.

Date probable de la première affaire importante d'Arsène Lupin, relatée dans « Le coffre-fort de Mme Imbert ». – Rencontre de Lupin avec Joséphine Balsamo, comtesse de Cagliostro, avec qui il remonte la Seine sur *La Nonchalante.*

Paul Bourget entre à l'Académie française. – *Avril* : parution chez Ollendorff du recueil de nouvelles *Ceux qui souffrent*. Alphonse Daudet écrit : « Vous avez, au rayon des subtils et des passionnels, une place d'honneur dans la bibliothèque de mes lectures préférées. » – *Juin* : Leblanc publie une chronique à la gloire de la bicyclette, « *Elle* » dans *Gil Blas* et le journal *Paris-Vélo*.

Juillet : mariage de Clarisse d'Étigues et du vicomte Raoul d'Andrésy alias Arsène Lupin. Naissance d'une fille qui meurt aussitôt.

1895

Arsène Lupin découvre le secret de l'Aiguille creuse. Il accumule des trésors à Étretat dans ce coffre-fort naturel qui était « le secret des rois de France ».

Maurice Leblanc divorce. Il vit avec Marguerite Wormser (née en 1865 à Bischwiller dans une ancienne famille juive alsacienne, proche des milieux républicains et radicaux). – Le prince André Poniatowski crée la *Revue franco-américaine*. Maurice Leblanc est invité à y participer. Elle ne connaîtra que trois numéros avec des auteurs aussi divers que Maeterlinck, Mallarmé, Robert de Montesquiou ou Alphonse Allais. *Novembre* : le roman *L'Œuvre de mort* paraît chez Ollendorff, avec des dessins de Steinlen.

1896

Mai : Des nouvelles précédemment parues en revue sont publiées en recueil sous le titre *Les Heures de mystère.* Certaines sont dédiées à des écrivains en vue (Anatole France, Catulle Mendès, Jean Lorrain, Jules Renard...) ainsi qu'à quelques amis comme Marcel L'Heureux qui sera le dédicataire d'*Arsène Lupin contre Herlock Sholmès*.

1897

Incendie du Bazar de la Charité. Arsène Lupin fait partie du public élégant qui assistait à cette funeste séance de cinématographe ; il sauve des vies et récupère des bijoux.

Mars : Maurice Maeterlinck et Georgette Leblanc habitent villa Dupont, à la hauteur du 48 de la rue de Pergolèse, pas très loin de la rue Piccini. Ils reçoivent Maurice Barrès, Mallarmé, Camille Saint-Saëns, Judith Gautier, Rachilde, Rodin ou le chroniqueur mondain André de Fouquières. Georgette Leblanc devient l'amie de Colette et de Willy. L'inspecteur Ganimard habite rue Pergolèse. – Maurice Leblanc noue des liens avec Octave Mirbeau. – *Mai* : le roman *Armelle et Claude* paraît chez Ollendorff avec des dessins de Steinlen.

1898

Date probable de la mort en Macédoine de Bernard d'Andrésy, cousin d'Arsène, qui utilisera son identité.

Février : parution de *Voici des ailes !*, auparavant donné en feuilleton dans le journal *Gil Blas*.

1899

Georgette et Maeterlinck s'installent dans une jolie maison à Gruchet-Saint-Siméon, dans le pays de Caux. – Le narrateur du « Sept-de-cœur » rencontre Jean d'Aspry, une connaissance de son « cercle » : il s'agit en fait d'Arsène Lupin, qui a ainsi trouvé celui qui saura raconter ses aventures. – *Nuit du 22 au 23 juin* : chez Maurice Leblanc ou plutôt chez le narrateur de la nouvelle « Le Sept-de-cœur » au 102 boulevard Maillot à Neuilly, débute la première enquête qu'ils vont suivre en commun.

1900

Au début de l'année, Maurice Leblanc habite 5 villa Dupont ; sa sœur s'installe à Passy non loin de la maison de Balzac, rue Raynouard. Son autre sœur Jehanne habite rue Saint-James à Neuilly et loue pour les vacances le château de Gueures où Maurice aura plaisir à se rendre : c'est dans l'orangerie qu'il écrit plusieurs des premières aventures d'Arsène Lupin. – *10 mai* : Maurice Leblanc demande à adhérer à la Société des gens de lettres où il joua dans les années suivantes un rôle important.

Arsène Lupin est en Afrique, il souhaite en vain épouser Angélique de Sarzeau-Vendôme. – Lupin gagne le prix cycliste de l'Exposition universelle.

Septembre : parution de la nouvelle *L'Ami de la logique* dans la *Revue franco-américaine* avec des dessins de Steinlen.

1901

Maurice Leblanc publie ce qu'il pense être son grand roman, *L'Enthousiasme*, où il met beaucoup de sa vie, et qui rencontre peu d'échos. L'œuvre est dédiée à sa sœur Georgette.

Arsène Lupin rencontre un clochard qui lui ressemble un peu, Désiré Baudru. Il dispose alors d'une bande et devient célèbre par ses cambriolages.

Quelques noms des membres de « la bande à Lupin » sont donnés dans *Les Dents du tigre* : Charolais, Grognard, le Ballu, Auguste, les frères Doudeville…

C'est l'année de l'intrigue de « La perle noire » et celle du voyage vers les États-Unis qui s'achève à New York, en août, au débarquement du paquebot la *Provence*, par l'arrestation d'Arsène Lupin par l'inspecteur Ganimard. Lupin a rencontré Nelly Underdown. – *1er septembre* : cambriolage du château du Malaquis, chez le baron Cahorn. – *Décembre* : début du procès d'Arsène Lupin. Libération de « Désiré Baudru ».

1902

Pelléas et Mélisande de Claude Debussy fait scandale à l'Opéra-Comique ; le livret est de Maeterlinck mais le rôle-titre échappe à Georgette. – Attentats anarchistes à Paris. – Marguerite Wormser et Maurice Leblanc ont un fils, prénommé Claude comme Debussy. – Pierre Lafitte publie en volumes dans la « Bibliothèque Fémina » la traduction française des aventures de Sherlock Holmes. Il entend concurrencer le succès du *Strand Magazine* britannique. *24 octobre* : Edouard VII fait Conan Doyle « Knight Bachelor », le plus bas (mais le plus ancien) degré d'anoblissement de la couronne britannique. – Échec de la pièce de théâtre de Maurice Leblanc, *La Pitié*. Un des personnages se nomme Philippe d'Aspry.

1903

Lupin est vu en Arménie et en Turquie. À Palerme, le comte de Dreux-Soubise devient l'ami d'un certain chevalier Floriani. – Dans le train Paris-Rouen, Lupin est agressé par Pierre Onfroy, l'assassin de la rue La Fontaine. – À Dieppe, Arsène Lupin rencontre Georges Devanne, collectionneur, propriétaire du château de Thibermesnil. Il se présente à lui comme le peintre Horace Velmont – dont le nom peut rappeler Horace Vernet.

Leblanc publie « L'Itinéraire Balzac » dans le journal *L'Auto*.

Avril ou mai : dîner chez les Dreux-Soubise avec Floriani. L'affaire du collier de la reine est éclaircie. Cambriolages à Montigny, Cruchet, Grasville [*sic*]… *Juillet* : « Horace Velmont » est reçu au château de Thibermesnil, cambriolage spectaculaire. Arrive peu après un nommé « Herlock Sholmès ».

1904

Arsène Lupin s'engage dans l'affaire que relate *Le Bouchon de cristal*.

Maurice Leblanc continue sa collaboration avec *L'Auto*, où il publie une série de contes.

1905

15 février 1905 : parution du premier numéro du journal de Pierre Lafitte, *Je sais tout*, qui existera jusqu'en 1922. Il s'agit d'un « magazine encyclopédique » qui dans les premières années a un tirage qui avoisine les deux cent cinquante mille exemplaires. Lafitte crée des magazines de qualité : en 1898, la *Vie au grand air* et, en 1901, *Fémina* dont le rédacteur en chef Henri Barbusse est un proche de Leblanc. Après avoir été installées 9 avenue de l'Opéra, les publications Pierre Lafitte s'établissent sur plusieurs étages au 90 avenue des Champs-Élysées. L'adresse devient vite célèbre dans le Tout-Paris. *15 Juillet* : « L'arrestation d'Arsène Lupin » paraît dans le numéro 6 du mensuel *Je sais tout* de Pierre Lafitte. Le texte est illustré par Leroux.

Annonce des fiançailles d'Arsène Lupin avec Angélique de Sarzeau-Vendôme. – L'inspecteur Ganimard tente de débrouiller l'affaire qui sera relatée dans *L'Écharpe de soie rouge*. – *5 septembre* : le comte et la comtesse de Crozon font appel à Herlock Sholmès au sujet du vol du diamant bleu. Peu après, Arsène Lupin croise le détective britannique de manière inopinée. *21 septembre* : Sholmès arrête Lupin à son domicile 8 rue Crevaux. – *8 décembre* : à Versailles, M. Gerbois, professeur de mathématiques, achète un secrétaire qu'il veut offrir à sa fille et croise la route d'Arsène Lupin.

15 décembre 1905 : parution d'« Arsène Lupin en prison » dans le journal *Je sais tout*.

1906

15 janvier : parution de « L'évasion d'Arsène Lupin » dans le journal *Je sais tout*.
31 janvier : Maurice Leblanc épouse Marguerite Wormser. Il reconnaît son fils Claude Leblanc (1902-1994). Il s'installe 8 rue Crevaux, au cinquième étage, où ils vécurent jusqu'en 1911 – tout se passe comme si Arsène

les y avait précédés… – *15 février* : « Le mystérieux voyageur » paraît dans le journal *Je sais tout.*

27 mars : assassinat du baron d'Hautrec. Vol du diamant bleu. Ganimard soupçonne Lupin.

Le paquebot la *Provence,* cité dans « L'arrestation d'Arsène Lupin », effectue la traversée Le Havre–New York. – *15 avril* : « Le Collier de la Reine » paraît dans le journal *Je sais tout.* – *7 mai* : *La Pitié,* pièce de Maurice Leblanc, est jouée sans grand succès au Théâtre Antoine. – *15 mai* : « Le coffre-fort de Madame Imbert » paraît dans le journal *Je sais tout.* – *15 juin* : « Sherlock Holmes arrive trop tard » paraît dans le journal *Je sais tout.* Le titre sera ensuite modifié. *Été* : Georgette Leblanc et Maeterlinck s'installent dans les ruines de Saint-Wandrille, que les moines ont quittées en 1901 à cause de la loi sur les congrégations. Ils n'en sont que locataires et y reçoivent beaucoup (ils organisent fêtes et spectacles, attirant l'attention d'un public cultivé sur cette abbaye alors méconnue et en péril, pour le plus grand effroi des villageois et des prêtres de la région). – *15 juillet* : « La perle noire » paraît dans le journal *Je sais tout.* – *15 novembre 1906-15 avril 1907* : le roman *La Dame blonde* paraît en feuilleton dans le journal *Je sais tout.*

M. Lenormand devient sous-chef de la Sureté parisienne sous les ordres de M. Dudouis.

1907

Un certain Étienne de Vaudreix s'installe 36 rue Marbeuf. Serait-ce lui ?

Maurice Leblanc devient l'un des secrétaires de la Société des gens de lettres ; il fera partie du Comité pendant trois ans et aidera à l'élection de nouveaux sociétaires : Georges Clemenceau, son cher Maeterlinck, Paul Marmottan, Raymond Poincaré. Comme son ami Marmottan, Leblanc, dans ses demeures comme dans ses romans, développe un vrai goût, alors plutôt original, pour le style Empire – il s'en est souvenu à propos d'un étonnant secrétaire dans *La Dame blonde* repris bientôt en première partie d'*Arsène Lupin contre Herlock Sholmès*. *15 mai* : « Le Sept-de-cœur. Comment j'ai connu Arsène Lupin » paraît dans le journal *Je sais tout*. – *10 juin* : parution d'*Arsène Lupin, gentleman-cambrioleur* qui regroupe, dans une version révisée et complétée, les premières nouvelles parues dans le journal *Je sais tout*. – Marcel Proust visite Jumièges et Saint-Wandrille.

19-23 juin : Herlock Sholmès vient à Paris pour dénouer l'affaire du vol d'un bijou chez le baron d'Imbleval dans son hôtel de la rue Murillo au parc Monceau.

Septembre-octobre : le roman *La Lampe juive* paraît en feuilleton dans le journal *Je sais tout*. *7 septembre-30 novembre* : *Le Mystère de la chambre jaune* de Gaston Leroux est publié en douze livraisons dans *Le Supplément littéraire*.

1908

Janvier : Gaston Leroux publie *Le Mystère de la chambre jaune*, œuvre reprise en volume chez Pierre Lafitte. – *10 février* : parution d'*Arsène Lupin contre Herlock Sholmès*, regroupant avec de nombreux ajouts, les deux romans *La Dame blonde* et *La Lampe juive* qui forment les deux « épisodes » de ce livre. – Gaston Leroux publie *Le Parfum de la dame en noir*. – Maurice Leblanc reçoit la Légion d'honneur, le 17 janvier, avant tout sans doute pour son activité à la Société des gens de lettres mais le dossier conservé aux Archives nationales mentionne bien qu'entre autres œuvres il est l'auteur d'*Arsène Lupin, gentilhomme cambrioleur* [*sic*]. – Première traduction en anglais des *Aventures d'Arsène Lupin* par Alexander Teixeira de Mathos qui sera, avec Edgar E. Jispon, son traducteur attitré. Le roman *Arsène Lupin vs Holmock Shears* sera salué par le *Times* et connaîtra un vrai succès.

Début de l'action du roman *L'Aiguille creuse*. Entre en scène un brillant élève du lycée Janson-de-Sailly, Isidore Beautrelet, qui n'est pas sans rappeler, par ses qualités et son esprit, Joseph Rouletabille. – Arsène Lupin tombe amoureux de Raymonde de Saint-Véran, histoire à l'issue tragique. – Lenormand remplace Dudouis comme chef de la Sûreté, Lupin prend le nom de Raoul de Limézy.

15 novembre-15 mai 1909 : Le roman *L'Aiguille creuse* paraît en feuilleton dans le journal *Je sais tout*.

1909

Les traductions espagnoles des volumes de Lupin connaissent beaucoup de succès. Gaston Leroux publie *Le Fauteuil hanté* en feuilleton dans le journal *Je sais tout*, repris en volume chez Pierre Lafitte en 1911. *Mai* : *Arsène Lupin*, pièce en quatre actes, écrite avec Francis de Croisset, paraît en volume chez Pierre Lafitte après une prépublication dans *L'Illustration théâtrale*. *15 juin* : le roman *L'Aiguille creuse* paraît chez Pierre Lafitte en version modifiée du feuilleton qui avait connu un immense succès durant les mois précédents. *26 août* : la pièce de théâtre *Arsène Lupin* est jouée au casino de Cabourg ; parmi les spectateurs se trouve Marcel Proust qui écrit peu après une lettre de félicitations au coauteur, son ami Francis de Croisset. *28 août* : Georgette Leblanc attire le Tout-Paris dans les ruines de Saint-Wandrille pour une représentation de *Macbeth*.

1910

Création par Marcel Allain et Pierre Souvestre du personnage de Fantômas.

Installation de Lupin à l'angle du boulevard Haussmann et de la rue de Courcelles ; il se fait appeler le prince Paul Sernine, ou parfois Serge Rénine.

C'est la période qui est relatée dans *Les Huit Coups de l'horloge*. *Juin* : le roman *813* est publié chez Pierre Lafitte, après sa parution en feuilleton dans *Le Journal*, du 5 mars au 24 mai. – *29 août* : représentation de *Pelléas et Mélisande* dans les ruines de Saint-Wandrille. *10 octobre* : *Arsène Lupin contre Herlock Sholmès*, une adaptation du roman qui ne doit rien à Maurice Leblanc, est jouée au théâtre du Châtelet. *16 novembre 1910* : premier numéro de *L'Excelsior,* autre journal appartenant à Pierre Lafitte dont la parution cessera en 1940. – Les aventures de Lupin sont vendues, dans les années 1920, jusqu'à cent mille exemplaires. – À une enquête de *L'Intransigeant* qui demande « Quelle serait la femme qu'il faudrait élire à l'Académie française ? » Maurice Leblanc répond « Colette ». – Gaston Leroux publie *Le Fantôme de l'Opéra* en feuilleton dans *Le Gaulois* et la même année en volume chez Pierre Lafitte. – Jehanne Leblanc et Fernand Prat prennent l'habitude de séjourner au château de Tancarville où ils attirent Sarah Bernhardt, Réjane, Lucien Guitry, Colette, Rémi de Gourmont. La tour de Tancarville inspire beaucoup Leblanc, ainsi que ses promenades dans les environs.

1911

Maurice Leblanc s'installe villa Herran, élégante cité privée qui relie la rue de la Pompe à l'avenue Victor-Hugo, non loin du croisement avec l'avenue Henri-Martin. Il y voisine avec le comte et la comtesse de Dreux-Brézé dont le nom historique lui avait inspiré celui des Dreux-Soubise. Il y demeure jusqu'en 1938. Presque en face se trouve le lycée Janson-de-Sailly, où Isidore Beautrelet, jeune rival de Lupin dans *L'Aiguille creuse,* est élève en classe de rhétorique (c'est-à-dire en Première). – Maurice Maeterlinck reçoit le prix Nobel de littérature. – *15 août* : parution de *L'Écharpe de soie rouge* dans le journal *Je sais tout,* une des meilleures nouvelles pour la construction de l'intrigue. *22 août* : vol de la Joconde au Louvre. *L'Illustration* offre une récompense de cinquante mille francs à celui qui apportera le tableau dans les locaux du journal. *15 septembre* : publication de l'article « Arsène Lupin sait-il où est la Joconde ? » dans le journal *L'Excelsior. 5 octobre* : au café-concert du Commerce, se joue un vaudeville d'Henri Tinant et Géo Carrière, *Arsouille Lapin contre Berloc Holmec.*

1912

Début de l'affaire Kesselbach, avec les événements relatés dans *813*. *Été* : Marcel L'Herbier séjourne à Tancarville, Maurice Leblanc l'encourage à écrire.

> *21 août* : visite de Guillaume II, empereur d'Allemagne, à Arsène Lupin à la prison de la Santé. Ils se retrouveront à Capri à la fin de l'année. Arsène Lupin s'affirme d'abord patriote, décidé à aider son pays à prendre sa « revanche ».

C'est dans *La Cagliostro se venge* qu'il est question d'un fils d'Arsène Lupin, Félicien Charles, qui se destine à la carrière d'architecte-décorateur. *Novembre* : le roman *Le Bouchon de cristal* paraît chez Pierre Lafitte, aventure déjà parue cette année-là en feuilleton dans *Le Journal*. – *Novembre-décembre* : parution du *Mariage d'Arsène Lupin* dans le journal *Je sais tout*.

1913

Parution du recueil de nouvelles *Les Confidences d'Arsène Lupin*, dans le journal *Je sais tout*.

> Arsène Lupin, sous le nom de Luis Perenna, sert dans la Légion étrangère. Ces événements sont relatés dans *Les Dents du tigre*.

1914

Réédition avec quelques variantes d'*Arsène Lupin contre Herlock Sholmès*, chez Pierre Lafitte (Illustration d'A. de Parys). – Nouvelle version de *813* avec des illustrations de Marcel Le Coultre, chez Pierre Lafitte. Il ne s'agit que de la première partie du livre complétée par un second volume, *Les Trois Crimes d'Arsène Lupin*. – Georges Tréville joue dans *Arsène Lupin,* film d'Émile Chautard produit par la firme Éclair. – *28 juillet* : déclaration de guerre de l'Autriche à la Serbie.

1915

Maurice Leblanc loue à l'éditeur Fasquelle la villa *Le Sphinx* à Étretat qu'il achètera en 1918 et remaniera pour en faire le Clos Lupin.

1916

Arsène Lupin devient sultan de Mauritanie et traite, en patriote, avec le président du Conseil Valenglay.

Novembre : le roman *L'Éclat d'obus* paraît chez Pierre Lafitte, déjà paru initialement en feuilleton dans *Le Journal* de septembre à novembre 1915. – *Arsène Lupin, gentleman-cambrioleur* est réédité par Pierre Lafitte dans la collection « Les romans d'aventures et d'action ».

1917

Lupin parvient dans un sous-marin, le *Bouchon de cristal*, à Sarek, dans l'archipel anglo-normand, et met fin au drame de *L'Île aux trente cercueils*. Il démasque un enfant bâtard de Louis II de Bavière.

813 paraît dans une nouvelle version plus patriotique que celle de 1914.

1919

Luis Perenna s'établit à Paris place du Palais-Bourbon. C'est durant cette période, relatée dans *Les Dents du tigre*, que Lupin connaît sa troisième arrestation. « Arsène Ier » offre à la France l'empire de Mauritanie. Lupin est amoureux de Florence Levasseur, l'épouse et cultive son jardin, autour de sa demeure « le Clos des lupins ». Suivent les aventures relatées dans *L'Agence Barnett et Cie*. Dans *La Demeure mystérieuse*, aventure marquée par le goût de Leblanc pour l'architecture, Arsène Lupin devient le baron Jean d'Enneris, explorateur.

15 février : Maurice Maeterlinck épouse Renée Dahon. *2 août* : Maurice Leblanc devient officier de la Légion d'honneur. – Parution du roman *L'Île aux trente cercueils*, chez Pierre Lafitte, déjà paru en feuilleton dans *Le Journal* de juin à août.

1920

Le Formidable Événement paraît en feuilleton dans le journal *Je sais tout.* C'est une tentative de Leblanc pour renouveler son inspiration et n'être pas réduit au rôle de créateur d'Arsène Lupin. Il fait partie du Jury du prix du roman scientifique et d'aventures avec notamment Paul Bourget et Gaston Leroux. – *Février* : Maurice Leblanc figure parmi les écrivains appelés à répondre dans la revue surréaliste *Littérature* dirigé par Aragon, Breton et Soupault à la question « Pourquoi écrivez-vous ? » ; il écrit : « Chaque matin on prend la plume parce que l'on ne peut plus faire autrement sous peine de malaise, d'inquiétude et de remords. »

1921

Jean d'Enneris assiste à un début d'incendie lors d'un gala à l'Opéra : c'est le commencement d'une aventure nouvelle.

Juin : parution du roman *Les Dents du tigre,* chez Pierre Lafitte, déjà paru en feuilleton dans *Le Journal* d'août à octobre 1920. – Gaston Leroux publie en feuilleton dans *Le Matin,* « Le sept de trèfle ».

1923

Parution du roman *Dorothée danseuse de cordes*, chez Pierre Lafitte, initialement paru en feuilleton la même année : Leblanc, toujours pour échapper à Lupin, tente d'inventer un nouveau personnage. – *Juillet* : parution du recueil de nouvelles *Les Huit Coups de l'horloge*, déjà parues dans *L'Excelsior.* – L'action du roman *La Barre-y-va* est menée par Lupin sous le masque d'un certain Raoul d'Avenac.

1924

C'est l'année de la revanche : dans *Les Milliards d'Arsène Lupin*, le gentleman-cambrioleur, alias Horace Velmont, se venge de Ganimard et de sa première arrestation à New York.

Parution du roman *La Comtesse de Cagliostro*, chez Pierre Lafitte, déjà paru en feuilleton en décembre-janvier dans *Le Journal*. – Georgette Leblanc, passée du théâtre au cinéma, s'impose dans *L'Inhumaine* de Marcel L'Herbier.

1925

Lupin, alias don Luis Perenna, alias « M. Raoul », achète le château de Volnic près de Vichy, décor du début du roman *La Femme aux deux sourires*, où il devient l'amant d'une reine, Olga de Borostyrie. Puis Lupin, devenu Victor Hautin, se fait le héros de nouvelles aventures dans *Victor de la Brigade mondaine*.

Parution du roman *La Vie extravagante de Balthazar*, chez Pierre Lafitte. Cette nouvelle tentative de créer un autre personnage était parue en feuilleton dans *Le Journal*, en décembre 1924 et au mois de janvier 1925.

1926

Parution en Angleterre du roman *Le Meurtre de Roger Acroyd* d'Agatha Christie.

1927

15 avril : mort de Gaston Leroux. – *Juillet* : parution du roman *La Demoiselle aux yeux verts*, chez Pierre Lafitte, paru précédemment dans *Le Journal* de décembre 1926 à janvier 1927.

1928

Février : parution du recueil de nouvelles *L'Agence Barnet et C*[ie], dont plusieurs avaient paru dans *Lectures pour tous*.

1929

Mars : parution du roman *La Demeure mystérieuse*, chez Lafitte, déjà paru dans *Le Journal* en juin-juillet 1928.

– Nouvelle édition avec une fin différente de *La Comtesse de Cagliostro,* chez Pierre Lafitte.

1930

7 juillet : mort d'Arthur Conan Doyle. *1er août* : publication de l'article « À propos de Conan Doyle » dans *Les Annales politiques et littéraires*, revue à laquelle Leblanc collabore et où il publie en novembre la nouvelle « Le cabochon d'émeraude ».

1931

Parution de *L'Aiguille creuse,* chez Pierre Lafitte dans la collection « Les romans d'aventures et d'action », dans une version modernisée où les voitures attelées sont devenues des automobiles. – Parution du roman *La Barre-y-va*, chez Pierre Lafitte, déjà paru en feuilleton dans *Le Journal* d'août à septembre 1930.

1933

Parution du roman *Victor, de la brigade mondaine* chez Pierre Lafitte, dans une reprise du feuilleton paru dans *Paris-Soir* de juin à juillet.

1934

Janvier : début de l'« Affaire Stavisky » à la suite du mystérieux suicide de cet étrange personnage.

1935

Parution du roman *La Cagliostro se venge* chez Pierre Lafitte, dans une reprise du feuilleton paru dans *Paris-Soir*, la même année.

1938

Maurice Leblanc s'installe au 4 rue Thiers. – *13 décembre* : mort de Pierre Lafitte.

1939

Parution du roman *Les Milliards d'Arsène Lupin* en feuilleton dans *L'Auto*.

1940

Parution du roman *Les Dents du tigre* dans une nouvelle version en deux volumes chez Hachette, ainsi que du roman *La Barre-y-va,* dans une version allégée de l'épilogue. – *14 juin* : entrée des troupes allemandes à Paris. Maurice et Marguerite se réfugient à La Baule puis à Cognac, pour soustraire Marguerite aux politiques antijuives.

1941

26 octobre : Georgette Leblanc meurt au Canet. – *6 novembre* : mort de Maurice Leblanc à Perpignan. – *Novembre* : parution du roman *Les Milliards d'Arsène Lupin,* dans un volume posthume chez Hachette.

1943

Marcel Lattès, neveu de Maurice Leblanc, meurt en déportation.

1947

La dépouille de Maurice Leblanc, qui avait été enterré à Perpignan, est inhumée au cimetière du Montparnasse, où reposent aussi sa femme Marguerite et plusieurs membres de sa famille.

1976

12 janvier : mort d'Agatha Christie.

1985

Création de l'Association des amis d'Arsène Lupin.

2006

Création du prix Arsène-Lupin.

2012

Parution d'un roman inédit, *Le Dernier Amour d'Arsène Lupin.*

À PROPOS DE CONAN DOYLE

Si un auteur d'histoires policières consentait à retourner contre l'un de ses romans cet admirable appareil de déductions et d'observations avec quoi il résout tous les problèmes, je crois qu'au point de vue strictement policier, il ne resterait pas grand-chose dudit roman. Que Sherlock Holmes prenne la meilleure de ses loupes et qu'il examine froidement le chemin que mon ami Conan Doyle, au moyen de merveilleux raisonnements, lui a fait parcourir pour atteindre la vérité, il s'apercevra, non sans stupeur, que ce chemin ne l'aurait jamais conduit à la vérité. Les raisonnements qui l'ont guidé se trouvaient, en général, faussés par une imperceptible erreur, ou coupés par un obstacle, ou enchaînés les uns aux autres par les liens les plus arbitraires.

Combien différente est la réalité ! Un crime se commet. La police, aussitôt en action, est contrainte d'aller de l'inconnu au connu, d'une ombre impénétrable vers une région de clarté. Le romancier, lui, agit à l'inverse. Il part du point d'arrivée, qu'il a choisi lui-même, en pleine lumière, et il rebrousse chemin, semant son passage de pièges, embrouillant les pistes et accumulant les ténèbres. Arrivé au point de départ, il confie son lecteur aux mains expertes d'un Sherlock Holmes, lequel n'a plus, pour réussir, qu'à relever les empreintes disposées aux bonnes places, qu'à ramasser des bouts de cigarette, à fureter, analyser, déduire, compulser des dictionnaires, et chercher, dans de vieux journaux, des articles préparés par Conan Doyle. S'il est embarrassé, il allume sa pipe et discerne le mot de l'énigme dans les volutes bleues de la fumée.

Tel est le processus. Le roman policier, ou, pour parler plus exactement, le roman d'aventures mystérieuses, est une construction en l'air. C'est un problème que l'on combine soi-même, que l'on complique jusqu'à l'extrême limite, et que l'on résout devant le public en lui disant sans cesse : « Est-ce assez étrange ? Faut-il que mon détective soit ingénieux pour démêler un tel écheveau ! »

— Alors, quoi ! objectera-t-on, voilà un écrivain qui était connu du monde entier, dont l'œuvre, traduite dans toutes les langues, est goûtée depuis plus de trente ans, aussi bien par l'élite que par la foule. Et cette œuvre ne serait qu'illusion !

— La célébrité de Conan Doyle, répondrai-je, ne vient pas de ses qualités de détective, et de ses apparentes facultés de déduction, mais de son grand talent de conteur, ce qui est infiniment préférable. Faire métier de détective est une chose. Inventer les exploits d'un détective en est une autre. La recherche d'un coupable se poursuit dehors, à tâtons, à l'aide d'indices dont on ignore la valeur, et qui peuvent aussi bien vous tromper que vous aider. Elle ne se fait pas dans un cabinet de travail, avec des éléments de vérité que l'on imagine, et qui sont adaptés d'avance à un crime agencé de toutes pièces.

— Donc, rien que fiction ?

— Tout est fiction dans un roman, à quelque genre qu'il appartienne. Une étude de mœurs n'est guère plus près de la réalité qu'une aventure policière, et celui qui décrit une passion ne se hausse pas à un plan supérieur à celui qui se sert des faits, des faits divers même, pour les mettre en relief, les heurter les uns aux autres, et les animer de son esprit personnel et de sa propre fantaisie. Il n'y faut que du talent. Or, Conan Doyle en avait beaucoup, et du meilleur et du plus littéraire. Il sait choisir, composer, ordonner, présenter l'œuvre dans le sens, avec les proportions, et selon la lumière qui lui donnent toute sa valeur. Il obéit aux lois mystérieuses de l'harmonie et de la distribution. Quand l'idée criminelle a pris forme en lui, il connaît le grand secret qui la met en mouvement. Il accélère ou il ralentit l'allure à l'instant opportun. Il piétine ou il se hâte. Il émeut, captive, inquiète, bouleverse. Autant de qualités qui sont celles d'un véritable artiste.

Mais il a plus encore que du talent, il a la puissance de création, puisqu'il créa ce type si représentatif de Sherlock Holmes. Créer un type, ne fût-ce qu'un seul, ne pensez-vous pas que ce soit la marque de quelque souffle intérieur ? Remarquez qu'on ne crée pas un personnage volontairement, à force de travail, de réflexion et de tâtonnements. C'est une éclosion spontanée, que l'on n'aperçoit qu'après la floraison. Sans aucun doute, Sherlock Holmes est né à l'insu de Conan Doyle, et nous devons avouer que le type a grand air, un bel aplomb, un masque singulier, et une telle envergure qu'il ne nous apparaît plus comme un jeu de l'imagination, mais comme un être vivant, dont l'existence se mêle à la nôtre. Nous le rencontrons. Il fait partie du cortège de figures précises et de silhouettes familières qui évoluent autour de nous.

Alors même qu'il énonce des choses que notre raison, après coup, n'approuve pas, nous subissons sa forte emprise. Je mets au défi tout lecteur de bonne foi, même réfractaire aux récits policiers, de ne pas être saisi, dès les premières pages, par un conte de Conan Doyle et de ne pas le lire jusqu'à la dernière ligne. Et Dieu sait, cependant, si Conan Doyle est sobre d'ornements et comme il se donne peu de peine pour plaire ! Toujours le même début. Aucune variété dans le développement de ses intrigues. Jamais d'amour. N'importe ! Le maître a la poigne dure. Il nous tient. Il ne nous lâche pas.

Nous serions donc mal venus de lui marchander notre admiration. C'est beaucoup grâce à lui que le conte d'aventures a été remis en honneur, que tant de belles histoires ont surgi par la suite, pour notre plus grande joie, et que l'équivoque tend à disparaître qui jetait le discrédit sur le roman d'action et de mouvement. Comme si l'action et le mouvement n'étaient pas au cœur même de toute œuvre !...

Je connais un petit livre où bouillonnent une douzaine d'assassinats, des viols, des amours insolites, des massacres innombrables, des guerres, des cataclysmes, des épidémies, des horreurs sans nom. Tout cela en cent cinquante pages. Et c'est peut-être le plus parfait roman de langue française, le plus chargé de philosophie, le plus lourd de substance et le plus riche d'enseignements. Il est signé Voltaire et s'appelle *Candide*... Candide ! encore un type, et qui n'a pu jaillir que dans le tumulte et dans l'emportement. Soyons reconnaissants à l'écrivain Conan Doyle. Saluons la grande leçon d'énergie et de maîtrise que nous donne l'extraordinaire Sherlock Holmes. Et n'oublions pas tout ce qu'il y a de savoureux et de profondément comique dans l'ineffable Watson. Celui qui vient de mourir n'est pas près de mourir dans la mémoire des hommes.

MAURICE LEBLANC
Les Annales politiques et littéraires,
1er août 1930

BIBLIOGRAPHIE

ÉDITIONS PRÉ-ORIGINALES ET ORIGINALES D'*ARSÈNE LUPIN CONTRE HERLOCK SHOLMÈS*

Les deux épisodes qui composent le roman ont d'abord paru en feuilleton dans la presse :

« La Dame blonde », publication initiale en feuilleton dans *Je sais tout*, 15 novembre 1906-15 février 1907.

« La lampe juive », publication initiale en feuilleton dans *Je sais tout*, 15 juillet 1906-15 août 1907.

Premières éditions en volume :

Arsène Lupin contre Herlock Sholmès, Pierre Lafitte, février 1908 ; réédition en 1914 avec une couverture originale de Léo Fontan.

ÉDITIONS COMPLÈTES DES *AVENTURES D'ARSÈNE LUPIN*

Arsène Lupin, édition de Francis Lacassin, Robert Laffont, coll. « Bouquins », 3 vol., 1986.

Les Aventures extraordinaires d'Arsène Lupin, préface d'Alain Decaux, présentations de Jacques Derouard, Omnibus, 3 vol., 2004-2005.

OUVRAGES CRITIQUES

BAUDOU, Jacques et GAYOT, Paul, *Dictionnaire de lupinologie. Arsène Lupin dans tous ses états*, Éditions de l'œil du Sphinx, 2016.

BLONDE, Didier, *Le Lieu du crime*, La Pionnière, coll. « En Regards », 2009.

—, *Les voleurs de visages : sur quelques cas troublants de changement d'identité, Rocambole, Arsène Lupin, Fantômas & Cie*, A.-M. Métailié, 1992.

—, *Répertoire des domiciles parisiens de quelques personnages fictifs de la littérature*, Éditions La Pionnière, 2010 ; nouvelle édition augmentée, 2012.

—, *Carnet d'adresses de quelques personnages fictifs de la littérature*, Gallimard, coll. « L'Arbalète », 2020.

CHAUVEAU, Frédéric et HOUTE, Arnaud-Dominique (dir.), *Au voleur ! Images et représentations du vol en France*, Publications de la Sorbonne, 2014.

COMTE-SPONVILLE, André et GEORGE, François, *Arsène Lupin : gentilhomme-philosopheur*, Les Éditions du Félin, coll. « Vifs », 1996.

DELATTRE, Simone, *Les Douze Heures noires. La nuit à Paris au XIXe siècle*, Albin Michel, 2000.

DEROUARD, Jacques, *Maurice Leblanc : Arsène Lupin malgré lui*, Séguier, 1989.

—, *Le Monde d'Arsène Lupin*, Les Belles Lettres, coll. « Encrage », 2003.

—, *Dictionnaire Arsène Lupin, Bibliothèque Lupinienne*, t. I, Les Belles Lettres, coll. « Encrage », 2001.

ECO, Umberto, *De superman au surhomme*, trad. Myriem Bouzaher, Grasset, 1993.

FRIGERIO, Vittorio, *Les Fils de Monte-Cristo. Idéologie du héros de roman populaire*, Limoges, Presses universitaires de Limoges, 2002.

GONON, Laetitia, *Le Fait divers criminel dans la presse quotidienne française au XIXe siècle*, Presses universitaires de Sorbonne nouvelle, 2012.

HOUTE, Arnaud-Dominique, *Propriété défendue. La société française à l'épreuve du vol. XIXe-XXe siècle*, Gallimard, coll. « Bibliothèque des histoires », 2021.

KALIFA, Dominique, *Crime et culture au XIXe siècle*, Perrin, coll. « Pour l'histoire », 2005.

—, *L'encre et le sang : récits de crimes et société à la Belle Époque*, Paris, Fayard, 1995.

LAVERGNE, Elsa de, *La Naissance du roman policier français. Du Second Empire à la Première Guerre mondiale*, Classiques Garnier, 2009.

MARILL-ALBÉRÈS, Francine, *Le Dernier des dandies, Arsène Lupin. Étude de mythes*, Nizet, 1979.

Paris 1900, la ville spectacle, catalogue de l'exposition du Petit Palais, musée des Beaux-Arts de la ville de Paris, sous la direction de Christophe Leribault, Paris-Musées, 2014.

POURCHAIN, Gérard, *Promenades en Normandie avec Maurice Leblanc : Arsène Lupin*, Condé-sur-Noireau, C. Corlet, coll. « Promenades en Normandie », 1991.

SÉRAZIN, Amélie, *Arsène Lupin et l'illusion romanesque : faire croire à l'incroyable*, Mémoire de Master sous la direction de Régis Tettamanzi, Université de Nantes, 2019.

TADIÉ, Jean-Yves, *Le Roman d'aventures*, Presses universitaires de France, coll. « Quadrige », 1982.

THÉRENTY, Marie-Ève, *La Littérature au quotidien. Poétiques journalistiques au XIXe siècle*, Seuil, 2007.

THIESSE, Anne-Marie, *Le Roman du quotidien. Lecteurs et lectures populaires à la Belle-Époque*, Seuil, coll. « Points », n° 277, 2000.

TOURTEAU, Jean-Jacques, *D'Arsène Lupin à San-Antonio. Le roman policier français de 1900 à 1970*, Tours, Mame, 1970.

ARTICLES CRITIQUES

ARANDA, Daniel, « Maurice Leblanc et la résurgence de la “série” dans la littérature romanesque française », *Revue d'histoire littéraire de la France*, 103e année, no 1, 2003.

BLONDE, Didier, « Arsène Lupin cryptonyme », *Quai Voltaire Revue Littéraire*, no 2, 1991.

COLIN, Jean-Paul, « Modernisme ou la modernité du langage lupinien ? », *Europe*, 604-605, août-septembre 1979.

—, « Les images du narrateur », dans *La Belle Époque du roman policier français. Aux origines d'un genre romanesque*, sous la direction de Colin Jean-Paul, Delachaux et Niestlé, coll. « Sciences des discours », 1999, p. 69-92.

DUBOURG, Maurice, « Arsène Lupin, témoin de son temps et de l'histoire », *Europe*, no 604-605, août-septembre 1979.

DUVAL, Hubert, « Jean Jaurès dans “Arsène Lupin” : un avatar de l'imagerie jaurésienne », *Cahiers Jaurès*, avril 2004.

FERRAGU, Gilles (dir.), « Le moment anarchiste en France et en Europe » (chapitre 3), *Histoire du terrorisme*, Perrin, coll. « Synthèses historiques », 2014.

KALIFA, Dominique, « Illégalisme et littérature, le cas Arsène Lupin », *Cahiers pour la littérature populaire*, Centre d'études sur la littérature populaire, no 13, hiver 1991-1992.

—, « Les lieux du crime : topographie criminelle et imaginaire social à Paris au XIXe siècle », *Sociétés & Représentations*, no 17 « Imaginaires parisiens », 2004, p. 131-150.

—, « Roman policier, roman de l'insécurité ? », *Crime et châtiment dans le roman populaire de langue française du XIXe siècle : actes du colloque international de mai 1992 à Limoges*, dir. Ellen Constans et Jean-

Claude Vareille, Limoges, Presses universitaires de Limoges/PULIM, coll. « Littératures en marge », 1994.

LABOURET, Denis, « Derrière le fiacre de Fantômas ou l'ascenseur d'Arsène Lupin : l'aventure encore et toujours ? », *Fictions populaires*, dir. Nicolas Cremona, Bernard Gendrel, Patrick Moran, Classiques Garnier, coll. « Rencontres », n° 16, 2011.

LACASSIN, Francis, « La Vraie Vie d'Arsène Lupin », *Les Aventures extraordinaires d'Arsène Lupin*, t. II, éd. Jacques Derouard, Paris, Omnibus, 2004.

LEROY, Gérald et BERTRAND-SABIANI, Julie, « Littératures de grande diffusion » (chapitre 4), *La Vie littéraire à la Belle Époque*, Presses universitaires de France, 1998.

PRÉVOST, Maxime, « Arsène Lupin hors-jeu, Maurice Leblanc et le "complexe Holmes" », *Études littéraires*, vol. 44, 1, 2013.

THIESSE, Anne-Marie, « Les infortunes littéraires. Carrières des romanciers populaires à la Belle Époque », *Actes de la Recherche en Sciences sociales*, 1985.

NOTES

Page 41.

1. *Marcel L'Heureux* (1865-1924), critique dramatique et musical, est le plus proche ami et collaborateur de Pierre Lafitte, qui fit de lui le secrétaire général et le directeur de son groupe de presse. Lafitte avait été le dédicataire du premier volume de Lupin, il est normal que L'Heureux se voie offrir le second : ils ont transformé celui qui se voyait en héritier de Maupassant en romancier enfin célèbre, l'historiographe d'Arsène Lupin.

Page 43.

1. *Au lycée de Versailles* : le célèbre lycée Hoche, déjà un des meilleurs de France. Le nom de Gerbois peut faire penser à Auguste Guerbois, fondateur du célèbre café qui se trouvait à l'emplacement actuel des 9 et 11 avenue de Clichy, lieu de rendez-vous des artistes au temps de Manet, dans le quartier où se passe une part importante de l'action du roman, et qui était aussi celui où Leblanc habitait quand il était installé rue Clapeyron.

Page 44.

1. Cette scène a été reprise par Hergé au début de l'album des aventures de Tintin, *Le Secret de la Licorne*, publié d'abord en feuilleton en 1942-1943. La somme correspond à peu près à 260 euros, peu vraisemblable pour

le somptueux meuble historique décrit plus loin, quand ce « cadeau royal » évoqué ensuite se révélera impérial.

Page 48.

1. *Celle du Louvre* : achetée aux Grands Magasins du Louvre, en face du musée, un jeudi, jour traditionnel des congés scolaires.

2. *Bons de la Presse* : avant la création de la Loterie nationale française en 1933, seuls quelques tirages dans un but caritatif avaient lieu – pour les enfants tuberculeux ou l'œuvre de l'orphelinat de l'enseignement primaire –, car ces jeux de hasard demeurent officiellement interdits. Tout le monde connaît alors les « bons de la presse », la loterie la plus populaire, autorisée depuis le 15 juin 1905 par le ministère de l'Intérieur, « au profit des associations de la presse parisienne et départementale », qui rapporte en effet un million de francs au gagnant. Les billets comportent bien un numéro et un numéro de série. Maurice Leblanc aime les mystères liés à des chiffres, il le prouvera notamment dans *813*. Dans « Le Sept-de-cœur », le numéro de téléphone qui apparaît, celui de Leblanc lui-même, est le 415-21 ; 415 est aussi le numéro de la chambre de Kesselbach dans *813*. Ce 514 est-il un jeu avec ce 415 – ce dont a pu se souvenir François Truffaut qui cite *813*, dont il avait fait son chiffre fétiche, dans son film *Fahrenheit 451* ? La clef de ce jeu n'est pas transparente, mais le choix de 514-23 pour le billet de loterie ne doit sans doute rien au hasard.

Page 49.

1. Le *Crédit foncier* de France existe depuis 1852 ; son siège se trouve bien 19, rue des Capucines, là où se trouvait l'hôtel Castanier, du nom d'un directeur de la Compagnie des Indes, François Castanier, habile financier du temps de la Régence qu'on appelait « le plus grand coquin de France ». Au bout de la rue, là où tourne Gerbois allant vers la Madeleine, Stendhal s'effondra le 22 mars 1842.

Page 50.

1. Le *diamant bleu* de la couronne de France est mythique, connu depuis Louis XIV et volé en 1792. Était-il réapparu en Grande-Bretagne sous le nom de « diamant Hope », pierre que la famille Hope venait de vendre en 1901 ? Si l'identité des deux diamants est aujourd'hui établie, elle était débattue à l'époque de Leblanc. Comme toujours, le romancier s'inspire de l'actualité, et annonce la suite de son histoire, où un « diamant bleu » joue un rôle essentiel.

Page 51.

1. *Interviews* : le verbe « interviewer » est depuis les années 1880 très à la mode dans la presse française, qui publie même des interviews illustrées de photographies.

2. *Au café de la Place-d'Armes* : devant le château de Versailles.

Page 52.

1. *Député radical* : c'est une période où les radicaux constituent une force politique majeure dans le pays. Leblanc choisit-il ce nom en écho à celui d'un écrivain disparu depuis peu, Jean de Tinan (1874-1898) ? Ce dernier était très en vue dans le milieu littéraire, lié à Pierre Louÿs, à Edmond de Goncourt, à Stéphane Mallarmé comme à Victor Margueritte ; il avait également grandi dans les environs de Jumièges, souvenir qu'il partageait avec le créateur d'Arsène Lupin.

Page 57.

1. Aux entrées de Paris, l'*octroi*, chargé de percevoir les taxes des marchandises entrant dans la capitale, existe encore à cette époque. Le plus célèbre des employés de l'octroi avait été le peintre Henri Rousseau (1844-1910), « le douanier ».

2. Leblanc écrit-il *Peugeon* pour ne pas citer Peugeot, au moment où s'installe la future toute-puissance

d'Armand Peugeot dans le monde de l'automobile française ?

3. *Grand-Garage* : le « Grand Garage du Bois de Boulogne », fondé en 1900, était très fréquenté. Dans la presse de 1904, on parle en effet d'enlèvements en automobile en forêt de Fontainebleau, encore un phénomène nouveau dont s'empare Leblanc. – *Bob-Walthour* est le surnom de Robert Walthour Senior (1878-1849), une vedette du cyclisme américain, arrivé à Paris en 1904 et acclamé par la presse spécialisée que lit Leblanc et à laquelle il collabore.

Page 62.

1. La *société des fiacres automobiles* vient d'être fondée en 1905 par Lazare Weiller (1858-1928), esprit inventif très caractéristique des années Lupin. Né à Sélestat, il se passionne pour le téléphone, la télégraphie sans fil (qui joue un rôle dans la première nouvelle publiée, « L'Arrestation d'Arsène Lupin »), l'automobile et l'aviation, où son fils le commandant Paul-Louis Weiller fera ses premières armes.

Page 63.

1. *25, rue Clapeyron* : Maurice Leblanc a vécu au 18 rue Clapeyron, qui débouche sur le boulevard des Batignolles, dans un bel immeuble de 1890 (voir la Chronologie à l'année 1889). Le 25, situé presque en face, qu'il voit de ses fenêtres, est en réalité l'immeuble qui se prolonge jusqu'à l'angle avec le boulevard des Batignolles où il a son autre imposante façade, sans avoir d'entrée du côté de cette grande artère populaire. Le roman se passe donc à partir d'ici dans un quartier qu'il connaît par cœur – et où ces luxueux immeubles récents jouent leur rôle.

Page 68.

1. *Ce secrétaire* : voir la Préface pour l'histoire de ce meuble historique.

Page 74.

1. *Fumiste :* le mot a déjà son double sens à l'époque.

Page 76.

1. L'affaire du *diamant bleu* s'inspire de faits réels que la presse avait rapportés. En 1906, au château de Ker-Stears à Brest, la comtesse de Rodellec du Portzic, après un dîner, s'aperçoit que son « diamant bleu » a disparu. Un des invités, attaché d'ambassade russe, est soupçonné et le diamant est retrouvé dans sa poudre-dentifrice. Il se dit innocent, victime d'une machination montée par les Rodellec du Portzic, et porte plainte pour laver son honneur. S'ensuit un procès dont les journaux s'emparent. Née Kérédern de Trobriand, la comtesse du Portzic avait épousé en premières noces en 1869 John Burnett-Stears, fils d'un entrepreneur de gaz très fortuné, qui avait construit à côté de son usine à gaz un château néogothique qui existe toujours à Brest, transformé en établissement d'enseignement. Ce premier mari lui avait légué sa fortune. Sur cette trame, Leblanc brode sa nouvelle (voir la Préface). Qu'est devenu le diamant bleu ? A-t-il disparu ensuite, comme on l'a dit, dans le naufrage du *Titanic* en 1912 ? A-t-on perdu sa trace lors du bombardement de Brest en 1944 ?

2. Le *134 de l'avenue Henri-Martin* – elle avait pris ce nom en 1885 seulement, elle coupe la rue de la Pompe, où vécut Leblanc de 1911 à 1938 dans la villa Héran – n'existe pas. L'avenue se perd du côté de la Muette où Leblanc décrit une bordure de jardins. La rue est essentiellement bordée d'immeubles presque tous somptueux mais Gustave de Rochegude signale les hôtels du duc d'Abrantès, du dessinateur Caran d'Ache, de la princesse Edmond de Polignac c'est-à-dire Winaretta Singer (l'actuelle Fondation Singer-Polignac de l'Institut de France, dans une architecture néo-Louis XVI due à Henri Grandpierre), du duc de Guiche, fidèle ami de Proust... À la hauteur du numéro 56 s'ouvre la rue Guy-de-Maupassant, un peu plus loin se trouve l'hôtel du vicomte Cornudet :

plusieurs de ces « petits hôtels » pouvaient convenir au baron d'Hautrec. Voir Marquis de Rochegude, *Promenades dans toutes les rues de Paris par arrondissements, XVIe Arrondissement*, Paris, Hachette, 1910, p. 41-46. Le confort est à l'ancienne chez d'Hautrec : on y passe la bassinoire entre les draps pour réchauffer son lit. En 1905, tous ceux qui avaient été ambassadeurs à Berlin sous le Second Empire sont morts ; les derniers survivants avaient été Charles baron de Talleyrand-Périgord, disparu en 1896, et le comte Benedetti, qui décéda en 1900 – c'est dire le grand âge du baron d'Hautrec.

3. Ces *sonneries électriques*, mises au point par le plus célèbre des prestidigitateurs, équipent les bonnes maisons de 1900. Voir à ce propos Jean-Eugène Robert-Houdin, *Confidences d'un prestidigitateur*, t. II, Paris, Librairie Nouvelle, 1859, p. 20-23 ; « L'Électricité domestique, sonneries d'appartement », *La Lumière électrique*, 13 septembre 1884 ; Théodore du Moncel, *Exposé des applications de l'électricité…*, t. I, p. 304 et suiv., t. V, p. 67 et suiv., Paris, Hachette, 1862. Sur ces sujets, qui font vivre l'histoire de l'architecture de cette époque, voir Manuel Charpy, « Silence intérieur et machineries de la communication au XIXe siècle », *Socio-anthropologie*, 41-1, 2020, p. 23-38. Voir également Anne-Françoise Garçon, « Fantômas, 1911 : l'électricité dans le roman populaire », *Bulletin d'histoire de l'électricité*, n° 35, « Utopies et Électricité », juin 2000, p. 177-196.

Page 82.

1. *L'histoire du billet de loterie* : Jules Verne avait publié un célèbre roman d'aventures, *Un billet de loterie*, en 1886 (Hetzel, *Magasin d'éducation et de récréation*). Chez lui, le billet gagnant porte 9672, c'est le sous-titre du roman, comme le numéro du billet est, chez Leblanc, le titre du premier chapitre, manière de donner une réalité à ces jeux de hasard romanesques.

Page 83.

1. *Sherlock Holmes* : comme dans *Arsène Lupin, gentleman-cambrioleur*, le héros de Conan Doyle est cité sous son vrai nom, manière d'établir une distinction avec Herlock Sholmès. Il rejoint ainsi la galerie des inspirateurs de Lupin, avec les personnages fameux inventés par Edgar A. Poe et Émile Gaboriau.

Page 86.

1. *Lupin est partout* : référence implicite au « Toujours lui ! Lui partout ! » de Victor Hugo dans *Les Orientales* en 1829 à propos de Napoléon – auquel Lupin lui-même se comparera au chapitre III du premier épisode.

2. Leblanc superpose l'histoire du diamant bleu de la comtesse de Rodellec du Portzic née Trobriand et le célèbre diamant bleu de la couronne de France. Voir la Préface.

Page 88.

1. *Un roi en exil* : figure classique dans le Paris de la IIIe République depuis le roman *Les Rois en exil* d'Alphonse Daudet (1879).

Page 89.

1. *Une sociétaire des Français* : la formule se rencontre fréquemment alors pour désigner une sociétaire des « comédiens français », on dirait plutôt aujourd'hui « du Français » pour « de la Comédie-Française ». Celle-ci est arrivée au rang de « sociétaire » : il ne s'agit donc pas d'une jeune « pensionnaire de la Comédie-Française ».

2. La vente de ce diamant est réelle, il aurait été acquis par la comtesse de Rodellec du Portzic pour 50 000 francs. La dispersion des collections de Léonide Leblanc a eu lieu à l'hôtel Drouot du vendredi 20 au samedi 28 avril 1894. Dans le *Catalogue des magnifiques joyaux, objets d'art, riche ameublement époques et styles Louis XV et Louis XVI, nombreuse argenterie artistique et de table, tableaux anciens et modernes dépendant de la*

succession de Mme Léonide Leblanc, le lot 23, « très beau et gros brillant bleuté monté en bague à griffes » semble bien correspondre à l'acquisition que fait, dans le roman, la « comtesse de Crozon ». – Le Crozon, dans le Finistère, était à la mode à la Belle Époque et attirait artistes et gens de lettres. Le caractère pittoresque des grottes et des arcs battus par la mer, évoquant des ruines de château, fait écho aux blanches falaises d'Étretat. Le nom de Crozon parle à l'évidence à l'imaginaire de Maurice Leblanc et permet au lecteur de faire le rapprochement avec l'affaire brestoise.

Page 91.

1. La pierre précieuse qui porte malheur est un lieu commun, employé notamment pour le Sancy, le diamant Orlov, le Hope… Le château qui « domine la baie de Somme » rappelle les demeures des Rodellec du Portzic, leur manoir à Brest construit dans l'esprit de Viollet-le-Duc par Victor Lapierre, architecte peu connu qui – contrairement à Destange dans le roman – n'a rien construit à Paris, ou leur propriété de Plabennec.

Page 93.

1. À l'emplacement de ce *Thé japonais*, dans la partie facilement contrôlable par la police de la rue Boissy-d'Anglas où se trouvent aujourd'hui les bâtiments qui dépendent de l'ambassade des États-Unis (il y avait à l'époque à cet endroit l'hôtel démoli depuis qui abritait le Cercle de l'Union), est encore établi un restaurant, qui semble idéal pour des rendez-vous discrets. Justin Ganimard démontre ici qu'il a des habitudes élégantes et mondaines.

Page 94.

1. *Bourg de Crécy* : Crécy-en-Ponthieu dans la Somme, lieu de la célèbre bataille du 26 août 1346, est une victoire d'Édouard III d'Angleterre contre Philippe VI de Valois, fameux affrontement que renouvelle la lutte de Sholmès contre Lupin.

Page 96.

1. La *rue du Colisée* va de l'avenue des Champs-Élysées à la rue du Faubourg Saint-Honoré, c'est le quartier des éditions Pierre Lafitte. À côté du 3, au numéro 5, s'élevait le théâtre de l'Avenue, qui devint une célèbre salle de cinéma.

Page 99.

1. *Le parfum de cette Dame blonde* : le roman de Gaston Leroux, *Le Parfum de la dame en noir*, ne paraîtra en feuilleton dans le supplément littéraire de *L'Illustration* qu'en 1908-1909.

Page 104.

1. *Parker street, 219* : l'adresse du 221B Baker Street à Londres est déjà mythique.

Page 106.

1. *Ne pas broncher* : attitude stoïcienne ; les lecteurs attentifs savent que Lupin en prison, dans *Arsène Lupin, gentleman-cambrioleur*, lisait le *Manuel* d'Épictète.

Page 112.

1. Hommage très appuyé à Conan Doyle, peut-être pour qu'il pardonne ce que Leblanc a osé faire de ses héros.

Page 119.

1. Les *allumettes-bougies*, mèches enduites de cire, éclairaient plus et plus longtemps que les simples allumettes. Maupassant en fait mention dans *La Maison Tellier*.

Page 120.

1. *L'Élysée-Palace* : grand hôtel édifié en 1898 dans le style Art nouveau sur les Champs-Élysées entre la rue Bassano et la rue Galilée, pour accueillir les visiteurs de l'Exposition universelle de 1900. L'hôtel est au 103-111 ; en face, au 88-90 de l'avenue, se trouvent les locaux des

éditions Pierre Lafitte, véritable ruche regroupant ses multiples publications, livres et périodiques.

Page 121.

1. *Un nouveau procédé* : Henri Moissan, chimiste, spécialiste des réactions à très haute température, avait tenté en 1893 de reconstituer du diamant, mais la technique des pierres de synthèse n'est pas encore au point dans ces années 1900.

Page 132.

1. *M. Thénard* : le nom figure dans *Les Misérables*.

Page 135.

1. Les *Visitandines* avaient plusieurs maisons à Paris, celle de la rue de Vaugirard qui subsista jusqu'en 2010 et celle de la rue Saint-Jacques, détruite en 1908.

Page 140.

1. Allusion à « La Lettre volée » d'Edgar A. Poe.

Page 141.

1. Avant le XIXe siècle, aucun bâtiment ne portait de manière visible la signature de son architecte. À partir du Second Empire et sous la IIIe République, l'usage se répand d'une signature en façade pour les immeubles de rapport, et bien plus rarement pour les hôtels particuliers. Vers 1900, certains « petits hôtels » sont signés – et Leblanc extrapole en imaginant que le château de Crozon en 1877 ait pu porter, au-dessus du perron, la signature de celui qui l'a construit plutôt que les armoiries ou le nom de son commanditaire.

2. Les *cabinets de lecture* publics sont plus d'une centaine dans tous les quartiers de Paris, on y trouve des usuels, des nouveautés, et une vie sociale centrée sur les usages du livre et des périodiques. Les recueils de biographies contemporaines y ont naturellement leur place, ils étaient nombreux, comme celui d'Adolphe Bitard, *Dictionnaire général de biographie contemporaine française et*

étrangère, contenant les noms et pseudonymes de tous les personnages célèbres du temps présent, l'histoire de leur vie, de leurs actes et de leurs œuvres, ainsi que la date des principaux événements de leur carrière (1878) ou celui de Gustave Vapereau, *Dictionnaire universel des contemporains* qui, d'édition en édition, s'enrichit jusqu'en 1895 – et où l'on trouve une notice consacrée à Léonide Leblanc (voir p. 89, n. 2). Le nom de Lucien Destange, qu'on y chercherait en vain, rappelle celui du grand collectionneur et parlementaire Gustave-Louis Chaix d'Est-Ange (1800-1876), raillé par Hugo dans *Les Châtiments*, et dont le fils Gustave Chaix d'Est-Ange (1832-1887) s'illustra, ce que Leblanc ne peut ignorer, comme défenseur de Flaubert lors du procès qui lui avait été intenté à la publication de *Madame Bovary*. Le fils de ce dernier, Gustave, généalogiste et homme du monde, avait entrepris à partir de 1903 la publication du célèbre *Dictionnaire des familles françaises anciennes ou notables à la fin du XIXe siècle*. La carrière de Lucien Destange peut faire penser à celle d'un Lucien Magne (1849-1916), architecte à qui l'on doit en effet plusieurs livres, comme *L'Art dans l'habitation moderne* (1887) ou *L'Esthétique des villes* (1908). Promu officier de la Légion d'honneur en 1900, il restaura plusieurs châteaux appartenant à des figures de la bonne société, comme Serrant ou Breteuil, et édifia plusieurs demeures parisiennes, dont l'une, l'hôtel de Béthizy aujourd'hui détruit, se trouvait 107 avenue Henri-Martin. Jacques Derouard suggère un rapprochement avec l'architecte Marcel Dastugue (1881-1970), qui appartient pourtant à la génération suivante, celle qui triomphe avec le Palais de Tokyo en 1937.

Page 143.

1. L'adresse de Ganimard figurait déjà dans *Arsène Lupin, gentleman-cambrioleur*. Maurice Leblanc connaît bien ce quartier élégant, trop peut-être pour l'inspecteur ; sa sœur Georgette et Maurice Maeterlinck habitent 48 rue Pergolèse dans une cité privée, la villa Dupont, au numéro 5. C'est là que s'établirent quelques années après

Sacha Guitry et Charlotte Lysès ou la « belle Otero », amie de Colette et vedette des premiers temps du cinématographe. – La *taverne suisse* place du Châtelet est une transposition de la « Taverne Zimmer », magnifique établissement, fréquenté par toute la société littéraire et artistique, fondé en 1896 par un Alsacien qui avait fui l'Empire allemand. S'y rendre était à la fois élégant et patriotique. Au 5 de la rue Pergolèse, villa Saïd, habitait Anatole France, dont la collection avait grande réputation avant de finir, après sa mort, chez les brocanteurs...

Page 144.

1. La *rue Montchanin*, aujourd'hui rue Jacques-Bingen, du nom d'un résistant qui était le beau-frère d'André Citroën, avait été habitée par Maupassant lui-même, au numéro 10. Mme Aubernon, née Lydie de Nerville (1825-1899), qui ne se douta pas qu'elle avait pu poser pour la Mme Verdurin de Proust, y avait tenu un des salons littéraires les plus fameux, fréquenté par Paul Bourget, Eugène Labiche, Georges de Porto-Riche, Gabriel Hanotaux, Georges Rodenbach, qui tous ont compté pour Leblanc. L'hôtel, qui existe toujours, avait été construit pour elle en style néo-Louis XVI par l'architecte Édouard Dailly. Aujourd'hui, à l'angle de la rue Jacques-Bingen et de la place du général Catroux, aucun des deux hôtels qui se font face ne correspond à la description du roman, avec cette bibliothèque en rotonde qui peut faire penser à celle de l'hôtel Camondo, aujourd'hui musée où survit l'éclat de cette époque. Leblanc a-t-il en tête le splendide hôtel Gaillard, chef-d'œuvre architectural néo-Renaissance dû à Jules Février, qui se trouve de l'autre côté de la place, dont l'avenir est encore incertain depuis le décès de son propriétaire en 1902 ?

Page 148.

1. *En habit, cravaté de blanc* : conformément à l'usage français, le nœud blanc se porte avec l'habit à basques ; c'est la tenue de soirée la plus classique et la plus soignée. À la même époque, dans *Arsène Lupin,*

gentleman-cambrioleur, on porte le smoking, tenue plus décontractée.

Page 151.

1. La *rue du Helder* est citée dans *Le Comte de Monte-Cristo*. C'est un quartier en vue un peu clinquant. – Le *restaurant hongrois* témoigne d'une mode parisienne au temps de l'empire Habsbourg, Budapest devenant une destination touristique.

Page 152.

1. C'est le mythe balzacien de « Ferragus, chef des dévorants », dans le roman du même nom.

Page 155.

1. La *rue Chalgrin*, artère coudée plutôt pittoresque, débouche dans l'actuelle avenue Foch et, en effet, au milieu de demeures élégantes, s'élève au numéro 36 – pas au 40 – une « étroite maison » qui semble presque provinciale. Harmingeat peut évoquer une figure mondaine de cette époque, le parfumeur Louis Armingeat (1874-1955).

Page 157.

1. *Les messieurs Leroux* : ce nom est-il choisi en hommage à Gaston Leroux, que Leblanc connaît et qui est en train de devenir pour lui un sérieux rival ? Deux frères Leroux sont alors dans l'entourage de Pierre Lafitte, Auguste Leroux (1871-1954), illustrateur qui donna des planches aux premiers épisodes de Lupin dans *Je sais tout* ; et Georges Leroux (1877-1957), prix de Rome en 1906, membre de l'Institut en 1932 (Académie des beaux-arts). Le prolifique Auguste Leroux a illustré notamment pour l'éditeur Ollendorff *Une vie* de Maupassant, ce qui ne pouvait que plaire à Leblanc. Si ses romans ne ressembleront pas tout à fait à ceux de son grand modèle, leurs personnages auront du moins visuellement un air de famille...

Page 158.

1. *Au service anthropométrique* : ce service était né à la préfecture de police de Paris en 1883 grâce à Alphonse Bertillon (1853-1914). Il faut rappeler que Conan Doyle cite Bertillon dans la nouvelle « Le Traité naval » en 1893 et dans son plus célèbre roman, *Le Chien des Baskerville*, paru en feuilleton dans *The Strand Magazine* en 1901 et 1902.

Page 162.

1. Parfumeurs, orfèvres, boutiques de luxe font de la *rue de la Paix*, entre la place Vendôme et l'Opéra, une des artères les plus en vue de Paris.

Page 167.

1. Leblanc annonce au lecteur l'existence d'un autre refuge, s'agit-il de l'ensemble des appartements qui sera révélé dans les pages suivantes ? Il semble peut-être avoir déjà en tête l'« asile inviolable » du volume suivant, *L'Aiguille creuse*.

Page 170.

1. Le nom de *Vatinel* se retrouvera dans *L'Aiguille creuse*.

Page 183.

1. La *rue Legendre*, avec ses cafés et ses commerces, est voisine de la rue Montchanin ; on y trouve aussi le bel hôtel particulier construit en 1880 pour le parfumeur Guerlain.

Page 184.

1. *Quarante lieues* sont un peu moins de 200 kilomètres.

2. L'*Hirondelle* est notamment le nom d'un yacht qui avait été célèbre (voir la Préface), appartenant au prince Albert Ier de Monaco. Herlock Sholmès et Ganimard, ligotés, le retrouveront dans *L'Aiguille creuse* : « Ganimard raconta, car Sholmès s'enferma dans un

mutisme farouche – qu'ils avaient accompli, à bord du yacht l'*Hirondelle*, un voyage de circumnavigation autour de l'Afrique, voyage charmant, instructif, où ils pouvaient se considérer comme libres, sauf à certaines heures qu'ils passaient à fond de cale, tandis que l'équipage descendait dans des ports exotiques. »

Page 189.

1. *Au quatrième étage du n° 8* : en 1906, Leblanc, remarié, habite au 5ᵉ étage du 8 rue Crevaux, immeuble qui abrite aujourd'hui l'ambassade du Honduras, dans cette artère élégante qui débouche dans l'actuelle avenue Foch (voir la Préface et la Chronologie).

Page 190.

1. Ce bon voisinage, d'un côté et de l'autre de l'avenue du Bois, reproduit celui du couple Leblanc rue Crevaux et du ménage artistique formé par Georgette Leblanc et Maeterlinck, rue Pergolèse dans la villa Dupont. L'écrivain transpose dans son roman ses promenades quotidiennes. Selon André de Fouquières (*Mon Paris et ses Parisiens*, Paris, Éditions Pierre Horay, 1953, p. 244), « les deux rives de l'avenue du Bois [...] bénéficient (ou souffrent) d'une autonomie absolue. Ici, ce n'est pas tant l'intense circulation qu'il faut incriminer que les deux jardins latéraux. »

2. Le *Pavillon chinois* de la Porte-Dauphine, au bout de l'avenue, vestige de l'Exposition de 1878, est un restaurant où des fêtes se déroulaient parfois.

Page 194.

1. *Adieu, ma chambrette* : Leblanc est frère de cantatrice et Lupin parle ici d'un accès de « lyrisme ». Son « Adieu, ma chambrette » pastiche « Adieu notre petite table », air célèbre de *Manon* de Jules Massenet (1884).

Page 204.

1. *Au cabriolet d'acier* : ces cabriolets avec des poignées de bois sont les ancêtres des menottes.

2. *Tes amis du noble faubourg* : expression consacrée pour désigner l'aristocratique faubourg Saint-Germain, évoqué déjà dans *Arsène Lupin, gentleman-cambrioleur*, toujours avec une nuance d'ironie, car Lupin écume plutôt les abords de l'avenue du Bois (l'avenue Foch) ou du parc Monceau.

Page 206.

1. *Le numéro 648-73* : Leblanc, pionnier de la publicité littéraire, fait partie de ces écrivains qui glissent crânement leur véritable numéro de téléphone dans leurs romans…

Page 211.

1. *Avec l'empereur d'Allemagne* : *813* est ici déjà en germe. La maison équipée de sonneries et de tuyaux acoustiques est une réalité de l'époque. Voir p. 76, n. 3.

Page 215.

1. Il est aisé de constater que bon nombre d'immeubles de la *rue Picot* portent la même signature, gravée dans la pierre, que ceux de la rue Crevaux, qui lui est parallèle : « E. Compand architecte 1882. »

Page 219.

1. *Feu de coke* : détail qui d'emblée donne la couleur locale britannique : le poêle à charbon.

Page 221.

1. La *rue Murillo* se compose principalement d'hôtels particuliers « modernes », qui sont vers 1900 des joyaux d'élégance un peu patinés déjà. C'est là, au bord du parc Monceau, qu'habitent le comte d'Arlincourt, dont le nom ressemble un peu à celui du baron d'Imblevalle, le duc de Brissac, dans l'hôtel qui appartient à la duchesse d'Uzès, le comte Chandon de Briailles, Jacques de Reinach, dont tout le monde avait parlé au moment de sa mort suspecte liée au scandale de Panama. Voir Marquis de Rochegude, *Promenades dans toutes les rues de*

Paris par arrondissements, VIIIe Arrondissement, Paris, Hachette, 1910, p. 55-56. Flaubert a habité un petit appartement au numéro 4, ce que Leblanc pouvait savoir, et le numéro 8, immeuble néo-Louis XIII construit par l'architecte Auguste Tronquois en 1869, fut habité par un dandy ami de Proust, Gabriel de La Rochefoucauld (1854-1926), qui était surnommé par les gens d'esprit « le La Rochefoucauld de chez Maxim's ». La maison que cite Leblanc, au numéro 18 – où habita vers 1890 le banquier Jacques Siegfried, puis le banquier havrais Octave Homberg (1844-1907) –, a hélas disparu, remplacée par une banale architecture de la fin du XXe siècle.

Page 226.

1. *Une théorie* : une procession.

Page 227.

1. Cette partie des abords du parc Monceau est très pittoresque, on y trouvait même, dans la cour du 9 rue Murillo, des fragments d'architecture provenant du palais des Tuileries incendié durant la Commune de Paris. Une grille, du côté de l'autre façade, sépare les jardins des hôtels particuliers du grand parc public, à la mode dans la bonne société de la plaine Monceau. La première mention du baron d'Imblevalle renvoie à une brillante nouvelle d'Arsène Houssaye (1815-1896), *Du danger de vivre en artiste quand on n'est que millionnaire*.

Page 230.

1. Leblanc invente un bijou de grand prix en pensant sans doute au spinelle dit « Côte-de-Bretagne », rubis en forme de dragon qui figure parmi les joyaux de la Couronne de France, que la République lors de la désastreuse vente décidée en 1886 avait choisi malgré tout de conserver, et qui se trouve toujours dans la galerie d'Apollon du musée du Louvre.

Page 234.

1. Conan Doyle aurait eu des raisons d'être mécontent

de la platitude des propos prêtés au biographe du célèbre détective...

Page 247.

1. *Garçon, de quoi écrire* : cette réplique enchantait Jean d'Ormesson, grand lecteur des aventures de Lupin, et constitue le titre de son livre d'entretiens avec François Sureau (Gallimard, 1989 ; « Folio », 1991).

Page 259.

1. *Au point terminus* : à Neuilly.

Page 271.

1. *Chemise de flanelle à cordelière de soie* : élément d'une tenue d'intérieur confortable mais qui peut passer aussi pour un habillement populaire.

Page 283.

1. *Mac-farlane* : Édouard VII, quand il était prince de Galles, avait mis à la mode ce long manteau doté d'une pèlerine, qu'on retrouve dans la garde-robe du détective. Il fait partie, pour les illustrateurs, de la panoplie holmesienne.

Page 286.

1. L'allusion à un *bon génie* dans une aventure de Lupin qui parle d'une lampe ne manque pas de saveur.

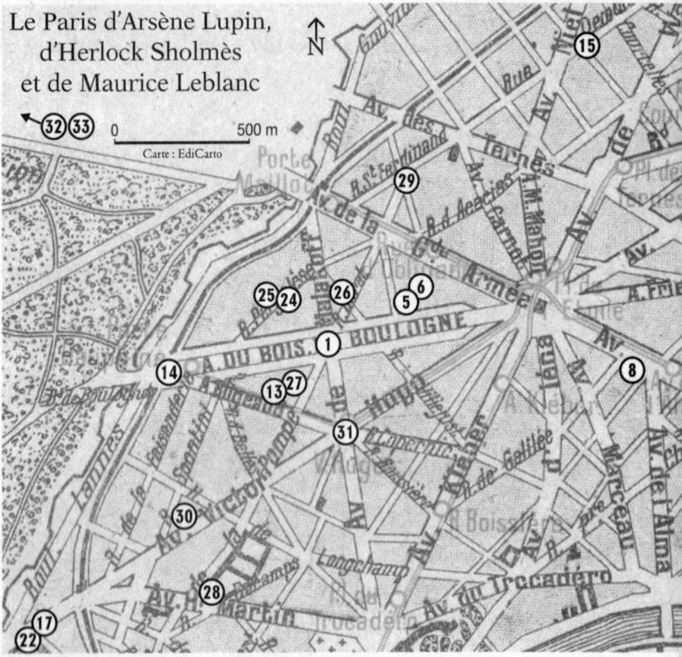

1. Avenue du Bois [actuelle avenue Foch].
2. 9 rue Boissy-d'Anglas : Le Thé japonais, restaurant.
3. 6 rue de Calais : demeure de Maurice Leblanc en 1888-1889.
4. Rue des Capucines.
5. 40 rue Chalgrin : immeuble de rapport loué par les frères Leroux. Signature de l'architecte et date (1877)*.
6. 42 rue Chalgrin : même inscription qu'au n° 40*.
7. 90 avenue des Champs-Élysées : Éditions Pierre Lafitte.
8. 103-111 avenue des Champs-Élysées : hôtel Élysée-Palace.
9. Place du Châtelet : La Taverne suisse, restaurant [emplacement actuel de Zimmer].
10. 18 rue Clapeyron : demeure de Maurice Leblanc de 1889 à 1894.
11. 23 et 25 rue Clapeyron. Signature de l'architecte et date (1874)*.
12. 3 rue du Colisée : logement de Mme de Réal.
13. 8 rue Crevaux : logement occupé par Félix Davey et par M. Dubreuil. Demeure de Maurice Leblanc à partir de 1906 (au 5e étage)*.
14. Porte Dauphine : Le Pavillon chinois, restaurant.
15. Rue Demours : commissariat de police.
16. Angle de la rue du Helder : le restaurant hongrois.
17. 134 avenue Henri-Martin : hôtel du général baron d'Hautrec, ambassadeur à Berlin sous le Second Empire.
18. Église de la Madeleine.

19. Angle de la place Malesherbe et de la rue de Montchanin : hôtel de l'architecte Lucien Destange* [adresse actuelle : angle de la place du général Catroux et de la rue Jacques Bingen].
20. Avenue de Messine : une pharmacie.
21. Parc Monceau.
22. Porte de la Muette.
23. 18 rue Murillo : hôtel du baron Victor d'Imblevalle*.
24. Rue Pergolèse : demeure de l'inspecteur Ganimard.
25. 48 rue Pergolèse, au 5 de la villa Dupont : demeure de Georgette Leblanc et de Maurice Maeterlinck à partir de 1897.
26. 10bis rue Piccini : demeure de Maurice Leblanc de 1894 à 1899.
27. Rue Picot*.
28. Rue de la Pompe, villa Héran : demeure de Maurice Leblanc 1911 à 1938.
29. Place Saint-Ferdinand.
30. 4 rue Thiers : demeure de Maurice Leblanc à partir de 1938.
31. Place Victor-Hugo.
32. Rue du Château à Neuilly.
33. Pont de Neuilly.

* Œuvres de Lucien Destange, architecte, né en 1840, Grand Prix de Rome, officier de la Légion d'honneur, auteur d'ouvrages très appréciés sur l'architecture. Il a reconstruit et signé en 1877 le château de Crozon près de Crécy.

ARSÈNE LUPIN CONTRE HERLOCK SHOLMÈS

DOSSIER

DU MÊME AUTEUR

Dans la même collection

ARSÈNE LUPIN, GENTLEMAN-CAMBRIOLEUR. *Édition d'Adrien Goetz.*

Dans la collection Folio

L'AIGUILLE CREUSE.

COLLECTION
FOLIO CLASSIQUE

Dernières parutions

6589 EDGAR ALLAN POE : *Le Joueur d'échecs de Maelzel*. Traduction de l'anglais de Charles Baudelaire. Chronologie et notes de Germaine Landré.

6590 JULES BARBEY D'AUREVILLY : *Le Dessous de cartes d'une partie de whist*. Suivi d'une petite anthologie du jeu de whist dans la littérature. Édition de Jacques Petit. Préface de Johan Huizinga.

6604 EDGAR ALLAN POE : *Eureka*. Traduction de l'anglais de Charles Baudelaire. Édition de Jean-Pierre Bertrand et Michel Delville.

6616 HONORÉ DE BALZAC : *Gobseck et autres récits d'argent* (*Gobseck, L'Illustre Gaudissart, Gaudissart II, Un homme d'affaires, Le Député d'Arcis*). Édition d'Alexandre Péraud.

6636 *Voyageurs de la Renaissance. Léon l'Africain, Christophe Colomb, Jean de Léry et les autres*. Édition de Grégoire Holtz, Jean-Claude Laborie et Frank Lestringant, publiée sous la direction de Frank Lestringant.

6637 FRANÇOIS-RENÉ DE CHATEAUBRIAND : *Voyage en Amérique*. Édition de Sébastien Baudoin.

6654 ANTOINE HAMILTON : *Mémoires du comte de Gramont*. Édition de Michel Delon.

6668 ALEXANDRE DUMAS : *Les Quarante-Cinq*. Édition de Marie Palewska.

6696 ÉSOPE : *Fables*, précédées de la *Vie d'Ésope*. Traduction du grec ancien de Julien Bardot. Édition d'Antoine Biscéré.

6697 JACK LONDON : *L'Appel de la forêt*. Traduction de l'anglais, postface et notes de Marc Amfreville et Antoine Cazé. Préface de Philippe Jaworski.

6729 *Scènes de lecture. De saint Augustin à Proust*. Textes choisis et présentés par Aude Volpilhac.

6747 JULES VERNE : *Cinq semaines en ballon*. Édition de William Butcher. Illustrations de Montaut et Riou.

6748 HENRY JAMES : *La Princesse Casamassima*. Traduction de François-René Daillie, révisée par Annick Duperray. Édition d'Annick Duperray.

6764 VIRGINIA WOOLF : *Un lieu à soi*. Traduction de l'anglais et préface de Marie Darrieussecq. Édition de Christine Reynier.

6780 COLLECTIF : *Notre-Dame des écrivains. Raconter et rêver la cathédrale du Moyen Âge à demain*. Préface de Michel Crépu.

6795 FAMILLE BRONTË : *Lettres choisies*. Préface de Laura El Makki. Traduction de l'anglais et édition de Constance Lacroix.

6797 GUY DE MAUPASSANT : *Les Dimanches d'un bourgeois de Paris et autres nouvelles*. Édition de Catherine Botterel.

6818 GOETHE : *Les Années de voyage de Wilhelm Meister*. Traduction de l'allemand de Blaise Briod, revue et complétée par Marc de Launay. Édition de Marc de Launay.

6820 MIGUEL DE UNAMUNO : *Contes*. Traduction de l'espagnol de Raymond Lantier, revue par Albert Bensoussan. Édition d'Albert Bensoussan.

6832 FRANÇOIS VILLON : *Œuvres complètes*. Traduction de l'ancien français et édition de Jacqueline Cerquiglini-Toulet. Édition bilingue.

1151 E.T.A. HOFFMAN : *Le Magnétiseur et autres contes*. Traduction de l'allemand d'Olivier Bournac, Henri Egmont, André Espiau de La Maëstre, Alzir Hella et Madeleine Laval. Édition d'Albert Béguin. Préface de Claude Roy.

1024 HONORÉ DE BALZAC : *La Vieille Fille*. Édition de Robert Kopp. Nouvelle mise en page.

6866 AUGUSTE DE VILLIERS DE L'ISLE-ADAM : *Histoires insolites*. Édition de Jacques Noiray.

6864 COLLECTIF : *Anthologie de la littérature grecque. De Troie à Byzance.* VIIIe *siècle avant J.-C. -* XVe *siècle après J.-C.* Traduction nouvelle du grec ancien d'Emmanuèle Blanc. Édition de Laurence Plazenet.

6831 ALEXANDRE DUMAS : *Le Comte de Monte Cristo*. Édition de Gilbert Sigaux. Préface de Jean-Yves Tadié. Nouvelle édition en un volume, série « XL ».

1437 ÉMILE ZOLA : *L'Œuvre*. Édition d'Henri Mitterand. Préface de Bruno Foucart. Nouvelle mise en page.

6855 ALEXANDRE DUMAS : *Les Compagnons de Jéhu*. Édition d'Anne-Marie Callet-Bianco.

6891 GEORGE ORWELL : *Mil neuf cent quatre-vingt-quatre*. Édition et traduction nouvelle de l'anglais de Philippe Jaworski.

6892 JACQUES CASANOVA : *Histoire de ma vie*. Édition de Michel Delon.

2658 MARCEL PROUST : *Le Côté de Guermantes*. Édition de Thierry Laget et Brian G. Rogers. Nouvelle mise en page.

693 JEAN DE LA BRUYÈRE : *Les Caractères*. Préface de Pascal Quignard. Édition d'Antoine Adam.

728 FRANÇOIS DE LA ROCHEFOUCAULT : *Maximes et Réflexions diverses*. Édition de Jean Lafond. Deuxième édition revue et corrigée.

1356 SÉBASTIEN-ROCH-NICOLAS CHAMFORT : *Maximes et pensées. Caractères et anecdotes.* Préface d'Albert Camus. Édition de Geneviève Renaux.

6817 GEORGE ELIOT : *Felix Holt, le radical*. Préface de Mona Ozouf. Traduction inédite de l'anglais et édition d'Alain Jumeau.

6920 COLLECTIF : *La Commune des écrivains. Paris, 1871 : vivre et écrire l'insurrection.* Textes choisis et présentés par Alice de Charentenay et Jordi Brahamcha-Marin.

Composition Nord Compo
Impression Novoprint
à Barcelone, le 12 août 2021.
Dépôt légal : août 2021

ISBN 978-2-07-294764-3. / Imprimé en Espagne.

395524